图书在版编目（CIP）数据

人间九辞/ 马国山著. –– 昆明: 云南人民出版社,
2023.12
　ISBN 978–7–222–22559–6

　Ⅰ. ①人… Ⅱ. ①马… Ⅲ. ①诗集－中国－当代
Ⅳ. ①I227

中国国家版本馆CIP数据核字(2024)第008159号

责任编辑：梁明青
装帧设计：成都现当代文化传播有限公司
责任校对：任建红
责任印制：窦雪松

人间九辞
RENJIAN JIU CI

马国山　著

出　　版　云南人民出版社
发　　行　云南人民出版社
社　　址　昆明市环城西路609号
邮　　编　650034
网　　址　www.ynpph.com.cn
E–mail　ynrms@sina.com
开　　本　880mm×1230mm　1/32
印　　张　21
字　　数　454千
版　　次　2025年6月第1版第1次印刷
印　　刷　成都市天金浩印务有限公司
书　　号　ISBN 978–7–222–22559–6
定　　价　86.00元

云南人民出版社微信公众号

如需购买图书、反馈意见，请与我社联系
总编室：0871-64109126　发行部：0871-64108507　审校部：0871-64164626　印制部：0871-64191534

马国山，当代诗人，笔名伍德、阿山。字赢，号一帘山人。中国诗歌学会会员、中国金融作家协会会员、甘肃省作家协会会员。在职研究生，高级经济师。发表多篇诗歌、散文、小说。出版经济金融专著《商业银行市场营销管理与实务》（1999年），诗集《心境花园》（2004年）《人间诗话》（2020年）《人间诗镜》（2021年）《人间九辞》（2025年）。诗歌作品入选《当代中国青年散文诗选》《中国百年诗文精品典藏》《华语新诗30名家》《2022年中国诗歌排行榜》《中国民间优秀诗人作品集》《2023年中国诗歌排行榜》等书籍。文学作品曾获全国、省级奖项。文学创作事迹载入《中华人物志》（当代文艺卷）等志书。

致词

你的诗是在大地上写的，是写在大地上的；不是写在虚空里逗人玩儿的。

你是在用诗的语言写诗：不是用散文语言，更不是用丝毫不做加工提炼的口水语言。

你有想象力，所以不平淡。

你有悲悯情怀，所以不冷漠。

你的诗含有哲思，所以不肤浅。

你的心中有故乡，也有世界；有花草，也有人类；有当代，也有历史；有今人，也有古人。所以你有大家子气概。

总之，你是用诗歌"咬痛生活"，是真诗人！

高 平

2023 年 4 月

（高平：九十岁，作家、诗人。出版多部小说、诗歌等作品。曾担任甘肃作家协会主席、中国作家协会全委会委员等职。国家一级作家）

马国山的诗秉承了中国古典诗歌的优秀传统，并灌注了自身的生活经验，由此拥有了相当的辨识度。

马步升

2019 年 6 月

（马步升：作家，国家茅盾文学奖、鲁迅文学奖、骏马奖、儿童文学奖等重要文学奖评委。曾任甘肃省作家协会主席等职）

【读者留言摘录】

马国山的诗，时而像纯真少年、浪漫书生多愁善感、细腻婉约，柔情深重，时而如老辣世故，像风云老者，时而风清月白，朦朦胧胧，时而阴风怒号，浊浪排天，时而诗心精微，温润细腻，时而驰骋千仞，游思万载，令人遐想。

伍德的诗面对日常即景、平凡生活，信手拈来，入得了尘埃，上得了九霄，与万物对话，风趣幽默、智慧深沉，隐显哲理，给人一种经历磨难沧桑的睿智和从容，深含"天地大美而不言"的无求和自足，有"淡泊明志，宁静致远"的超然与平和，也具"采菊东篱下，悠然见南山"的随性与洒脱，更有"行到水穷处，坐看云起时"的自然和禅意。

阿山的诗如他的人，扑朔迷离，耐人寻味。把诗当诗，我永远读不懂他；把他当诗，我看见的是他的影子。唯有把他的诗当小说读，品味文字背面故事和情节表达的含义，才读懂了他和他诗歌的内涵。

诗人马国山既注重实有的客观世界，属现实主义的文学表达方式，又具有超现实的浪漫主义情操，象征性很强，以虚实结合的方式，淋漓尽致抒发自己的思想感情，剖析灵魂和肉体冲突，生存与梦想的纠结，表达对生命的挚爱和人生深刻感悟。

亚里士多德说过"人生最终的价值在于觉醒和思考的能力，而不只在于生存"。伍德的诗有着八十年代朦胧诗的特征，更有今人超现实主义和浪漫主义的时代特征。或场景，或人物、或故事，耐人寻味，直摄灵魂。如作品《在这个雨夜》，诗人思考到的是雨、世界、鸟儿、时间和人类的内在联系，而《一个雨夜》表达的是，怎样把握时间的尺度，怎样掌握和运用时间乃至命运。

诗歌是人类精神的精华所在，阿山从十四五岁开始在日记本上偷偷写诗，写的是真情实感和内心的隐秘，通过诗歌表达了想要表达而无处倾诉的思想感情。他的诗可谓是在有意无意之间的禅意，坦诚、直率、忧伤，又积极向上，启迪智慧，令人对生活和生命产生了无限的向往。

象征性是阿山诗词的显著表达方式，诗人总在寻求一种融合中国古典诗词意境美和象征美的手法，来抒发表达自己的思想情感。在《那里有一盏灯火》中"黑夜摸索的时候"蓦然看到了"那里有一盏灯火"，是暗示、也是实指，无论是假设还是真实，无论前途怎样，总要发现和相信前方的"那盏灯火",哪怕它很微弱,也给人以希望和憧憬。

诗讲比、赋、兴。欧阳修言"人间自是有情痴,此恨不关风与月"。诗人马国山在《今晚的月亮》中,正是抓住眼前这个"今晚的月亮",回到古老时空,用流光和时间的背面看到生长的谷物、对弈的老者、李白、屈原乃至宇宙的语言,无论古时的那个月亮还是今晚的明月都是同一个,而它们都藏进千古绝唱中了。

伍德深受《诗经》《离骚》及诗人李白、王维、李商隐、杜甫、白居易等古典诗词的浸润,既有现实主义理想风格,又有浪漫主义情怀。"以诗作证、让灵魂说话",或许这正是诗人毕生写作的真实写照,作诗不为别的,就是为了作证灵魂,甚至不用作证,让灵魂自己来说话吧。正如在《今夜星光灿烂》里,星光银河可以作证,一切都将过去,但过去了的真是展望未来的基础和前提,所以感喟——今夜星光灿烂!

王国维说"诗人对宇宙人生,须入乎其内,又须出乎其外。入乎其内,故能写之;出乎其外,故能观之"。诗人马国山从青年时期创作了大量相关星星、月亮的诗作,五十岁后的诗人看到的月亮星辰,已升化了更高的境界,再不是"踏着月光宛如轻轻的羽裳"的那个青涩少年了。写《星宿》作者已年过五十,更多的是深思星辰明月背面的奥秘。不仅仅看到的是表面的事物和现象，也看到隐藏内部深层次的本质，将自己化做揉碎的雨花洒向永恒宇宙成为繁星。

有意象、重意境、具哲理是马国山诗歌艺术的一大特征。"身在家里＼家是一盏品茶的旧壶"作者在生活中信手拈来、自然而然从镜中看到一枝花，犹如庄子的自然的箫声，把自己融化进自然，又从自然中游离而出。是我非我，是花非花，是梦非梦。如这首《花之梦》是其禅意诗的典型代表之一，给读者无限的空间想象力和诗词的感染力。

读伍德的诗，使我想到了诗人简明《诗客诗论》中说的话："以诗歌触动人类心灵是最温和的方式""诗歌只与诗人建立灵魂通道""诗歌是人类理想的风帆和思维的马达""诗人是用另一只眼睛看世界，同时也是用另一只眼睛看自己的人""人类是需要时时刻刻被提醒的""象征和暗示是艺术表现能力的终极手段"。伍德的诗做到了这些，或者正在趋向于这个方向艰辛走着。

诗人阿山对时光十分敏感，时刻强调时间的珍贵，感叹岁月和生命流失的无奈和疼惜。如《如今》，作者抓住"如今"这个断面，透析人生的某个瞬间人的生存状态。看似朦胧难懂，其实作者剖析的就是眼前的景观和事物，看到时光存在的状态，从而呼吁人类珍惜时光、热爱生活和生命。

初读国山的诗，常被其诗之才思细腻、视角独特、意境深远所吸引。原本以为是抒发自己情感而已，却在读其诗时，被其蕴含的哲理所折服。

阿山字斟句酌，捻断胡子几根。他的诗歌意境中更多呈现一种看清本质的蕴意，大到囊括宇宙，小到一粒尘埃！

伍德的诗，解剖自我，仰观天空，俯察万物，多少宇宙古今情包含其中，时而是出世的超脱，时而是入世的潇洒。

伍德的诗，是灵魂深处的倾诉。在喧嚣的世界里，能够读到这本诗集，是我的幸运，也是诗歌的幸运。

马国山的诗歌，大有"仁者不忧、智者不惑，勇者不惧"之感，深临"仁者乐山山如画，智者乐水水无涯"之境。正如叔本华所言，人的一生是升华痛苦和磨难的过程，马国山正是用诗歌诠释了这种升华的磨砺之途。

（因网络平台无留言作者真实姓名。至此郑重致谢！）

目　录

第一册　人间九辞

第二册　七步吟

第六册　浮生记

第七册　羊皮卷

第一册

人间九辞

蝉

蝉在齐唱
大街上，一只蚂蚁在追赶另外一只

蝉在歇息
地铁火车轨道在鸣奏

车轮疾速旋转
碾过滚烫柏油马路和大道

蝉声轰鸣
太空星球传递水波音符

耳膜，鸟儿的翅膀振动宇宙频律

芦苇谣

牵一次手
在失之交臂的季节滑落

一片千疮百孔的叶
回望一池江水

忘却岸上的一篙芦苇
终究在脑海中腾空而飞

夜与昼交替中
把记忆拉碾得更细、更长

相思，随风而去的烟波

一双鞋

终须归去来兮
怎堪潇潇雨歇，八千里路云和月

始于初心，止于逍遥
铁鞋踏破，行走江湖

多少煎熬，耽于迷失堕落
最怕，聪明一时，糊涂一世——

常在河边走
提携一双鞋，独慎

鞋说，朝夕惕厉，行的端，走的正

斑马线

停下步，转过身
看左右的路

人行道，斑马线
横躺着一匹斑马

把手给我吧，人类
红绿灯亮了

此刻，只念此生
就此渡过——

穿越彼岸，寻找最初的自己

旅　途

铁轨
穿行大地的肠

列车
穿过太阳的肺

桥洞
穿透漫长的心

旅途
从此岸到彼岸，迷失

唯有时间，弥合深远的伤

萌　芽

满目的绿色
从头顶灌过眼眶

晚风是一把纳凉的扇
一次次吹来

荷叶垂下双肩
在深潭里弄足

万物汇集
一颗莲籽的心

萌芽，激荡池塘的冲动

飞　跃

春叶在树上吊
说，我们都活着

秋叶，一片，两片
从树上往地面掉落

叶子说我们活着，肩负使命
然后，它们化入土中

一会儿，我也是一片叶子吊在树上
等，春天里我又复活

陨落，也是另外一种飞跃

巨　轮

火车钻进夜的肚腹，飞驰
夜的疼痛唯有铁轨心知肚明

夜浸入我的眼眶蛰蚀
我的疼痛唯有眼珠承载

明月装饰了大地的梦
太阳掩盖了白昼的伤

铁轨摩擦着铁轨
巨轮吻合着巨轮

双肩，挑起万钧重担，向前

不　空

一万年过去了
我还在原地想你——

不是夜的风婆娑
而是世界齿轮割锯的痛在延伸

不再想你
让那风轻云淡融化进万物

只在芸芸众生的一尘
悄悄静坐，不落方所，不落空

寂灭，寻找火焰里的自我

打　开

一撑荷叶遮住自己
在深水底下呼吸

池塘装满花的风骨
闭眼，看见万物飘过的影姿

活在自己的梦里，包裹
一层一层，又一层，等乌鸦来啄走

清净之地，天香缕缕
让我的心化作你镜台上的青烟

合掌，再打开一双捧着的手

守　望

几世几劫
泪水化成了一道天河

一只鸟儿栖息
在滴血鸣叫

千秋万代
人间变换了无数岁月

我依旧是一粒渺小的尘埃
只在你的世界里停留片刻

守望，在广袤的宇宙自新

一　念

莫说孤独欢唱
寂寞里有你的芬芳

月亮笑容可掬
嫦娥梳妆，对镜显真影

远方并不遥远
就在那一刹那

爱，在心间
即使短暂，也是永恒

回眸，一念蕴藏的千秋

止 水

立秋立秋
莫道天凉好个秋

骄阳似火
大地依旧熙熙攘攘

不为今世的利
不为来世的名

只在此刻内心
宁静止水

谁言，心外无物，以求自证

一束光

奔跑在市井人流街头巷尾
张皇的众生忙碌，人前马后

时间被一条凶猛的猎狗追逐
分秒在一只幼猫爪尖上消失

时光吞噬如细胞的生灭
恐惧春夏消长季节的滑落

窥见性海命源中的一束光亮
你看见了我，我看见了你

闭目之间，动静一显打开的妙门

打开的翅膀

我在哪里，你在哪里
活着，东海撒网，西海收船

不为你的青睐恩惠
只为体验和感悟你的存在

把翅膀打开在风口锋磨
让所有飞翔，都围绕你的方向

你在那里，我在那里
众鸟们齐声赞美，惠风和畅

瞬息，宇宙充满了爱意暖流

倾　听

听啊，万物都在齐鸣
大海、森林以及虫鸟禽兽

歌喉是生长在万物上的音响
以隐藏的器官引吭高歌

人类、地球乃至放射的宇宙
飞翔的星球、陨石及一切尘埃

难道那些声波不曾传递
穿透遥远无际的天幕——

倾听，发自星云深处的心音

弓　弦

醒来了，我的鸟
抚摸着你灰色的羽毛

你的眼神指示了我方向
那个无法达到的境地

我的鸟，我的翅膀
捆绑着我的梦想，飞翔

那不曾达到的高度
我啄下自己的羽毛，射箭

弓弦，合二为一

仆　人

这就是我苦恋的世界
而我仅仅是它的仆人

迷惘的心灵即将干裂
怎渡一切苦厄

没有万物，哪有我
谁拿一切见证一切

融入你，真实不虚
渴望永久的安宁——

公仆，誓以恭顺爱戴世人

鱼儿辞

虽有口，却无舌
怎能诉说，清净无染

龌龊的心，怎能亲临
浑浊的身，难舍难断

脚步越来越近
唤醒沉睡的阴阳鱼儿

那一时刻是约定的誓言
那一瞬间是永久的归落

闻，静心参造化，一窍透玄机

黑玫瑰

把夜给我，连同夜里的婴儿
好比在单独中化育单独

舍弃，时光的鱼尾
我只想抓住翅膀上的日子

此刻，真想靠在你的夜色上
像鱼鳃一样呼吸翕动

夜，一潭神秘的黑海
我就是那海底的一朵玫瑰——

舍弃，撕下伪装，与一匹白蝴蝶私奔

纸鸢梦

人们把我抬在肩上，如船
那船舱上的躯体如纸鸢在飞

风在它们下面滑翔
浮起来，四周空气澄明

人们盯着我，我也盯着世人
茫茫人海，滚滚红尘

我看了看自己躺直的身躯
众生，最终抛下一切——

天空说，入土为安，然后又举过头顶

诺　言

一个孩子，坚守诺言
只是等那千万年的消息

万物从来没有长大，甚至
反反复复，进进退退

有扇大门，打开又合上
有个梦想，开启又挫折

众生啊众生，抵御灾难
驱疫送瘟，愿得无恙——

爱，就是拯救人类自身

脱　皮

从事物的本质上出发
又重新返回到它的本源

心，往往变异成另外一个物种
我还是原来的那个蝌蚪吗

春天终究要过去
我无法永久依恋它温暖的怀抱

在宇宙参差不齐的空间
飞跃层出不穷的维度——

否定，否定，然后脱皮九次，新生

扶　墙

愤怒犹如败枝残叶
火焰燃烧再高也终成白灰

欲望之花美丽，也是陷阱
富裕无孽，清贫无罪，大道无异

让迷途的返璞归真
让疾速的放慢脚步

有人靠墙而走，墙倒了，人还在走
不知道该扶墙，还是扶人——

深夜，翻山越岭去汲取活水，重新调泥

一根稻草

怎奈让肉体撕开成花朵
让腐朽的泥泞亲吻我的躯壳

毅然依偎在梦与昼的脊梁
紧紧抱住盲人留下的大象

没有归路，唯有你的灯塔
迷误的心，能否看见层层海浪

放浪形骸之外，凝神五脏之内
谁解刨了自我，谁就认识了世界——

抓住，你给我的最后一根稻草

搭 桥

把手给你，连同我的梦
大地是耕种者的栽种场，成功者的磨难地

剔透玲珑的心之塔啊
奈何明月照不到每一条沟渠

汲取智慧的营养，世界还是你的
太阳照耀每一个阴暗的角落

给我一个支点吧
只做一个安抚地球的人——

世上，有人搭桥，有的过河拆桥

归鸟辞

今夜，只想渡到你的深处
做一只水鸟禽兽，凫泅在海底

今夜，只想潜入深水里流泪
水不见眼珠，眼珠不见水

今夜，只想把鸟儿的心脏缝补
还有满身残缺的羽毛和翅膀

今夜，时空里多了一把利剑
只愿你把我收藏进你的宝库深埋

曰：白云谷口，归鸟迷巢

五星连珠

今宵，五星连珠，宇宙奇观
"咔嚓"，路上，一位俊美少年咬一口鲜桃

一面观天象，一面观少年
他的目光飘过我头顶的天穹飞远

金木水火土，五星正在连体
相互伸出援手，穿过银河，并行串联运行

快速回家，疾步跨马
追寻时空隧道驶过的飞燕

蓦然，发现那一波宇宙的桃源

符 号

贪婪没有边际，欲望没有底限
物欲的世界，谁把符号铭刻在机器上

金钱已经不认识财富
货币丧失了本来的面孔

一种符号代替了另外一种符号
日新月异的事物，贴上琳琅满目的标签

清贫限制了想象，智慧升华了认知
冬夜，抱诗取暖，相互追逐，献身

诗人卑微，而诗，高于青天——

喉 咙

未来在未来的日子盘踞
有一只猛虎正在下山

欲望之花盛开的季节
惊弓之鸟不知飞向何处

颠倒的陀螺装备了武器
射向受孕的细胞内核

分娩在没有真实的谎言
世界的弱者永远没有喉咙

沉淀，一些事物渐渐露出水面

时　候

蜘蛛匆忙地织毛衣、马甲
挂在钢架桥三角的空间

一只大蜘蛛侠履行天职
义无反顾编制天网不漏程序

疏密有致，开合井然
老虎苍蝇，猎捕其中垂死挣扎

从桥上路过，扑面吹来清亮的风
惊雷，于无声处逡巡——

闻：不是不报，时候未到

盒　子

一个时代终结了一个时代
铁鸟在天空飞行，铁马在地上奔驰

智能网络数据时代，足不出户坐拥世界
盒子在握，尽知天下大事

从微生物到有生物，升级换代
从单细胞到螺旋的基因链条，DNA 试剂

望远镜、显微镜揭开万物的隐秘
明扬在光天化日之下，真相正在大白——

事物，装进了一个虚拟的盒子或者按钮

约　定

约定的人总在那儿彼此等候
几火车皮的力量也无法拉开

赴约的人相隔天涯也无法阻挡
无缘无分的人对面不曾相识

今世没有朝朝暮暮耳鬓厮磨
只有别离、分离、舍离

眼观的，近在咫尺却很遥远
心念的，远在天边近在眼前

相爱的人啊，我们在哪里失约——

不　悖

没有一种悲伤逆流成河
沙粒沉入水底，澄清净化

时光之轮碾压所有的道路
及至已知的和未知的人间

苦难是苦难者的资本
幸福是幸福人的摇篮

怀抱梦想在岁月里滚爬
磨砺意志在沉浮中磨打

不悖，守定你的初心本源

回　响

临别，你赠送我一壶水
摇了摇，听见河水在汹涌回响

故乡的春夏秋冬次第敲醒
"叮叮当当"，也是爷娘的教诲和嘱托

宇宙星海的钟鸣音弦
其大无外，其小无内

听天使与魔鬼的交谈——
贪得无厌是人类自取灭亡的根源

听风声雨声，再去湮没欲望之花

月光辞

我在想你，孤月独明
怎奈千江有水千江月——

一匹白蝴蝶在我头顶盘旋
那是水面上冲霄的一戈飞鸟

你在想我，众里寻觅
荷花池中的莲籽芯，悄然绽放

想与不想，闭目专注
都纳戒在一串念珠上颤动

明月升起，滋生一脉皎洁光芒

当　下

骨头是钢筋
敲断骷条，再去煎熬

大地上牛羊奔忙
火车飞机飞船提速滑翔

一天天，一年年
人类追赶速度、富庶和武器

希望是人类赖以文明进步的源泉
正义与秩序，祈盼世界安宁太平

当下，按住自己，用光点亮光

迹　象

语言已经成为障碍
表达已显附庸，我该如何回答——

心灵的禾苗干枯已久
犹如饥渴的骆驼寻找甘露

当沙漠穿透所有的绿洲
有些石头自己破裂，水泉从其中喷出

爱的人啊，再无需注释自己
相信天空之镜澄明，公断自然揭开

迹象，遍布大地，处处显示

醒　令

那是每时每刻都在飞的风帆
当河水在某一瞬间戛然而止

生命中孕育的花朵
注定在某一个时刻绽放或消亡

我们不能使它延长或者改变
不知道明天，幸福和意外哪个降临

敬畏的泪水浇灌常青之树
两手空空的我能给你什么——

反照，那无所不在的醒令

手　心

从空无到存在，再从有到无
沉浸宇宙奇观，层出不穷

从寂灭到再生，来回飞往
痴人说梦，从来没有醒来

从一片树叶，到银河星海
从被分化的细胞到无限天体

坦然自若，从一回到一
真实无妄，返本还原——

手心，画一片叶子，等你降临

抵　偿

老母辞世，万情空旷
原来，有母亲的世界才叫家园

那个最柔软的名字走了
世间从此无慈念——

拿什么填补
还是用刻着印痕的石头

让石头开花守护
让心藏进石头哭泣

闻：一切创伤，都要抵偿

三只鸽子

天空穿着白色的衣裳飞翔
碧蓝的底色是风染的颜料

千万朵祥云如布阵的船舱
向四方出发，宇宙没有方向

三只雪白的鸽子，飞落家门
是远方的信使，告慰亲人——

画一只眼睛在海底的贝壳上
看见鸽子红宝石的眼珠，闪烁光耀

母亲啊，归落处即天堂，芳龄永继——

存 在

活着，就是另外一种存在
一种方式将替代另外一种

以活着的方式体验存在的感受
好比一匹野马埋葬在风暴

舍弃一切的羁绊束缚，破晓
死之前的活，活之后的死

生，蕴含着死的帷幕
死，孕育生的希冀

闻，人生，总在生死之间，揶揄

过 客

从春的肺叶再到秋的胛骨
肌肉串在骨骼上舞步

生命线在手掌堕落自性
灵魂穿行与天地窥视

活着就是在北山降生南山落幕
寂静安然，又有撕裂者的痛

难知，人人是过客
在去意彷徨中沉浮——

放下，放不下，穿梭欲望之火焰

北冥有鱼

庄周化蝶，问，谁是你
"天地与我并生，万物与我为一"

赠之钟表听时间跳声，君何而来
"北冥有鱼，南冥天池"

鲲带我鹏飞，一翅不知几千里
"万物生于有，有生于无"

君带我何往，何安于无我
"游心于淡，合气于漠"

曰：回归本性，返璞归真

一碗药汤

孤月即将满盈，阴晴蕴含圆缺
坚硬的躯体养护着它柔软的灵魂

台阶屋檐秋影，双手端起碗饮药汤
看见碗里的人影，自吻——

闻，无常是一碗药汤，人人要端
言，你们是先行者，我们是后继人——

孤独是孤独者的影子
向往是向往者的航向

生死，犹如飞蛾扑向它的烈火

不 逆

大地是一处古老的玉璧
你让我来肯定有个缘由

不为花香不为果实
你肯定让我来认识一些牛羊

泥土不是我永久的家园
你让我来，肯定是为了认清一朵蝴蝶

我在人间昼夜来回奔跑
你肯定让我来取回一样珠宝——

曰：时光不逆，大道不偏

山歌谣

一束光在花上降落
花顿时也化作了光

金黄色的光线穿透花蕊
花心瞬间折射出万道霞光

光落在山上，那山也化作粉齑
怎奈，再能唱着山歌表露心迹——

那道光，贯穿万物无遗痕
我将在大地的下面，在砂砾和泥土中飞翔

生命里，我把一首山歌，唱给春天听——

中秋辞

中秋之月是久违的故人
悲欢离合就是我的人间

高高的天空布满离愁别恨
愧问世间，情为何物？

遥知天涯沦落风尘一时
却在自己的脑海深埋永久

月光把自己隐藏进大江南北
唯将满腔的柔肠化入千山万水

愿使月长在，年年寄相思

草泽歌

最是那高山流水的灵犀
对视的目光瞬间贯穿了一生

近在咫尺却无言以对
千年的知音难觅万年的伯乐

谁听嘶鸣之马
怒吼一曲肝断肠

人性的荒漠上万里无云
树枝上落只惊诧的麻雀——

雀问我，你是谁，在草泽

无言定

土说，在财富面前我那么卑微
可有一天，它们都埋在尘土里

风说，在金钱面前我如此渺小
可有一天，你们都腐烂在风浪里

木说，在地位面前我找不到位置
可有一天，我们都在烈火中焚烧

水说，在暗礁面前我总是那么低贱
可有一天，水把石岛淹没——

无言定，一切不要过早定论

一只眼

早上凉，晚上冷，秋分至
蝶把自己包裹起来，准备过冬

黑夜里，我卸下沉重的眼镜
用眼球触摸视觉中的世界

睁亮一只眼，闭紧一只眼
正反看到的奥秘，更清晰

我喜欢把事物中和起来
最终，以最简单的言行，注解——

中正，是事物渐渐成熟的标志

半片药

半夜醒来，呼吸停顿了一下
吃半片药，咽半口水

两口气数在循环
参思悟想呼吸之间

从脊椎到百会再到丹田
升降合，循环圆，从大地到宇宙

从本身到天地万物
从无生物到有生物

闻，先造死，再造生，何虑之有？

祭母帖

洗礼。一瓶净水，迎接降生
曾经是孩子，也是少女

婚礼。初嫁的新娘，人说
羞花闭月，沉鱼落雁

而后，在人间游历
坎坎坷坷，喜忧参半

葬礼。八十三年后
一壶清水，洗涤尘垢、善恶

呜呼伏惟，不悲不怅，诵以咏一

站　道

月台上树叶穿越时空，摇曳
月亮，露出半张面庞，眺望

从转身的那一瞬间
道路，延伸遥远的彼岸

没有一个文字可以吐出口
湿润的声音，强忍打旋的泪花

闭上眼睛，带走半个月亮
半挥手，把半个月亮留下——

每一个站道，打碎梦境，又重新种下眼泪

伤不起

手心抚压坟头的石头
石头作证，传递心脉

何言百善孝为先——
负疚、懊悔、自责、怨恨

伤不起的是一生的孝廉
再冰凉的石头，也会烫伤一世的冷漠

纵有满腔话语万般哀思
不如一粒石头相伴朝夕

石头说，你的手心焐热了我

分别心

阳光照着你照着我和他
太阳也没有说我是谁的太阳

月亮验证万物生灵
它没有分穷富贵贱

春夏秋冬年年轮回
季节也没有说谁是谁的谁

红花黄花白花绿花都是花
天空大地从来没有分别心

曰：常道不变，大道无异

脚　下

鸟飞得很低，悬在半空
谷底是村庄和牛羊

很低的鸟在人的脚下飞
人在山的脚下，脚在人头上

一边是火，一边是水
马在缸边跑，鱼在刀尖上游

天道，人伦，忠孝难两全
逆旅，把自己裹挟在大地上

此刻，我只想你，在你的脚下

土

从山中挖来土
用自己的食指和拇指，力抠

土洁净，包含风木金火
有深深的海洋和无穷无尽的奥妙

在舌尖上舔舐，有人类的气味
目睹土，总是不敢相信

我们来自土，归于土
终将在泥土的海洋驰骋

闻：人嫌土不足，土嫌人不够

猫　说

浪，总会涌起
从一个高潮到另外一个

静下来
任何巅峰都有一个谷壑

静到骨髓里
是一片汪洋大海，自赞自唱

孤寂是一匹黑猫
悄悄依偎在夜的膝弯取暖——

猫说，一切喧哗总归静止

三 寸

心中的红豆已经干枯
却在海底三寸生根发芽

朝思暮想的恋人
比我的呼吸还离我近

超越时光空间
却比我的静脉更临近我

泪水干涸了，还有眼珠
眼仁干瘪了，还有眼眶

当骨头化成灰烬，我还在想你——

扶摇歌

翅膀挂在墙上哭泣
不是没有飞翔——

所有的梦想都有一个方向
只是幔障阻挡太厚

你离我很近
我离你很远

我走向你一步
你奔跑而来相迎

闻：鲲鹏万里，扶摇直上

瓦 碎

一夜秋雨一场凉
万物沐浴萧瑟

一浮尘世飘摇
归向它的航道

一凫水鸟在草泽
抚育巢穴里的幼子

一阜瓦楞跌落，打碎大地
惊醒一池河鸥，飞走

遍体鳞伤，谁来疗殇——

苞谷说

春天，苞谷种子说，我认识你
你来过，你把心思埋在土深处

夏天，苞谷穗子说，我知道你
你来过，你把文字藏进颗粒中

秋天黄了，我在树下掰苞谷
颀长的谷秆，如剑刺向高高的天空

杆叶张开胸怀，拥抱蓝天中的翅膀
齐刷刷，横渡在广袤无垠的旷野——

苞谷说，我熟了，你也老了

回望人间

午时的阳光如剑
落下窗帘像重新开启帷幕

回头一看，太阳隔在外面
阳光依旧射洒在案头

一碗粥，黄金灿灿
端起饭碗的瞬间，回望人间

地球昼夜旋转，星星看了看自己
银河之水洒在了心田——

母啊，一碗饭，也是一世的牵绊

吉祥草

青青草芳香
等候吉庆之人

手指如莲花
面容似皎月

轻扬的云彩是衣裳
鲜艳的花朵是笑颜

今夜，何处寻，心是小白兔的眼睛
通红的眼珠，映照月宫和嫦娥

举望万物，喜乐吉祥，蔚然生长

幔障

一种美丽叶片，遮住眼目
隔着日月星河，阻挡崇山峻岭

纵使寂寞，也有花朵盛开
何堪甜蜜秘境不与言说

一昼一夜交替行
不知不觉催人老

误了青春，错把时光付东流
谁把幔障揭起——

闻，慧眼睁时无遮蔽

角 度

在天堂，一个人问我
天堂在哪里呢——

我说你到地狱去看看吧
他半信半疑，逃遁

后来碰见，他拥抱我
我笑了，他哭了

又过了无数劫，遇见
他说，渴望与你换角度

我哭了，他笑了

手拉手

地球看了看身边的月球说
兄弟，让我们手拉手，永相伴

土星、木星、海王星都回观
深情表白，让我们手牵手不掉队

火星喊，来吧来吧，我太寂寞
人类登陆之日已经降临

银河系呼喊，我们之外还有无数星系
只是我们不知道。星星们边行边唱——

天外有天楼外楼，青山依旧不觉还

顶　针

守着家，母已不在
四壁的墙，空空荡荡

一草一木一石都在等待另一个春天
一针一线在等候旧衣服来缝补

静观卧室，细察器具
挂钟、香炉、气息、拐杖都在

打开抽屉，一枚顶针掉落在地上
画了个圈，我鞠躬捡起

母啊，顶针套在了食指上

鸟飞来

一只华丽的鸟飞来，哭诉——
哥哥，原谅我当年的谎言

它流着闪亮的泪，忏悔
——那都是时空缘由的种子

时已过，境已迁，游历的人生
你有你的逍遥，我有我的航道

有一种开始，就有多种结局
没有事中磨难，怎知生命的丰厚多彩——

古谚说：上苍公允，放过哪个

眼珠辞

我凭什么看见了你
眼仁、眼珠、眼眶还是光

万物都有一光
唯有光看见光

瞳孔，视网膜，色斑素
眼翳、结膜炎、白内障

一叶知春秋，一霎懂百代
眼见的，亲历的，见知鉴明

曰：眼珠看不见眼珠

诤　言

一捧土，一根草，一沙石
诠释了一生的起落与归宿

一片云，一丝风，一只鸟
遥望天际，没有言辞

一切注解和文字业已多余
在大地上，毕恭毕敬活着

从开辟鸿蒙，到万世万有
谁是你的守灵人——

时光走了，唯在大地留下诤言

字　母

一滴雨，便知春天的温度
一个字母，就是一池春水

知识，镶嵌在天地的眉心之间
没有感知，怎知它心中的幽玄

万物总在隐喻和启示
一个扣着一个，环环相连

不知道今天的自我
能否把控明天的事物——

时已至此，谁把字母刻在骨头里

那一眸

等候时机，陌生的空间
唯有那一眸的光，停顿在呼吸之间

日月正在轨道运转
感知恰在心灵滋生

不知不觉，光阴似箭
蒙昧洪荒，如风似电

从每一个毛孔洗净病垢
在每一次体验中领悟实有

今夜啊，谁把我融化殆尽——

十八的月儿

在子夜和黎明之间
阴阳两海相聚之时

以白眼珠镶嵌黑眼仁作证
以腐朽的古尸提取生命基因起誓

皎洁的月亮穿行在云端
十八的月儿圆上又圆

金瓢腾起，木葫芦澄底
水火交融相济，铁树说个话哩

却听：无始无终，无比无样

羸　弱

日月穿梭，竞赛富庶
欲火焦虑的人儿怎把心放

纯净无瑕的明月
光辉尽照人间寒舍陋室

羸弱的身躯化作轻舟
紧随着鸟儿飞越九霄云外

无法阻挡，瓦楞如翎羽
飞跃的鱼鳞在宇宙翱翔

一夜揭起，极乐数晨夕

爱　慕

思念者的心海啊永不干涸
日渐消瘦的面容啊有谁怜惜

憔悴的人儿日夜流泪
似飞蛾扑火，蹈海化己

脆弱的心，划开一道道伤口
栽种爱情的禾苗，祈盼生根发芽

攀缘在知识的悬崖谷峰
认知在无始无终之境

无计无力，唯有爱慕——

雨　殇

黄昏的人儿啊，走向何方
明天是否有你的归宿

大厦万间，灯火辉煌
人流里的背影清凉

断断续续的秋雨
旧痕未干又添新泥

雷鸣电闪洗刷干净
犹如初生婴儿圣洁

殇，再为众生投九次炼狱

重　生

黎明的人儿啊，没有彷徨
迹象确使已枯的大地复活

浑噩已经荒废时光
怎奈从大地上捡起重生二字

皓月东升，豁然开朗
枯草新绿，怦然心动

天地有仁，惟吾德馨[①]
大道至简，唯余马首是瞻[②]

"人"只有两笔，立得住，走得稳

注：①惟吾德馨《陋室铭》语。②唯余马首是瞻《左传》语。

夜行的人

号角已吹奏，船舶乘载前行
夜行的人儿啊，不知道前方有多艰辛

在灯盏里添油续命
以便知识的灯芯更加明亮

宇宙之大，思维无法触及
科学之博，学问限制了想象

在风浪里显得多么微弱
在真知的海洋里才懂得渺小——

为苍生悲悯，死而后已

天籁颂

赞颂的人儿啊，听那天籁之音
深情似大浪翻滚，穿墙破壁

长久的轰鸣，那喉咙嘶哑
大鹏在悬崖峭壁上嚎鸣

鱼在风中飞翔，马在浪尖奔跑
泡沫浮渣掀起巨大的漩涡

水草荡漾，天空霹雳
春雨润泽，大地涌动——

洗耳恭听，捧起双手，亲吻十指

蟠桃园

幸福的美酒已斟满
怕饮醉后无法承载超然

不敢临近杯唇的香味
担心湛然扑向芬芳的瑶池

怎知相思的苦比蜜甜
只有心中隐秘窥探感念——

脱去千层皮壳
跟随清风升腾

琼浆玉液虽美，蟠桃自赏

一壶水

一壶水，悬举在寒冷的风中
万物沉浸在冬天的怀抱

沐浴，壶挂在黎明的天穹
清洁之水滴落，打在浑浊的肉体

流水归于清白，洗涤污垢
检验涂染的皮肤和骨髓

夜，属于灯，照亮身躯和影子
授予热量，也恩赐光明——

壶问，是你洗我，还是我洗你？

笔

墨池翱翔龙凤的阴阳二气
万物的起始聚在笔端

书画胸有成竹，下笔意在笔前
鱼龙凭海跃越，野马脱缰飞驰

以一世的笔，蘸写三生的墨
无法写尽天地的恩德

怀抱一支笔，以墨为心
而天地万物已绘画出完美的乾坤

笔说：慎而敬之，惟而望之，体而遵之

躯　壳

亲密的身体啊，夜幕抱着我
赞扬飞鸟而轻慢它的羽衣

承载思想的航船
七窍生烟，五行交错

本然不动，妙用自如
一动一静，理气流行

眼、耳、鼻、口、知
见、同、续、行、成、化

淬炼的鸟儿，终究脱离它的躯壳

倾　斜

大地上，一棵百年大树
向大地倾斜，构成一个弯曲的角度

巨大的身躯向大地恭敬鞠躬
粗壮的根紧紧扎在泥土

即使折腰也不失挺拔雄武
高昂的气质插入云端

枝叶繁茂参天而生
日月精华泽济而生——

不屈，向大地投去敬畏

叶　问

一叶落地，可知秋至
欣欣然，万物齐鸣，潇潇雨歇

一秋叶，光阴成馔，可供叩拜
匆匆然，日月共享，淡淡云渡

一年一飞雁，四季花城鲜
风扫树叶簌簌落，抱本还原一息间

一只蝼蚁问叶，可知否
天地万物周而复始而不殆

叶归于大地，像盐消失在海中

人面狮身

渴望的人儿啊，怎样才能临近
宇宙充满神奇，四处寻觅

何处得真机，上下求索
轻轻叩响大地，反躬自问

是蝼蚁鲲鹏是填海的精卫鸟
还是斯芬克斯人面狮身

苦苦寻求，我只看到了一瞬
就在那一瞬里停驻永恒——

投奔你的大海，如鱼儿回归故乡

万花筒

深夜脉搏奔腾，梦里惊醒
胸闷气短在寒冷中加剧

恰似利刃割腕拇指
忧伤多情的心灵不堪蹂躏

多病的躯体需要良丹医治
翠绿色的梦境安抚惊厥的魂魄

有人在万花筒里遨游太空
谁在观看自己的伤口，滴血

闻：心灵因赞颂而安宁——

母　体

仁慈的人儿啊，今夜无月
天空大地一片漆黑，唯有灯光

闭眼静观，明月重新升起
万物沉浸之中欣然流动

羸弱的身躯日渐憔悴
宛若轻如鸿毛的尘埃，沉浮

思念是一种无缘无故的天性
渴望瓜秧不舍离它的脐带——

唯有爱，接续融化脱胎的母体

追　逐

被恶魔追逐之中，与之交战
我坐下它坐下，我在，它也在

我吃它也吃，我睡它也睡
有时我胜利，有时它战胜

翻开人性的书册
里面尽是善恶交错，良莠相融

心力交瘁，再无良药医治
永活之水在一座黑山之中暗藏

萨特①说，我眼里的别人才是我自己

注：①让·保罗·萨特（1905—1980），法国著名文学家、哲学家、社会活动家，存在主义主要代表人物。代表作《存在与虚无》。

空笼

鸟笼，挂在家的树枝头
高高的，空空的

鸟，飞走了很久
笼，挂在天空看云彩

日出日落云舒云卷
月升月降鸟来鸟去

见，满是疑虑
不见，困惑迷惘

笼说，灵魂走了，躯壳还在

系纽扣

早晨穿衣，系错衬衣扣子
第一个系错，步步错位

发现一枚纽扣丢失
不知道何时何地失落

去市场上买来新的扣子
对不上合适的原配

低眉问自己，今生何作何为
到头来，终是做嫁衣裳——

此刻，解开纽扣，重新系上

蛙

一日，井底之蛙在井口晒太阳
问之，君知道银河系及它之外的星系吗？

它仰天长啸，温文尔雅诘问我——
难道子知井底之泥尘及它之内的隐秘哉？

"嘎嘎嘎"蛙大笑，不知乎？
——说完四蹄一蹬而跃

吾惭愧缄默七天七夜，才道——
不知井底之幽，何谈天地之玄！

不探究宇宙之大，与井底之蛙何异！

枯树根

枯藤，玄月，残花
颀长的脖子望着无尽的天涯

天穹倒长出树杈和根
跌落在人的头顶生长

人在静观其变，寒风已冷
几片没有凋零的叶，挂在半空

恍如荷叶盏盏绽放
无根无源，一池清水——

树枯了，心里的荷花开了

零落人

一方寒舍，简屋陋室
土木瓦砾，春夏秋冬

母猫跟随辞世的母亲走了
扔下了几单初长的崽儿

黑猫在黑夜中逃遁
白猫在白昼里丢失

唯剩下一只花猫缠绕着主人脚步，不离
又如阴阳鱼盘踞在膝下睡眠——

同为零落人，何似命相近！

燕子衔泥

夜半初醒，恍如隔世
追念今昔，感恩不已

左边有白虎，右边是青龙
中间是赤胆，动静开妙门

风在起，窗帘动，一念之差
月在升，花在落，万步之遥

闻，人不死两次不知道何为生
死之后的活，活之前的死——

曰：学无涯，知无边，如燕子衔泥

麝之香

一场秋雨一层凉
冬风扫叶万树光

半夜醒来咬文嚼字
穿心过海，七星转紫微

开辟鸿蒙，明珠一颗，珠化为水
水化为火，火中藏金，金中含气

轻清者上浮，为天之形
重浊者下凝，为地之体

闻，信在身，如香在麝，声在钟

扫叶谣

一帚地，二帚天，三帚年轮
一笤扫百叶，一帚扫千秋

扫着叶，万树开白花
边扫边落，满地缤纷

叶如雪，千蝶飞舞
污渍消入大地，清气直上云霄

我扫着叶，叶扫着我
扫着日子，如麦田一茬一桩

边扫边吟，年年岁岁，岁岁年年

问 寿

午日，蛙在路边喝雨水
我给它遮伞，问之，"君知自寿？"

"呵呵，有种花早开晚败
一种虫只知有春，不知有夏

君仅知人类之寿长，不知蛙寿之短
其然，天地之生，有胎卵湿化

蛙辈一生虽比人寿之短
怎知蛙从卵几万年，出尾成蛙又几万年？"

叹曰：一息千古，千古一息

蛇

冬天的秘密收藏进腹部
大地上，残枝败叶入火炉

忍着心脏隐隐放射的疼痛
冷浸入万物潇湘的唇口

衔一颗豆大的眼泪飞跑
不知道把它寄存在何处

厚重的浮云像块抹布
怎放置洁净的身躯入殓

曰：魑魅魍魉，四性蛇，孰胜孰败？

指甲盖

夜啊，给我一盏灯
在淳厚的泥土背面显露一道光明

让它在额头点亮前方的路
就在身体里旋转燃烧

让我的手心贴着你的手心
攀缘在你的食指上飞腾

在拇指甲盖的镜面上
看见月亮冉冉升起

亲吻，擦抹双眼，然后站起——

显微镜

空旷的大道上，人在漂泊
四周里阳光和清冽的风一起游动

行人戴着面具，只剩一洞眼神
行色匆匆，我不认识他，他不认识我

以前曾经熟悉的事物，现在很陌生
陌生的事情一件件临空而去

显微镜下，我们是物质
蛋白质、核糖核酸、DNA 链条、光粒子

或曰，一即一切，一切即一

百年孤独

半夜，枕头边一本书醒来
马尔克斯①问，孤独吗？你——

没有一只灵巧的麻雀来安抚我的夜晚
在最深的孤独里，不知道啥叫孤独

大胡髭的一张脸，诡异地发笑
我孤独地睡去，他却醒着看我——

这是百年前的一个夜
也是百年后的一个晚

谁，把书错放在身边，令孤枕难眠

注：①马尔克斯（1927—2014年）哥伦比亚作家，《百年孤独》作者，1982年获诺贝尔文学奖。

手　套

冬天，丢了一只手套
翻阅季节，没有再找到时光的痕迹

剩一只，在两只手上戴
不知道十个指头哪个最冻

在寒冷的风中前行
用那只戴手套的手，向太阳招挥

太阳告诉我，另外那只手套
戴在了冬天的手指上放歌

而谁，捡起了它，找不到我

一只脚

脚步在时间的河岸流淌
与舞动的光，融合随风而去

带着调和彩釉的风轮
以及五颜六色的漩涡

旋转着的花瓣，螺旋的银河
以及天空，都随风而逝

醒或者睡犹如生和死
正如不能踏入同一条河流的脚

一只脚落下，一只脚刚刚抬起

珠　宝

珠宝啊，让我认识你
以及隐藏进万事万物中的真理

爱美的鸟儿也爱珠宝做镜子
凭借光亮照见自己的面容

认知离不开本体
犹如珠光离不开珠

珠光映在了本身上
只有与独一的自己交言抒机

深夜，拿一颗珠，安放在思念深处

橄榄枝

给我一枚绿叶吧，亲爱的人
那只嘴衔橄榄枝的鸽子已经飞远

梦中我们在河岸上相遇
你拿叶子在我身上种植

精神之恋是受伤的白天鹅
唯有等候你的安抚和救治

用绿叶掩埋，让我与时间一起焚化
而后，归火的归火，归土的归土

鸽子说，来吧，让我们捍卫人间——

月牙儿

谁在深邃的夜空涂画
以地球为圆心以时间为半径

画出半爿月牙儿
装饰人间的梦

金星合月，五星穿线
东有启明，西有长庚

一会儿，在遥远的太空看地球
像外婆簸箕里的一粒米粒

浩瀚宇宙，我在寻找那颗星——

巢　穴

一只鸟飞来，又一只飞来
落在我的肩膀，叽叽喳喳

我给它们一些谷粒
问，巢安在？

一只把另外一只的嘴唇亲啄
飞上枝头卿卿我我

比翼鸟，连理枝
而后消遁无影踪

树说，鸟儿，迟早归巢穴

春　秋

老牛耕耘春秋，一生
没有算计自己的得与失

骆驼负重前行，只看前方
不顾脚下荆棘刺破脚趾滴血

壮驴蒙眼昼夜推磨千里
仍旧原地踏步，自不知路

一匹马渐老，毅然自励自惕
却道：老骥伏枥，志在千里①

鲁公②曰：吃的是草，挤出来的是奶、血

注：①曹操《龟虽寿》句。②鲁公，指鲁迅。

棒　喝

小花猫，一见我就缠
从脚髁到膝盖、胳膊腕

有时令我疼惜怜悯
有时训斥怒吼

喜悦时抱怀抚摸
忧伤时跺脚棒喝

我聚焦你的黑仁黄珠
你凝视我的白仁黑瞳

喝：一个有珠无眼，一个有眼无珠

受　孕

半夜，血管痉挛收缩
与弹跳之后的毛孔，对应齐鸣

跳跃的脉搏没有一分秒停息
它只在呼与吸的中间静默

血液从动脉又返流到静脉
由鲜红的颜色变成暗红，肺腑化氧

红细胞、白细胞协调蛋白质均衡融合
它们在阴与阳的循环中新陈代谢

深夜，心灵的子宫，开始第二次受孕

泰山辞

一些星宿在天宫
一些星星在大地

在地球的四角及中心
它们定盘着稳固的大地

天下为公，中饱私囊
或重于泰山，或轻于鸿毛

大地之上，无数的人前仆后继
也有的把石块顶在头上当山

曰：泰山登天坛，鸿毛入污泥

海 啸

从旧市场捡买一只老海螺
手掌那么大，有心和眼

内脏空了，只剩壳
是它的躯体，也是见证

表面布满海藻皱纹
里脊骨头上闪烁五颜六色的蛤蜊光

我拿在耳朵旁，听一听海啸
嘴边吹一吹，掀起几千年的海浪

海螺，既是死，亦是活——

善心辞

万物生长，齐鸣共和
等你的人总会在下一个路口遇见

宽广的胸怀，博大的慈爱
浸润世间的每一颗心灵

当隐秘的不再隐昧
让每一次感悟直抵知识的山顶

见证至高的境地
认知与灵智的终点融合

莎士比亚①说，善良的心，就是黄金

注：①莎士比亚（1564—1616），英国文艺复兴时最杰出戏剧家、最著名戏剧大师。

赶路人

暮色苍茫，行人匆匆
我只是赶路人

红绿灯不停闪耀
似猴子的眼睛，一睁一闭

形形色色的人流从我肩膀而过
忙忙碌碌的众生陌生又亲切

人人在穿越野蛮与文明丛林
穿越火线和人性的堡垒——

赶路，有阅不尽的人间风景

向 内

医院里大夫正在给患者讲解
冠状动脉，心肌，左心房，右心室和瓣膜

而我的大脑装饰今世的釉彩
乘载宇宙的飞船在时空轨道，奔驰

此刻，扩张收缩的心房如狡兔，跳跃
听诊器是探险者的武器在胸腔窃听

荣格[1]说，向外看的人是在梦中
向内看的人是清醒的人

人间，不知道我醒着，还是在沉睡

注：[1]荣格（1875—1961），瑞士著名心理学家，精神分析学家，现代心理学鼻祖之一。

返 回

半夜醒来，辗转入眠
身，渺若微尘。静，清净光明

夜是一块瀑布挂在天穹
澄寂本然，晓喻造化

所有的星辰离去，或来临
宇宙繁星的孩子，忘记回家的路

时间的岸边涨满水草、贝壳、陨石
有人吟诵，无始，无终——

歌德[1]说：每个人，最终都得返回自身

注：[1]歌德（1749—1832），德国人，著名思想家、作家。

七朵莲

母亲走了四十九天
每七天，绽放一朵莲

留下该留的，舍弃已舍弃的
低头，见莲花池中莲花芯

泥土，躯体，水
白云，蓝天，梦

每一个关口栈道升腾
每一座桥头电闪而过——

不是一切，如梦幻泡影

熬　药

那年冬天我把煤炭烧成白灰
烧得季节的心脏，通红

在火炉里做着梦
一匹火狐狸在雪地卧眠

抚摸着它的毛发，火说
我知道，你离不开燃烧——

以思慕为药引，万物为药料
放置真善的陶罐煎熬——

炉说：炼出真金籽，磨研色愈艳

咀　嚼

一切终会静下来，静得只剩一凹耳朵
我在事物的耳膜背后等你

那些故事凋落了
我只想站在大地上吟唱

昔日的琴已经腐朽
我只目睹那些石头缝隙的花朵

冰凉贴在秋风的胸脯上
只为它的凄美赞叹不已——

你说，把汗水熬成盐巴，再去咀嚼

木　鱼

时空猎人在银河里摇曳弓箭
追逐逃逸地球的天使

天使的翅膀折损，落入烟尘
在痛楚的肋骨下逍遥人间

凡俗的幕帐，敲打心头的木鱼
尘土里长出的七情六欲

一次次躲过恶魔的追寻
一遍遍向死而生

最终，成为复活再生的飞龙

约　会

清廉皎洁的人儿啊，时光远去了
舍弃浮华与荣耀，你在哪儿等我——

闻得宇宙之花的芬芳
分分秒秒的呼吸与过往

慈悯人类和世界，化解人间桎梏
在每一个紧要关口，都把自己献出

不是为了抵达彼岸而前行
而是超越苦难，勘破一道道障碍而匍匐

反问，可曾与你拿了约会——

潮汐颂

把水赐给大海
将自己归还性与命的最初

喜欢大海的初潮
更赞颂它的退涌

潮起潮落，砥砺中延续
浪来浪去，潮汐里升华

泡沫的快乐只是瞬息
浮渣的奢华终归于破灭

云：古海翻新浪，见浪不见海

细 胞

一天，一个细胞砸疼了我
闭目养神，洗耳恭听

一个细胞对另一个细胞说
知道我是谁吗——

一个细胞是人体几十亿分之一
而一个细胞又包含几十亿个因子

"仰观宇宙之大，俯察品类之盛
极视听之娱，信可乐也"①

或曰，基因、染色体、核酸都在承载使命

注：①晋王羲之《兰亭序集》句。

禅 吻

冬夜至静，万物凝寂
每一片雪花都亲吻着大地

黑夜，伸出胳膊
想象着被你的手抚摸

梦，越加接近现实
正如现实更加趋向梦境

我已经感到被你拥抱
就像泥土感受到春天的温度

深深挚爱，与雪禅吻——

造　船

可赞的人啊，昼夜已分明
大地在它的母胎重生

灵魂摆渡的痛楚
犹如活剥生吞，扳骨翻筋

那妙如真境的飞腾
必定为你遵守最初的约定

奔波在无边无际的沙漠
一无所有，我拿什么救赎——

借一根稻草，用它造船

一滴水

一滴水，从血管的脉道上流淌
顺着遥远、绵长的胳膊飞越

从高高悬弧的手腕滑下
停顿在瘦削的指尖，而后跌落

来自遥远的太空，对准口舌
穿越时空隧道，从喉咙到五脏

清除身体的污垢，五脏六腑的病灶
直抵灵魂深处的私朽欲望——

一滴水，洗炼冰清玉洁的灵魂

显 现

爱恋的人啊，海已枯，石已烂
浮渣泡沫掩盖本来的面目

我怎能找到你，业障尽，本然湛
睁开眼是你，闭上眼也是你

不倾诉，心已明
真容已在冰山浮层显现

返璞在世俗的眼光里
寻真在布满荆棘的正道上——

闻：浑化虚有，接续真有

毒蘑菇

山野的蘑菇很俊美，当年进山寻宝
误吃，不知道有些蘑菇有毒

遇见许多蛇魔老虎狮子
也曾与兔子麋鹿天鹅蝴蝶为伴

丛林有情狼，有贪嗔痴的烈火
任凭蝰蛇恶魔摧残作祟

一个养牛人在牛奶里掺水
牛被他掺水的洪水淹死，后来——

知其毒而不毒，是毒也，反之亦然

童　谣

兔子怎能与它的虎狼相比
天性不会吃肉，只食小草残叶

虎狼怎能看上理想主义的兔子
天真烂漫，歌唱未来

虎狼强大无比，风光无限
兔子依旧风餐露宿，勤劳奔跑

后来，虎狼被它的猎人捕走
兔子依旧单纯、善良、简朴——

童谣：兔儿满山跑，最后归久巢

步　伐

宇宙有个洞，旋转
梦也有个洞，堕入

不知道几世几劫
发芽，从脐带长出个孩子

往下坠，银河远去
一些事物渐渐清晰

一切机缘都是天成道合
抓住，珍惜并为之感激——

只争朝夕，跟上万物的步伐

婴　儿

沙漠里出生的婴儿
卧在泉水之上

千年之蛇等候在路口
跟随它的师傅出行

有的人已经出生
有些人在出生中等候

在尘世里混沌修行
时刻不空，须臾不离

婴儿已长大了，而我仍旧很小

栽种场

在千年的路途中等候
却在转瞬即逝的途中失去

多想抓紧你，你的美德
永不分离，像静脉在它的血管

寂静的夜晚漫长如恒
何处安放一生性与命的抗衡

昏聩的日子，忤逆的罪恶
慵懒颓废的蛇蟒纠缠阻拦——

栽种场，此生，我播种着时光和因果

开 端

太阳没有升起，人已经出发
在荒漠与人性的战场赴汤蹈火

每一步是漫长征途的开始
每一天是整个人生的开端

燕子问，为何每天你只吻昨天的日历
因为昨天已经给予了一切，而今天才刚刚开始

昨日已逝成蹉跎，今日之事已降临
今天是新的开始，也是旧的终结——

雪莱①说，变，除过变，一切不会长久

注：①雪莱（1792—1822），英国浪漫主义诗人、作家

蜗牛谣

蜗牛在大海边蹒跚
浪花一次次拍打着沙滩

太阳的余晖没能阻止它爬行
浪花也没有遏制住坚定的脚步

海鸥有海鸥的理想
蜗牛有蜗牛的使命

不为春华喜，也不为风霜忧
只为在生命最美韶华不荒废——

以时光作证，就是最好的诠释

火柴头

住进病房，躯体就是行尸
装进货架上的商品，任其出售

左一刀，右一刀，肋骨和皮囊
只渴望良知不要在天秤上缺斤短两

像小时候自己叠的纸船
放置在风中，仍凭风吹浪打都不怕倾覆

病床上，头脑是一匣火柴盒
火柴头，滑向它的赤道，一次次擦火

人类的灵感和文明，这样被一遍遍点燃

返　乡

出发了太久，便忘记返回
跋涉者、征程人，星辰和人类

没有抵达不了的远方
只有不可战胜的理想

疾速奔忙、飞驰向前
从沙砾尘埃，宇宙天体

人类终需放慢脚步
世界还需沉静中反思——

海德格尔①说，诗人的天职是返乡

注：①海德格尔（1889—1976），德国哲学家。

天　使

昨晚，在医院护士站楼道加床
过渡了一夜，睡得特别香甜——

匆匆来匆匆去的脚步声在耳畔轻扬
无数天使的翅膀闪摇在鬓角两旁

荷叶层层次第绽放，保卫它的花蒂
那翅膀低垂，从高处轻柔徐徐降下

身躯在天使们的手中传递、测量、诊断
如珍珠的光，治愈肉体和心灵的疾病——

闻：人往往是被自己痛醒，而不是被唤醒

心　宫

心脏是幽秘的宫殿，不探不明
暗藏玄机与秘诀，我在医院的墙上读图

大夫的白大褂洁白，言语温和
犹如三月里的小雨润泽它的禾苗

医士对照手中的心脏模型，讲解构造
原来心脏是个被造器官，如数家珍

蟠龙在天，冠状动脉像皇帝的帽子
动脉是鲜红的火焰，静脉如暗红的玫瑰

医者说：知晓自己的心宫，唯有剖析洞察

遮羞布

躺在手术架上，护理布一层层遮苫或打开
无影灯、导管、荧光屏，万事已齐备

一台雕像的诞生，从亚当夏娃的树叶
从米开朗其罗[①]的大理石、锤子、琢刀复活

此刻，手术室一块遮羞布
正在揭起，世界一片寂静，在等候什么——

微创刀是大夫手中的绣花针
在细微的毛细血管雕刻出生命之美

事物都有遮羞布，揭起，雕塑或者修补

注：①米开朗其罗（1475—1564）希腊雕塑家、建筑师、画家和诗人

风信子

一切热望的均已冰凉
一切冰凉的渐已复苏

在没有遮拦的天空下面
风信子敞开一览无余的胸怀

一切事物已经揭开隐秘的本质
一切本质都在真理面前无遗

一切诗歌已经成为绝唱
一切诗人都在巅峰高歌

闻：天命之谓性，率性之谓道

蜘蛛网

在那个山洞口，恶人穷追不舍
蜘蛛网介于生与死中间，他们离去

在人性的荒漠，我常常想起
微薄的网丝，也具有强大的抵抗力

往往人类并不知道，那些微弱的事情
那些奥秘的，隐藏正义之中的真理

生与死，就在蜘蛛网的距离
随时随地，呼与吸之间

原来，渺小如此强大，又如是观——

主　角

美丽的世界，人人是朵花
人间舞台，个个都是主角

人都有剧本，演自己的角色
沧桑幸运，悲欣交集

有的人，自己掌握命运
有的人，成为别人的故事

活着，喜忧参半
离撒，风飘云散

舞台谢幕了，人都去了哪儿——

天　下

人人都是主人，也是尘埃
机缘无处不在，又瞬息即失

我们食人间烟火，又跳出五行三界
风马牛不相及，道虽远，且行

相隔，万水千山也难觅
相遇，又舍弃互依存

你说，你念，我已经感受到
那是喜悦者和被喜悦者的恩典

曰：心怀仁慈，天下安久

事　物

甲事物乙事物都有它的缘由
具备条件和反射，具涵规律

我们有许多事物围绕
许多种事物也围绕着我们

从微生物到宇宙天体，白矮星、黑洞、中子星
我是分子原子电子夸克及更小的粒子，量子在天边纠缠我

事物对我有益，万事对我无损
万物与我抗衡，遵循大道、坚守中正——

大地上，我把事物捧在了额头上，孜孜以求

海　殇

盐入海，依旧是海，海无殇
海融盐，盐已化成海，再无盐

盐说，我是海，海是我
没有什么能伤害我

海，可以提炼出盐
但无法提取一个整体的海

海再大，是一个单独的整体
盐再小，也有一个粒子——

海说，我接受百川，也容纳创伤

第七天

午后休眠，在病房的第七天
阳光拐了个弯，从窗帘背面射进来

耳洞直刺得发烫，原来
光线从右耳穿透左耳

睁开半只眼睛，墙上有半个太阳
形成半片灿烂的斑块

"28 床，今天感觉怎么样——"大夫叫
白大褂很白，温馨，悦色

且嘱，下床，向东、向西，各走九步

安　心

屈指算天，医院九日
身旁这座城市，在楼外陪守我

临窗之外是楼，高楼如苞谷秆耸立
夜晚是密密麻麻的灯，五颜六色

远处是高高的山，风不来
总觉得高得密不透风，云不走

一条河在楼下等我，它匍匐大地
此刻，万事万物都很高很大

白居士①说，我心本无乡，心安是归处

注：①白居士，即白居易，字乐天，号香山居士，又号醉吟先生

赞　美

严寒冻僵了小草的梦想
它带着伤害，依旧扎紧根儿

百里花在春天虽受寒流
它挺立胸膛依然拥抱东风

飘零的小溪清贫低微
始终追寻坚定的方向

忠贞的鸟儿尽管经受磨难
可它决然在清高的枝头歌唱——

因为你，我永远赞美生命

鞠 躬

那短暂的时辰属于我
你却使它成为永恒

纯净温暖的时光从你手指流出
轻轻画在春天的蝉羽上飞扬

任凭四海八荒冷漠的沙在哭喊
你说，让我拂去心上的雾霾

万水千山都不及你泰然自若
活着，忍辱负重，立站大地鞠躬——

人间，记着忧伤，也记住欢畅

奇 迹

每天都是奇迹，只要你发现
奇迹是你头上的犀牛角，只是看不见

生命是奇迹中的奇迹，从蝌蚪到蛙
生也是奇迹，死也是奇迹

细胞、天体，从明物质到暗物质
无生物、有生物，人或者动物、植物

我们并不知道奇迹是什么
活着和死亡，都一样重要——

曰：你尽一切喜悦一切

多与少

山上蘑菇多，还是灵芝多
海里鱼虾多，还是蛟龙多

他们说，多与少不一样
穷和富，哪个好，鸟说都知道——

太阳照耀着万物，其喜洋洋者矣
月亮滋养着幽冥，其乐悠悠者矣

它们没有说谁多谁少
天道公允，不嫌多寡

弯下腰，我在大地捡起粮食和诗句

摆　渡

并不是所有的树林都喧闹摇动
终有只鸟儿归来静养生息

螺旋前行的蝌蚪飞奔它的卵巢
终会有一匹马落床草原的深处骚动

人类抚慰着自己的躯体
以无穷无尽的思维感官觉察行动

清净是一剂良药，注入灵魂
静于五骸，止于百髓——

挂钟说，每个人都在善恶间摆渡

马的花子

有些花在外面绽放
有些花生来在内核开放

不是花之错
只是开花的地方不同

马的花子在外面
人的花子在里面

世上有许多事物开花或不开花
所有的事物都有一个结果

阳明[1]曰：知善知恶是良知，为善去恶是格物

注：[1]王阳明，明代教育家、政治家、军事家、哲学家、"心学"集大成者。

暂　床

医院的床，流动作业
每一个床号，等候一个患者

预约挂号，线上线下
排队、缴费，人头攒动

找电梯比登天梯难，转来转去
看病或者看人都是走流程

每天床头更换着新病号
每个性与命，封册在病例簿

护士道：这是暂床，下一位正等呢

陀　螺

事物都螺旋生存，或者升降
我把孩童时期的陀螺丢了

整个青春，我都在旋转
从一个地方到一个地方，高或者低

宇宙旋转，银河星宿旋转
它们都按照各自的轨道

昨晚看见一个个天体运动
一个提杆摔辫的孩子，正赶着陀螺跑

陀螺说：人类又发现了新事物

为人人

拿吧，从我身上，从我拥有的一切
即使化作春泥，直至香灰

从既有的事物上舍去
时光、财富、生命

抑制欲望的火海，淬炼锻造
贫瘠的物质，富庶的精神

脱离欲海肉体的羁绊
去寻求吧，消除贪心和自我

曰：时时刻刻，为人人服务

星 宿

二十八个星宿及两口气数
包含阴阳、大小周天，人伦天律

飞禽走兽，矿产植物，天地宝藏
显明及隐藏的事物都在庇护中

表与理的世界，明扬与暗示
万事万物都在网维之中洞察

往来春秋，蒙荫的树下乘凉
谈笑风生，衣简食陋，灿如星辰——

天空是幕，大地为席，行走人间

清净辞

心中有了爱，眼里充满光明
真爱的心，无忧愁恐惧——

在磨难中考验，越加感恩感赞
从寂灭到再生，循环往复

磨砺之境，精进之途
向导，从往返的道路上逡巡

老子曰：真常之道，常清静矣
人能常清静，天地悉皆归——

水说：我洗涤污泥，内清外洁

滋　养

我们活，栽种不同的种子
在大地播下粮食，在沙漠埋下石头

亏折的石头已经从播种时受损
受益的种子从初生既得甘霖的滋养

心灵之眼看见真实无妄的自我
医治灵魂矫正心境铺宽真理之途

看着万物，万物中有你的影子
想着你，我就成了你的一滴大海

老子曰：大道无名，长养万物

针线包

母亲的家什，遗留褓袄，打开
一针一线，时间缝入记忆

穿针引线的时光
岁月錾补在身上

一块布就是一生境地
缝缝补补的日子，绵延历史

光阴打着补丁，风"砰砰嗖嗖"响
跑到门口看，是不是老母的脚步——

母啊，一针是春，一线是秋，织出春秋

一把粟

一把粟放置树下
逃之夭夭，食在等鸟

鸟在考验世人
天网恢恢，鸟在等食

天空飞走了
大地上留一把粟，守着

两手空空，双鬓如霜
唯有赞美与救赎——

闻：清风徐来，香气自溢

鸟 倦

老树上挂着个空笼，很久
天空喂养只鸟，时来时去

不见鸟儿，只见白云
不见星辰，只见天幕

鸟，在天地间飞舞
天空是鸟的翅膀

天穹直白而清明
云舒云卷，看楼阁风烟

陶公①曰：云无心以出岫，鸟倦飞而知还

注：①陶公，指陶渊明。

家　书

七种五谷，不同颜色和大小
黎明时候泡在清水里，煎熬

父亲离开三十二个年头
就有一千零一种纪念方式

大地上没有留下什么
除过儿孙，只撷来一丝清风

记不清面庞，只留一札旧家书
叩读，吸汲先辈的傲骨、志气

今夕，以笔为花，赓续命脉

迟　花

今生跛足缓行
注定与生命迟缓蔓延——

既往的，新生的
都召唤前赴后继的使命

没有高尚者的誓言
只有卑微者的傲骨

大地泥土，与你融化
万里江河，奔腾不息

秋天，开一朵迟花，报答太阳——

尺　度

记忆是一把人类的尺子
度量世界的腰和胸围

忠实于历史与未来之间
用一根真理之绳索把历史串起来

历史是书写者的历史
也是未被书写者的历史

闻，人是万物的尺度
也是存在者存在的尺码

尺子说，所有朴素的事物都铭刻在原地

吃药歌

在一些事物，一些心灵之间
那些药像山一样，堆积

骆驼和狮子，牛和老虎共处
羊和狼，小孩和蛇玩耍

太平，太平，我呼唤着你的名字
谁是人类中最接近的人

我吃着药，药也吃着我
平静的深夜，药醒着，我睡着

药说，谁的药谁吃——

氧粒子

安静些了，它们没有喧闹
地球以及它上面的部分动植物

入眠在冷热相济的大地
泥土和泥土并不一样

它们没有呼吸，停滞念想
氧粒子是思维深处最活跃的元素

窗外有风，枯树及蚯蚓
龟蛇，残枝败叶及等待着的心灵

深夜，我裹着粒子一起流淌，时间瞬息延长

缝补记

心痛时阳光一绺绺撕裂滴血
时光在抚摸大地的伤口

抬起右手，好比母马抬起后蹄
怕伤着马驹或一只蚂蚁、一朵鲜花

冷落者的目光看不到伤疤
痊愈之痕迹吻合时间的眼睛

伤痕好了，瓜熟蒂落
不再等候谁来安慰——

心，纵使千疮百洞，总得缝缝补补

朝暮辞

镜子布满灰尘和烟雾，看不清
在那一霎的回眸，你正在擦镜子

透过尘埃，看见了你的真容
我在镜子的背面，撷取多情的眼泪

那一瞬的相见，只此天涯
何处觅，只把岁月翻遍——

一切皆因，终为约定
从此，我把自己掩埋进时光里

不求朝朝暮暮，愿得平安喜乐

三更天

梦中匍匐路途，一樽花瓶打碎
露出胎痕，一颗珠宝在闪耀

提着灯笼，在大地潜行
犹如盲人照亮自己，也照耀路人

旧的事物总在最后证明对错
新的事物一直验证着真伪

猛然醒来，半夜三更读人间
希冀太平，安泰无恙

闻：物质不灭，能量守恒——

捞　月

路口，遇一群猴子首尾相连
从高处搭成人梯，向井底拼命捞月

赶紧跑过去救护，担心坠落
会不会群落深渊

不听人的警示
捞着虚幻、妄念、固见

离天上的月亮越来越远
迷失在我执、轻慢和偏见——

闻：磨瓦求镜，南辕北辙

我跟着影子

每一个人都背负一条自己的影
人类一直在与自己斗争

我跟着影子走，影子跟着光走
"别再跟着我，走自己的路吧！"影子说——

生存抑或使命，砥砺前行
熬过艰难，总会云开日出

骄阳在天，人影在地
天地迹象之境，尽在眼前眉底

曰：何作何为，何去何从——

人在做

不是所有的狼都长白眼
八大山人①的鱼和鸟都翻瞪眼珠

不是狼长了白眼球就叫白眼狼
白眼也充斥无情无义无仁之龌龊

不是所有的白眼都长在狼身上
好狼也知情知恩知义——

有的人，翘着尾巴做狼
有的狼，夹着尾巴装人

闻，人在做，天在看——

注：①八大山人，朱耷（1626—约1705），字雪个，号八大山人，中国画一代宗师

铮　弦

一根弦抚摸，掀起心潮澎湃
一根弦挑起，江河日月扬起平沙落雁

一根弦拨起雁柱、琴弦、前岳山、弦钉
十八弦子穿透调音盒、琴足、穿弦孔

一双手弹奏筋骨，挑起血管里的心音
宛如秋水长天，渔舟唱晚，落霞孤鹜齐飞

高山在寻觅着它的流水
知音在每一个柳暗花明里相遇

谛听自然的箫声，与万物齐平

钉　子

在墙上钉钉子，墙变成了天空
去挂自己的外套，却挂上自己

在大地钉钉子，大地变成灰尘
欲把钉子深深埋葬，钉子却变成了金子

是钉子不是金子，是金子不是钉子
我寻找那颗千年不变的金子

人们说，金子都变成了钉子
深夜，我从人心上一一拔出，亲吻

心说，你剜疼了我——

找　驴

清晨起床，找了半天的马甲
找来找去，其实就在自己身上穿着

出门穿鞋，发现袜子一样一只
原来，不同颜色的袜子已经穿许多天

到大街，发现人人穿着不同的鞋
各自走着各自的路——

路上，遇见一个骑驴找驴的人
问我看见驴了没？答：我也在找驴

忽然桥塌了。驴说，不怪桥，却怪驴——

复活的石头

冰凉的石头贴近手心的冬天里
多情抚摸大地的皮肤和脊梁

向石头的眉毛吹去暖气
泥土阻隔着夏天深沉的回忆

秋天把一滴眼泪种植在石头上
复活的石头向天空鞠躬叩头

当一切的事物成为过往
石头的眼泪滋润我的尸骨

曰：比冬天冰凉的不仅是石头，还有心

心之曲

念天地之悠悠
思万类之微微

或如宏伟品类之盛
或似微观粒子之繁

囊括宇宙浩浩荡荡
容纳尘埃细细渺渺

天之大，凭心承载
心之微，冲天一气

曰：以众人为圣，当天下为母

冰心辞

夜晚，我把一盆水献给冬天
清晨，它回赐我一钵冰玉

当钵与冰舍离，乾坤清气
凝结在玉洁晶莹的冰心

捧着一碗冰，透视碗底的银河
见天见地见自己，满眼星辰旋转

一朵花升起，一朵花陨落
宇宙生生不灭，万物蒸蒸日上——

冰心说，我是水，也是汽

夜　问

如何安心？曰：把心拿来
可无法找到那颗不安的心

在大地寻找，在山水间探视
不是所有的心，说安即安

日月江河，人间烟尘
万物润泽，蕴含真言

心有千千结，万万层
打磨灯罩，光明显现

夜问，心去了哪里——

泡沫辞

河沟有许多泡沫在汇聚
大泡沫小泡沫鱼贯而入

中间的河水在激流勇进
两边泡沫相互接踵相拥

一个泡沫给另外一个表白爱情
话音未落自己已经破灭

一个泡沫刚消失
许多泡沫又诞生——

泡沫说，我追赶不上人类的脚步

沉　淀

一条河在流淌
有时急喘，有时缓气

奔流不息，不舍昼夜
不堪逆流，漩涡

总有梦想，在远方召唤
总有海燕，在风暴中磨难

荣华富贵是一生
喜贫乐道也是一辈子

人间，河，洗练泥渣，也沉淀金子

结庐辞

一个梦，传递另外一个
荷花池里，蜻蜓点水

鼻尖上，月亮的梦醒了
问，你在哪里——

天上的云彩是你吗
我只想在抬头中遇见

穿越你的世界，停留或顿悟
就在那一瞬，照见我的人间

陶公①说，结庐在人境，而无车马喧

注：①陶公，即陶渊明。

灯

有的灯在夜晚，有的在白昼
有些灯在等候光明

灯高悬在天空，却照亮大地
置入水里，照耀鱼，再去打捞

有些灯在梦里闪亮
在拐角的黑暗里呼喊你的名字

把灯挂在树上
树说，我有自己的光辉

灯说，照亮自己，再去寻求

躬 身

卑微地行走大地，生怕
碰伤大地的一尘、天涯的一角

低着头，目光不知道放哪儿
岸边有污泥和泡沫，脚，不知放哪边干净

浪花在大地上画着圈
高楼与大厦，数字和金钱快速长大

一直不敢抬头看看天空
卑微中深埋清高，柔弱里掩盖倔强

大地说，你弯着的脊梁，已融进我的心里

寸 金

在昏聩的河岸低迷
忽然见那云开日出的晴朗

你说，把手给我，还有我的心
我再也找不到自己的躯体

河里遨游，岸上叹息
骨头里长出芦苇的青苗

何去何从，何归何还
何真何虚，何忧何惧——

孟郊①说，不有百炼火，孰知寸金精

注：①孟郊，唐代诗人。

飞　蛾

从大地扛起使命，低贱或者高尚
舍己，背负天职的行者

吹着口哨，唤醒春天的少年
立马横刀，仰天长啸的壮士

沉积一生的心力，大声呼喊——
人类啊，我爱你，而后蹈火的飞蛾

或生或死，都是为理想而来
把希望的种子播下，甘愿化成粪土

叶赛宁①说，诗人是给世界报警的孩子

注：①叶赛宁（1895—1925），前苏联田园派诗人。

陶　说

蛙连蛙，河套河
水泊的纹，腾图的梦

几千年，上万年或更久远
彩绘笔吐露出人类的梦与歌

爱是一朵浪花
把黏合的泥土烧制成永恒信念

一双鱼的眼睛穿透年代尘封的脊梁
血肉以及历史蕴藏底色的文脉

陶说，塑造自我，鉴别人类

元宇宙

它们自己给自己说，元宇宙
肉眼不能观，脑机接口 VR 技术

转换身份，王子与乞丐，渔夫与木盆
积累财富名誉，生，或者死

汇聚数据世界，虚拟空间
货币商界、家庭爱情、宠物及天狗

世人用数据网络编出一个个宇宙
我低下头无语，观众生——

元宇宙，降临的不仅是互联网终极时代

没娘娃

冬天子时，起夜，右手拉灯
左膊上有热绵的一物，轻轻依偎

小花猫枕肘酣睡，抱团取暖
下巴亲昵依靠，满脸沉浸幸福

腊月，猫孤单，白天向我哭诉
娘走了，举目无亲，我靠谁

无以答，不惊动，别让它醒来
人说，男不养猫，何罪之有——

古训言：没娘娃，天照顾

脱皮记

挣扎，撕裂，滴血
蛇、蟹、蝉在脱皮

脱下外在的壳体，而后鲜活
痛苦，血肉绽开的花朵

巨鹰猛烈撞击长喙
苍老的爪，血肉淋漓，坚韧不怠

何为强大内生动力
奋不顾身，壮士断腕

向死而生，革新自我——

太空步

早晨醒来，身旁地球静静守着我
我往太空舱迈出一步，去买菜

大楼林立，人攒动，铁鸟飞，银马奔
我像一滴会唱歌的流星雨，穿越

空中，云变成了雪，又变成雨
堕入，自由落体运动

大地吞噬星雨，然后怀孕
生出许多叶子，开花结果——

太空说，人人都是宇航员，自由漫步

倥偬记

一页纸隔着一页纸，很薄
路人倥偬，有张人类的面孔擦肩而过——

有益和无利怎能一样
人性在接受它最低廉的检阅

一把锋利的刀，一点点划割
橡皮树上的心脯，分泌白色的血液

面具一张张揭起，热脸贴着冷屁股
冰凉，冬天的心脏，渗透寒风

一页纸戳破，刺光耀眼，不可直视——

回形针

针已弯几次，折疼腰
不就是为了别几页纸——

纸说，没有我，你无存在意义
针不知道再怎么曲，纸才满意

笔笑了，没有我，纸亦无用处
墨汁嘀咕，无墨，有笔也空

手对另外一只手挤眼
咱不动，看它墨汁咋办——

分崩离析而不合，皆无用

堆雪人

一群孩子堆砌一座雪人
插笤帚胳膊，装胡萝卜眼睛

戴上礼帽，扮上服装，人模人样
自高自大，自命不凡

它在冬天来回穿梭，炫耀
居高临下，养尊处优

升在空中飘起
自鸣得意，忘了自己是谁——

这时，太阳从云雾里出来了

心之向

仿佛每一脚都在落空
返乡的路，看不见你——

遥望行止，蠢蠢欲动
一眼，你已过云烟

与其等有人来抚摸双肩
不如走向大地表白心迹

每一次落脚，踏地生根
或搭棚建巢，或远走高飞——

志当凌云，只争朝夕

野芦苇

乡野变绿，空气变湿
想念也变成河滩里的野草

黑颈鹤、天鹅、灰鹤
斑头雁、海鸥、鸬鹚

它们都来了，唯独没有见你
千帆过后，依旧是风平浪静

众鸟低垂羽毛给我安慰
亲昵的嘴唇，啄食那些忧伤

众鸟说，野芦苇就是大地的翅膀

耳　朵

冬天，雪地上前行
手提一袋子米，越提越重

正想把它挂在冬天的耳朵上
找不到，摸摸自己的脑袋

一颗米粒正在背诵一首古诗
走在大地上的人类，摇摇摆摆

左耳嗡嗡作响，右耳昏昏沉沉
头颅睁开自己的眼睛，又赶紧闭合

耳朵说，摆正你的脚步，别踩伤我——

手机号

蓦然翻见母亲的手机号，一阵悲怆
号码在，手机在，人不在——

回家目睹她用过的老年手机
翻起盖，握在手心发呆

不知道此刻给她打电话，谁接
或用她手机给别人打，谁应——

梦见，母寄来许多种子和花根
我从大地上捡起翡翠、珊瑚、玛瑙

我重新种上号码，等待一池绿色荷莲响起

一杯水

一滴墨，给一杯水说
我要改变你——

水答，你能染涂我
可你改变不了江河

墨又给玻璃杯子说
我的颜色就是你的颜色

杯子跃入蔚蓝大海
浪花一朵朵盛开，一碧万顷

曰：本源之力，亘古不变

七粒米

天上的云一哭就成了雨
地上的石一笑就开了花

最后，七粒米守住
眼睛、耳朵、鼻子和嘴巴

它们不再说话
只有米粒呼吸，把万物归还给万物——

在七个栈道，辨析
一生的过往和罪孽——

人间，哭着生，笑着死

祝　福

把心聚合一起，祈盼
给你给我，给远去的大雁

给游子给朋友给边防的战士
给每一位天穹下的星辰

一句话一封信一个微笑
深深的问候已传递正义的能量

把吉庆平安送给你，亲爱的人间
快乐、幸福、感恩——

人人心中，都有一轮明月升起

时光里

花儿谢，再找不到归根的路途
人走了，缩回两只空空的手

两滴眼泪是两颗月亮
一颗在白昼隐藏，一颗在夜里遨游

种了桃花种梨花，梨花带雨度春秋
拿一世的忠贞守卫你的誓言

用三生的清白洗涤时光的底色
不逾越，不撞线，独慎守危——

时光是一把毛刷，也是一柄屠龙的刀刃

卷心菜

起初，卷着腰肢给春风耍翠
卷着卷着，把自己卷在心里

心越卷越大，也越裹越重
自己还认为自己价值极大——

层层叠叠，结结实实
只到一天，农夫与蛇一起拔出泥土

贴了标签，命运迥然不同
炒在锅里，同样经历焖炸煎熬

人说，还拿自己当菜，咻——

平行线

两条永远不相交的线
书上讲，叫平行线

我从小，脑海里想，是线
哪里有不相交的——

正如自己不相信有一天会衰老
而有的线叫射线，有的称线段

经历的事情很多，很长
一首歌未唱罢，岁月已蹉跎

线问，我有无数的点，你是哪一个

寻船记

举一只鞋当船，飘进海里淹没
那个奔跑的孩子，手提另一只鞋呼喊——

"船啊船——"，历经千辛万难
心里永远坚信远方的灯塔——

在海边捡取一把钥匙
挂在胸前，去开梦想的金锁

怎么也打不开，整个青春
打开，合上，不知错在哪里——

海说，孩子，去做一盏灯吧，点亮自己

羊之命

牧人说，绵羊是绵羊，羖鹿是羖鹿
于是，我在人间数羊，一只、两只……

羊在河岸喝水，上不行，下也错
狼总有吃它的理由和道理

羊在山顶举望远方的草原
以及草地之外的世界——

一阵风吹来，大地露出厚泽之德
而后一阵号角响起，羊归它的山坡——

谚语说，刀搭在脖子，羊还认为剪羊毛呢

冬虫夏草

飞蛾的蜕变，思慕春天
吃土，呼吸，在泥土里翱翔

不为冬死，只为春生
与花粉传来的秘密交媾

雷电嘶鸣着春梦的胸膛
风霜煎熬着欲动的爱情

春夏秋冬，不为归去
冬为虫，夏为草，只为与你相见

大地之下，我保持着蝴蝶的姿势，飞跃

木乃伊

聆听，从公元一千多年前古埃及
见证死了的岁月，活着的时光

金丝的面具，包裹的盛装，缤纷的梦
金字塔下，一阵黄粱美梦尚未醒来

枕着历史的书册，风沙和明月
沧海变桑田，北斗星的罗盘在旋转

干尸完整无损，金黄色的皮包骨
面容的表达，人们研读它的意义

木乃伊说，希望把自己的寄托，传述未来

弯　腰

弯腰，离大地最近，捡起一片蓝天
脊背的弧线，勾画出坚韧的脊梁

给春天和大地贴上绿色标签
可收回，不可收回，并向人们传播

一些资源可再生，一些资源不可再生
一只塑料瓶，一节电池，一叶废纸，我捡起

碳达峰，碳中和，抵达绿色家园
透过绿水青山，看见美好人间——

地球说，人类弯腰的姿势，最美

七个雪人

一场大雪，万物盖上厚厚的棉被
我在人间堆雪人，一个两个七个

七个雪人各具形态，像七座大山
给它们镶上眼睛、鼻子、耳朵

佩上宝剑、羽扇、拂尘
脊背，插入冬天的脊梁骨

红苹果嘴皮，玻璃眼睛藏几分灵气
没有心，找不到肺，镶不上灵魂

大地说，堆出的雪人，像你自己——

摘果子

满树的果子，坠满了天空
我在摘，果子变成星朵

一只猴伸出手与我比果实
我的很小很小，且布满伤痕

但我很幸福，因为，它的另外一只手空着
而我的另外一只手里，还握有一朵玫瑰

毛姆[①]说，人世漫长得转瞬即逝
有人见尘埃，有人见星辰——

梦中，有一双手，摘下月亮当便士

注：①毛姆（1874年—1965年），英国小说家、剧作家，代表作《月亮和六便士》等

红尘记

隆冬，窗外瑞雪茫茫
屋里炉火正旺，安然入睡

梦见满天的星星闪烁
我去采摘，变成了花朵

四十不惑，六十而知天命
介于其间，怆然悲悯——

误入红尘，蓬头灰面
清明的梦境，蓬勃一颗鲜红的心

《诗经》曰：靡不有初，鲜克有终

人间九辞

海底的蚌壳，以最柔软的心
孕育珠宝，培养性灵

打捞人四处寻觅，受尽万般苦
翻入层层浪，获得无价宝

与菩提相离一槛之近
与太极只隔一纸之遥

两海相聚出珍珠，蕴藏无限生机
万理同源，万法归宗，九九归一

王阳明曰：吾心光明，亦复何言！

种　豆

小时候，胳膊上种牛痘
天天等候长出枝丫，盼望开花结果

种瓜得瓜，种豆得豆
常听老人言，心想，这就是天条——

问时光，你把我种到哪儿了
不见开花，不见结果

把豆子捏碎在手心
把瓜埋藏进骨骼里

来年，让春风重新把豆和我，吹又生

一丝麻

三十三年前父亲含怨而逝
眼角的一颗泪，从儿今天的眼角跌落

捏在手心变成铁渣，痛彻心海
悔恨当年没有双手举顶奉孝

三十三是阴阳交合的站口
人生的骨节，拔出竹竿

如今，穷也好，富也罢
不如坟头的一丝麻

今夜，我把一丝麻缠在自己的食指上

遇　见

种子遇见春雨，芽就发了
冰雪遇见温暖，心就融化

满山的枫叶遇见秋天
浓郁的相思，纯净壮烈

深池的淤泥遇见千年的河莲
银河开满圣洁的花朵

遇见你，让所有的时光
化作春泥投向大地

遇见，那一瞬的光，普照万物

九霄辞

大地无呼，春风十里
青山不息，只此曼舞

树木无足，漫山遍野
江河无口，河图洛书

见山见水，扶摇直上
千军万马，以旗为尊

天空无珠，洞察秋毫
芸芸众生，善为至性

曰：妙体轻微，直达九霄

风干的牛胆

一颗风干的牛胆，悬挂窗棂
三百六十五日，分而食之

品尝咀嚼，吞咽喉舌，细细玩味
不见大江东去，却见惊涛拍岸

体魄满是形形色色的细胞核翻滚
以胆治胆理疗炎症，也治愈精神

平平淡淡的日子，清清白白的岁月
在人间，以风为马，何乐不为——

五脏说，胆，苦了我，甜了你

指　纹

白天花圃翻土，每一片叶子
或及大地的泥土都粘着指纹

翻看自己的手指，大拇指小拇指
它们确有各不相同的图案

仿佛不认识自己，人类是何物
却又像是一道标签或二维码

我在万物身上留下指纹
万物亦在我身上烙印痕迹

星光之下，我盯着指纹辨识自己和万物

干　花

花篮里盛满海绵，再插上干花
绿叶红花，还有松枝苍翠

一个冬季的献礼，给你——
仿佛爱就是一钵鱼，或水

捧在手心里的船，怕打翻一生的浪
只在大地上留出一块干净的地方

花说，风抽空了我的灵魂
水分或者血液，我只是摆设——

花，枯萎，梦却在心灵深处绽放

菜根谣

根把自己深埋泥土，天空留给叶
等叶端上美味餐桌，刀切掉了根

品尝佳肴，不在乎根
而根并不在意世界怎么看待自己

万物的根，都系在一个马桩上
而根只起根的作用

叶和花，是对根的升华
果实是对根的诠释和明证

根说，识得根滋味，方为人上人

对　头

有一个念头，就有一万个对头
把心放在肚子里，人说——

千万匹马在脑海奔腾
上万只蚂蚁在骨头噬咬

割弃妄想的铁链，砸烂翅膀的枷锁
你就是那只脱壳而飞的蝴蝶

世界远去了，在泡沫浮渣上飘摇
唯有万物背后的影子，本性具足

心说，一时不空，一时不离

临　近

从幔帐后面
从一切行善之人的命脉

聚合，又打开万物的宝藏
比血管脉搏更临近

释然爱的机缘
你是唯一的来路和归处

在白眼仁黑眼珠之间
在每一次起性动念的时刻

曰：泥牛入海，无我无他

女

扫雪歌

以每一片雪花的形状赞颂
以每一根细微的笤帚之芒感念

那雪花的六瓣生出绿叶
每一片叶子上面包含春夏秋冬

每一片雪花，连着万物的名相
一笤一帚，连同自己的脚印扫殆除净

几十载春秋，院落、台阶、街巷
尽力扫啊，扫出一条长长的道

雪说，你扫热了我——

万物的样子

一把种子撒在地上
欲望和灵魂一起抢

影子是恶魔的样子
装模作样，装腔作势

你无法选择你自己
支离破碎的模样

捡一枚叶子，衔在嘴里
咽下春夏秋冬，寒来暑往

万物的样子，是镜子里的我自己

时光篇

赤龙与白虎在黑山争斗
蛇蟒和仙鹤在风尖鏖战

残缺的肢体伤痕累累
无法圆满自己的修为

人生是实验地，也是栽种场
播种因，收获果，辩证一切

来的来，去的去，演绎着岁月
接续生命，赓续历史，解析未来

时无定时，终将我封印在末端

刹那记

一日，有个孩童问我
一秒钟与一刹那，谁短——

我抬头望望天空
又低头看看脚下，在想

他拍着手，兴高采烈边跑边喊
"知道了，知道了，知道了"

纳闷，我啥都没有说
他知道了什么——

低首回家，问自己的影子，一刹那多远？

养生课

知道有任督二脉、带脉、中脉
而不知道奇经八脉在哪，寻之

人体有无数无法知晓的奥秘
不知道，我自己是啥东西——

养生课老师讲玄关一窍，无明识
我眼睛往上翻瞪，像鱼问水在哪里

无名师指点，哪里寻一道道门槛
猴子在森林，乔装打扮，装疯卖傻

又闻，你把你自己丢在了本身上

肚脐眼

每个人都生来有个肚脐眼
是因为我们带脐而生

怕人类忘记母胎，这是个明证
也是万物的把柄，用第三只眼盯着

人说，动物也有，何奇之有？
习以为常的天空，有鲲鹏展翅

脐带给你呼吸供养
羊水里淌着紫河车，息息不止

脐说，我在人人身上，不信你摸摸

点　亮

——给 2022 年北京冬奥会

一枚雪花，闪烁六瓣叶子，手拉手
晶莹剔透，刻着各国的名字，世界共体

和平友爱，简约辉煌，双奥之城，北京
春天蕴藏着无限生机，世界凝聚希望之心

圣火点亮的瞬间，地球亮了
顿时破冰而出的五环升起

雪板飞跃翻卷，冰鞋低首吻冰
绿光带春，折柳送别，天下一家

火炬说，心灵，点亮人类吧——

日历辞

翻过一页，今天 2022 年 2 月 22 日
我的台历，在一旁窥察我

人们说，真是好日子，几千年一遇
身边的地球无言无语，宇宙继续运动

倒一杯白开水，置放在日历台前
从抽屉翻出一片消炎药，咽下

"真巧啊！"自言自语望着窗外的世界
楼高，离天空很近，看不见群星闪耀

日历说，每天都是好日子，在每一个当下

黑与白

两个点，在围棋谱上，纵横捭阖
每一个交点，都是一颗星

金角银边空中腹，打吃打劫
死眼假眼，两口气，为活眼

博弈对峙棋子，近在咫尺
运筹帷幄于千里之外，落下一子瞬息万变

虽无千军万马驰骋疆场
却如雷霆万钧铁骑嘶鸣

一黑一白，一阴一阳，万物欣然

落红曲

清晨，一口殷红，落在雪上
大地顿生出无数的鲜花

喉咙自惭形秽，没有守职履责
肝胆无地自容，历尽沧桑淬炼

呕心沥血，今生当作蜡烛烧
死而后已，来世续作孺子牛

染红的雪地，卷起层层的莲叶
七巧玲珑心，在花蕊间跳动——

时光，你把我葬进满腔热血里

鹪鹩枝

当万有的种子落在了腹中
乾坤生出一棵绿苗茁壮成长

土与风火水，驾驭春夏秋冬
承载一切又覆灭一切

许多迹象，在大地和天空之上
无穷无尽的事物总在最后结果

赐予生死，止于至善
人类的精华，大地的宝藏

庄子说，鹪鹩不过一枝，偃鼠不过满腹

钥匙链

在巷道拐弯处，躺着一把钥匙，带链
正在等候它的主人捡遗

一把锁在门口的风里等候开启
心扉禁闭已久，荒草丛生

钥匙走向了它的心灵深处
锁子在苏醒的乐园里找到幸福

从无生物到有生物，从一片叶子到宇宙
再从一滴水到大海，银河繁星春水

钥匙说，我的梦永远在链条与锁芯间徜徉——

根

提灯看夜，天空飞来
照见树倒长在宇宙

根系扎进天幕深邃的时空
向着未来，张开翅羽

血管喷薄欲出，龙蛇蜿蜒脊梁
远去的星辰，天空一粒尘埃

巨大的锋芒，刺向太空
向无边无际的天穹，汲取能量

树根说，我开花，你结果——

观　潮

——致苏轼

观着一生的潮
临终给其子的诗——

"庐山烟雨浙江潮
未到千般恨不消"

观着心里的潮，却道
"到得还来别无事"

观着梦里的潮，又说
"庐山烟雨浙江潮"

潮说，你观到了我，我也观到了你

坐　胎

春风把它们掌在手心，端详
千万匹奔跑的虫，朝着一个方向

它们一个个螺旋跳出，钻进土壤
踔厉奔涌莲花台怀胎

用大地的温度，春夏秋冬
以及呼哈出的气数，繁衍变化

它们最终在泥土深处，着床
卵成虫，蝌蚪变蛙，蛹化蝶

坐胎，在预定中裂变又化合

船　手

千百万次的坎坷与遇险
或大鹏的翅膀或鱼腹

艰难险阻摧毁着你的意志
船丝毫不惧风暴，勇往直前

在鱼腹中昏天暗日，砥砺拼搏
把一切危险当作时机和考验

信念是毅力之火，照亮黑暗
无论低谷还是浪尖——

船手说，使命召唤，奋斗不息

花之蜜

从一朵云的迁移或者漂浮
花瓣的清香，诉说着衷肠——

爱慕者的泪水，花之蜜
永活之泉，苦苦寻觅

为心中柔软的泥土
播上种子，耕耘磨砺，等候生发

云彩变幻无穷，天空固有不变
那永恒的宇宙，最初无称

蜜说，把爱洒向人间，处处是乐园

谜　语

冬天，我滑倒了两次
一次摔死，一次摔活

过了立春，又遇惊蛰
谁柔软了柳枝

手提灯笼，步入人间烟火
温柔乡里，一群蚂蚁在争斗

人生写满谜语，猜着，活着
不知不觉，岁月已老，缘何究竟——

梦中人，眼前人，皆当珍惜

母之春

去年此时的足迹，踏青
漫步岁月最后的余温

今昔隔梦，再抓不住孱弱的双手
更无牵手，在春风里慢行，沐浴阳光

当微风吹过鬓角缕缕白发
不忍睹春来花上枝头蝶飞舞

那些抚摸过的花草如约而至
而人间，再无那慈容婉音——

母走了，她的春天还活着

一块肉

都说是肉身，皆为食用
吃了一生的物质，滋养着它

行走大地，有无穷无尽的食物
那些食材等候舌头和牙齿以及肠胃

他们吃，一日三餐不息
吃着吃着，生老病死，行将致远

如闻，身上有一块肉
它好，整个人体好。它坏，万物坏——

心和舌头谁重要？都想做好人

源头辞

人人是一条河，历史以及生命
都在流淌，咯血，铭记在心骨

黄河，长江，幼发拉底河
密西西比河，尼罗河，恒河

人人都是泥沙，也是金粒
风搅着雪，在千江月寻找源头

一个孩子拿只瓶，各舀几瓢
把它们装在一起，摇啊摇

河说，万物皆有源头——

山那边

山与山之间，隔着河流、村庄和岁月
城市的楼遮住云彩和蓝天

山的那边，父亲埋在地下
一生从高到低，活着，河东河西

母亲睡在山的这一头
山隔着山，而大地相连

山连着山，梦通着梦
希望，总在山的那一边

追梦，翻过一座又一座山——

微　命

——忆 2010 年登滕王阁

孤傲的楼阁望断云水
相依相偎，逆流而上

残霞，落日，孤桥
红纱，余晖，孑影

鹏在岸上踌躇而行
鲤在河里蹁跹起舞，越过龙门

不见天荒地老，海枯石烂
但见烟波与天色共融——

三尺微命，一介书生

打　墙

一把种子，撒在何地
无数的诱惑和陷阱

前三辈，后三辈
一条路有一条路的命运

超越负重的耐力
生存与挑战

福祸相依，高贵与贫贱
总是在不经意间降临

老人言，打墙的板，上下翻

藏红花

枝叶和茎根，不曾离开大地
太阳如巨人的火把，烤炙

在阳光里种植，风雨中收获
以光的形状赞颂万物的孕育

紫红基因生在骨头里
以最鲜艳的颜色吐露真爱

信念，化作热血，赓续命脉
如刀似戟，赤胆忠心

大地之魂，朵朵盛开，渲染天空

树　道

刀一次次戳
树说，我不疼——

擦过眼泪，又长高了一截
刀拔出，疮痕又多了一圈

时间治愈着它，抚平
长着长着就融化进皮肉、血液

又一个春天降落枝头
长出新枝嫩叶覆盖

树说，扎得深，经得磨，长得壮

卖花翁

行驶中的脚步，停留街头
有人待售春天和它的花枝

料峭的二月，在春天的前头
我买了一束绿枝，一把花蕾

问卖花翁，此花怎么养
答曰，花瓶放一颗铁钉，等候

回家将一颗铁钉，插入瓶中
倒满乾坤坎离之水——

宇宙之花，终须在铁钉中生根

鸳　鸯

从小看着这两个字，就发呆
想象着这个字是怎么创造而出——

后来，老师讲这是一对词组
不能拆开单独使用，我不相信

再后来，我又望着鸳鸯，发觉
图上的，书上的，水里的

它俩形影若一，心神合一
一个死，一个不活

人说，不羡神仙，只羡鸳鸯

淤　泥

泥为躯，莲是魂
出得躯壳，入得污泥

每个人是泥，也是莲
无泥也无莲，泥莲是一体

无需摆脱，何须弃之
污泥说，无我何以显莲

浊淖不清，我本有仪
修兮廉兮，何虑有之？

曰：清莲有良莠，淤泥有何别

胎　心

万物之母盛开花朵
牝之门，万象之根

胎卵湿化，星云曜曜
精卵孕胚，人之初始

三月胎莲，初具人形
胎心萌动，四肢生丫

天地的轮转，四季之更新
从无到有，从有到无

胎曰：人伦纳德，生生不息

归根辞

冬，隐去最后一层皮
风，抚摸过的大地，渐渐苏醒

柔软的泥土开始张开心扉
万物新生的枝丫喷薄欲出

昼入夜宵，夜藏昼心
一轮明月照尽天涯路

猫上树，蛇出洞，蛙升天
欣欣然，大地吐露万机

老子曰：归根曰静，静曰复命

挂 碍

今夜，黄土高原焠出星光
孤寂辽阔的天幕，露出骨骼脊梁

旋转的银河系啊，能否停一停
逝去的星球无法拦住它的手臂

聆听者的聆听，远去的潮水涌动
放浪形骸，天空里隐匿无数翅膀

孤独的鹰，永无止息
喜马拉雅的巅峰，日月永鉴

今生，心挂碍一片叶子，遮住耳目

螺　旋

少年时，断线的风筝，坠落
画出无数个螺旋的轨迹

牵牛花的藤丫螺旋的手臂
精卵螺旋奔涌，太极螺旋缠丝

太阳系、银河系时刻周运不息
时间、历史都在漩涡中向前迪进

事物总在螺旋发展
从量变到质变，否定之否定中成长

内观，细胞瞬息巨变，宇宙滋养

未　知

午夜，手机铃声打碎一地梦
懵懂双眼，屏幕上显示"未知"二字

按下通话绿键，却戛然而止
又落枕续旧梦，比及醒来去打工

左思右想，不知来者何故
翻开手机通讯录欲拨回询问

无奈根本无法拨通电话
未知，未知究竟涅槃——

放下，不再执着于——未知

好好的

总有一首诗，为你而写
总有一个人，为你而等

人在远方，心已飞翔
让我们珍惜每一份时光和机缘

一手牵着过去，一手连着未来
锅碗瓢盆，劈柴喂马，洗衣做饭

面对人世间的悲喜忧乐
活着并珍惜，好好的——

闻：自知者不怨人，知命者不怨天

缘　由

三月，丁香花是初嫁的新娘
清晨，闻香下马，馥郁扑面

早晨，看看脚下的地球和头顶的太阳
见证万物，岿然不变——

万物以不同崭新的姿势出现
大千万象包含世界的隐秘

闻与不闻，说与不说，事自有因
常道不变，不增不减，本自具足——

事物是事物的一面镜子，皆为缘由

蝙 蝠

把自己种在泥土里
撕开的肉体里有鲜活的江河

在大地之下，张开坚毅的翅膀
做着自己的梦，飞翔

地狱之门敞开心扉，等候
欲望之火，贪婪自私，傲慢偏执

一只蝙蝠在黑夜里遨游
一切隐秘的事物总在最后明扬——

荷尔德林①说，在神圣的黑夜，走遍大地

注：①：荷尔德林（1770 年—1843 年），德国诗人，古典浪漫派诗歌的先驱之一，被誉为"哲学诗人"。

呼 唤

不见风，却行遍大江南北
不见时光，已飞越千秋万代

不见宇宙的未来如何生衍
却见，悬浮的银河星云，时刻运转

在时间的树下，我们相遇又分离
却在凤凰山的途中彼此发现

暗物质，暗能量，瞬息万变
我抓不住那一瞬即刻消失的机缘——

谁在最初的岸边独自徘徊，呼唤我的名字

人类辞

灵智类，或生于地球
或降于宇宙，几十万年不久

直立行走，双臂两腿，遮羞
燧木取火，制造工具，有思想并群居

文字，家庭与社团，国家
青铜器皿，战争与和平

枪炮轮船，飞机火箭，原子弹核武器
高速交通，数据库，网络时代，机器人，元宇宙……

天问：人类不知向何处奔去——

静 听

风在森林里舞步，小草
听见了它的话语和心声

大地之灯吐露春天的爱慕
花朵听到了埋藏深处的倾诉

万物之母啊，无形的耳
虎啸龙吟，草滋蝉鸣

母亲的呼吸，胎儿的心跳
大海掀潮，江河咆哮

静听，于无声处的惊雷和蝉音

独　钓
——致柳宗元

千年前的那个冬天
一首唐诗坐禅

抚琴挑弦，舞剑甩袖
千山鸟飞绝，谁观冰凌花

不见孤舟蓑笠翁
谁来独钓寒江雪

千年后的江岸，万径人踪灭
野草吹又生，一轮明月照乾坤

独钓，钓着自己和江心

天　窗

那双眼眸里有个窗口
天窗打开着宇宙的门

如闻，眼睛是心灵的窗口
我在人间寻找那双眼睛

一扇窗口通往另外一个天地
不求和光同尘，亦无所永恒不灭

尘埃芥蒂，银河星海
我在大地上画出一个天窗

窗里，种上花草和日月

春眠辞

家猫不知不觉钻进右胳膊午休
贴紧耳朵旁"咕噜咕噜"诵经

侧身向右，左胳膊弯曲
枕着右掌卧床而眠

半圈着胳膊头刚落枕
梦见日月江河湖海河莲

不觉晓，阳光照透半个身躯
春天从头到脚穿透心

春风总是横在喉咙外边，等候

青纱帐

一片沉甸甸的青稞地
高原的骨骼，摇曳出层层波浪

黄的土，蓝的天，根扎进泥土的核心
风把锋利的穗芒刺在牧马人的脊梁

眼睛里长出金黄色的彩虹
晒出饱满的养分，粒粒是苍天的文字

带剑的阳光，书写仙女般的朝霞
铺开青稞青纱帐的锋芒

坚实的稞粒，吮吸烈日，化作星星之火

云雀颂

谁，从远方寄来照片，敲响我的记忆
说，瞧，这是我们青春的阳光和麦田——

时光之船已经游得很远很远
谁在喊少年的我，朝着山冈顶上的白桦树奔来

那一年，爱情是轻灵的燕子从眼前飞过
树上刻着我们的名字，愿它与日月同辉

在翠绿的草地，一匹稚马和一尾云雀
举行童话里的婚礼，有燕尾服和蝴蝶结的盛宴

云雀啊，生命和麦浪一起飞舞，穷追不舍——

庄子说

一种生法，就有一万样死法
究其深明大义，万古不朽——

"吾以天地为棺椁，日月做双璧
星辰为珠玑，万物做殉葬"

"在上为乌鸢食，在下为蝼蚁食
夺彼与此，何其偏也！"

"以不平平，其平也不平
以不征征，其征也不征"

庄公啊，今何安在？欲往亲征——

蚍蜉

那日，蚍蜉说，我饿
大树就拥抱它，说，来吧兄弟——

蚍蜉说，其实我很崇拜你
只可惜，离你太远

树说，亲爱，别离开我
大树把蚍蜉揽进怀里，喂自己的肉

有一天，大树轰然倒下
天下无数的英雄为它扼腕——

蚍蜉说，不是我强大，只因你太纯粹

一片白云

我只是一片白云
也如小时候骑过的竹马

白色的驹，骑着时光
在每一个缝隙之间跳跃

转身，我看不见你
你找不到我，瞬息即逝

岸与岸，只是彼此的影子
也是醒来之后的无常

唯愿长眠你的永恒，不醒

蝼蚁铭

一座山也是一座城
也是设在大地的海市蜃楼

一只蝼蚁也是一座山
居穴窝之处，亦思庙堂之忧

生为蝼蚁而不屑一顾
重于泰山而为栋梁之用

熊掌与鱼，孰能两者得兼
体用为，舍生取义者矣——

曰：不为蝼蚁，不作鹏举

精卫鸟

世纪远去，不曾无奈和气馁
理想既定，就不退缩与畏惧

只管一次次投向大海石粒
千辛万苦，呕心沥血，百折不挠

即使在最险恶和孤独的境遇
哪怕众叛亲离，孤立无助——

鸿鹄，有自己的使命和胸怀
燕雀，有自己的担当与志向

精卫说，勤勉奋勇，天空自有清明

活　着

活着就是一次远旅
从出发到终结，都在淬炼和验证

活着就是一次投射
把箭或者石块掷向最远方

不知道行多久，走多远
都在把灵魂雕琢修正的途中

消耗生命抑或积蓄能量
修持止损还是踔厉奋发

活着，在高贵与低贱中，来回奔波

香丘传

那个肋下生双翼的女孩子
梦见随花飞到天尽头

一个缘字，赤条条来去无牵绊
演出缘起性空的红楼梦

"天尽头，何处有香丘？
未若锦囊收艳骨，一抔净土掩风流"

潇湘妃，葬花女，泪还尽
绛珠草，灵河岸，未若幽香因风起

"质本洁来还洁去，强于污淖陷渠沟"

定盘星

天空之上，或显或隐无数星辰
大地之下，或近或远多少英雄

每一颗恒星及流星，簇然而逝
以燃烧自己，化作光明

神奇的东方啊，有无数先哲英烈
撒落大江南北五湖四海——

一颗颗定盘星，钉在万里疆土
为大地负重，造福桑梓

今夜，我依偎一颗星，吟颂——

自　证

有一日，埋下我，如种子
在泥土里怀抱大地，等待发芽——

徜徉春夏秋冬，涵养土木风火
喜悦笼罩着的身躯，在每一次巨变滋长

泥土融化我的脾胃肝胆心
彼此相拥倾诉着衷肠

肉体向下扎根，灵魂向上展翅
以万物为反刍，揽万有为朋友

曰：参其自证，不亦乐乎——

文明祭

人类隔着山，山脉本来一体
隔着海，四海又出一源

隔着心，却有那灵犀一动
隔着一页纸，当纸挑破就无挂碍

有了文明，便有了人类
发明火，制造工具，也衍生垃圾和野蛮

假如没有怜悯和关爱，没有公平正义
没有心与心的交流，情与理的相融

史曰：罪孽者的文明史，即是野蛮史

光粒子

那光发出的粒子，汇成光波
它们又发散又聚合，便成了物质

原来物质就是光粒子
它说，来吧，来认识我——

分子原子电子夸克
波粒二象性，都是产生物

从小爱科学，知识真好
打开了狭小的心，眼光和胸襟

光说，知识无止境，认知无终结

印第安人

一切美好，戛然而止
从资本家侵食家园的那一天开始

蓝天挤满乌鸦，大地霸占豺狼
刀枪奸淫炮火，肆虐杀戮

印第安啊，人间的炼狱罪愆
欺凌者的欺凌充斥着恶欲

枷锁套在脖子，脚上的镣铐滴血
侵略和剥夺，疯狂与摧残

卡尔·波普尔①说：野蛮，只有坠入人间地狱

注：①卡尔·波普尔（1902—1994），奥地利哲学家。

闻 花

不是因为鼻子的存在就有了花香
假如没有人去闻花，香有何意义？

春天的舞步不单单在眼观耳听
那弥漫空气中的味道，浓郁或清淡

就在那一霎，从鼻孔感触到的时刻
没有春之心，再好的鼻子也嗅不到真味

世上没有无缘无故的存在与合理
只有前因后果的察觉和体恤——

花曰，你闻与不闻，我自在飘香

红斑鸠

家乡的小红水萝卜
有个好听的名字——红斑鸠

斑鸠斑鸠，红嘴绿头
有一物就有一个名相

我家的小白水萝卜
又名叫天鹅蛋

外乡人问，它们不是鸟吗
有鸟叫明月，常在松间叫

曰：更超名相真谛显，莫让名相误自身

红豆曲

赤诚的红枸杞
浸泡在淳朴灿烈的酒里

将那珠穆朗玛峰的雪莲融化梦中
用长白山巅的人参耕植心房发芽

与青松的嫩芽青涩的松子共酿
水火相济散发出竹叶的清香

红樱桃的爱恋投入古老瓮坛
一起埋在地下封存上百千年

酒曰：爱慕的红心，陶醉了我

母春辞

春天如约而至，而母再不回来
她走过的泥土，万里江河一尘一埃

抚摸过的春色，一枝一叶
不忍睹，怕春风触伤大地的心膜

公园，长椅，茶桌，紫藤
闭上眼，熟悉的味道，花坛，亭台楼阁

人间，再没有那个绽放笑颜的老人
只留年年相似的花和岁岁不同的人

春说，芳菲终有时，婉容花丛中

回　家

神州十三号，返回，2022 年 4 月 16 日
从黎明打开电视观看，遨游天空——

从小梦见自己在飞，直到看见中国宇航员
中国梦，人人的梦，穿越上下五千年

宇航员在飞越，载着千年的梦想
自豪，激动，在太空 6 个月圆满旅行

从宇宙返程，跨越无数的星河
降落，滑翔，切伞，着落，出仓

奔向祖国，飞船说，回家真好——

人间九辞

卖菜翁

蒲公英、莴苣、车前草、灰灰菜
它们都在卖菜翁的背篓里睡着

沾着露水，它们就是梳妆匣里待飞的凤钗
穿着鹅绿色的裙纱，犹如新娘的嫁妆

长在空山无人识，拿到市场成珍宝
我蹲下，一一叫醒它们的名字

你们吃，我们等待出卖
穷人，富人都在食，野菜说——

菜翁笑：野菜还是野菜，只是人变了

燕子谣

"燕燕于飞，差池其羽"①
燕子衔泥，飞入烟云寻不见

无事不来屋檐下，伴与子君度春秋
不识柳絮风欲静，坚贞不渝为谁鸣

"燕燕于飞，颉之颃之"
年年盼君年年忙，岁岁安澜岁岁急

寒来暑往春又去，不见去年旧相识
愿君常思镜中月，北燕南飞不落空

吟：樵子渔师来又去，一川风月谁为主②

注：①"燕燕于飞，差池其羽"，"燕燕于飞，颉之颃之"出自《诗经·邶风·燕燕》。②"樵子渔师来又去，一川风月谁为主"出自宋代葛长庚《凤栖梧－绿暗红稀春已暮》。

天 秤

那只老鹰必定要追杀它
鸽子，在国王的膝盖上颤抖

王把珠宝和国权统统赐给它
老鹰说，无需，我只要那温暖的肉

王秤着鸽，割着自己的肉喂鹰
直至奋不顾身飞扑天秤平衡重量

闻此，我整个身躯和心在惊颤
仿佛一把笊篱穿过肉体深处摄取——

秤说：舍生取义，愍念众生

谷 雨

圣洁之月，我把种子撒在泥土里
等候雨露滋润，明明地生发，暗暗地调养

口舌，呼吸，丹田，都在赞美
大地的春水奔腾不息，日新月异

山峦江河湖海，村落乡镇城市都在受益
雨丝祥瑞厚泽，细无声息，与万物融合

日月星辰白昼黑夜，飞禽走兽水草万类
封存的尘埃，不疏漏也不被忽视

雨诵："随风潜入夜，润物细无声"[1]

注：①杜甫《春夜喜雨》句。

母鞠辞

阳光，一泻千里，折射五颜六色
雨露，洒向寰宇万象，大江南北

网维宇宙，母马抬蹄护佑幼子
呕心沥血的父母，嗷嗷待哺的孩子

天地之母，从万物的深处疼慈
大爱无遗，直抵永恒——

以德为母，母仪天下，大道之始
玄牝之门，滋养乾坤朗朗日月

《诗经》曰：父兮生我，母兮鞠我

那一天

那一天，人人不知道，天高地厚
望着自己的裤腿和泥巴，沉思

那一天，不知道你走了就不再回来
把所有的等候都积淀在血脉里

那一天，晴天霹雳，只相信忍耐里有福份
把大牙咬得咯嘣直到咬出泉水

那时候不知道天长地久有时尽
唯见黄河之水天上来，永无返复

那一天，时空交织，只渴盼与你相逢——

揭　开

揭开，揭开我吧，天皮说
揭开，揭开我吧，地壳说

天已卷，地已裂
破碎的心灵，眼泪寻找不到眼珠

大地的忧伤火焰般燃烧
哪里安放破败不堪的躯体和灵魂——

我将和大地沉眠地下，复归其根
躯杆渐已弯曲，浑化合一，两弓一弦

那一幕终将揭开，善恶明扬，自有公断

生而有翼

我不属于谁，只属于爱
于是人们都看见我的微笑——

有个人说，我属于自己
最后从狭小的躯壳里死去

那个人说，我属于你
最后只把自己留给了自己

生而有翼，匍匐前进
深情似海，躬行人间——

鲁米①说，我的诗没有国界，只有爱

注：①鲁米，即贾拉鲁丁·鲁米（1207—1273），古波斯著名哲理诗人，被称为"属于整个人类的伟大人文主义者、哲学家、诗人"，联合国将 2007 年定为"国际鲁米年"。

貂蝉辞

本是女娇娥，怎奈娥眉出生入死
明争暗斗，周旋鏖战，风雨萧墙

送吕布于秋波，投董卓于妩媚
连环计里藏锋芒，凤仪亭上抛红袖

晨说父子情义，暮又反目掷戟
你抢我夺，不为疆土却为女妾

英雄莽撞儿女情长，白门楼前，陨陷悲壮
战乱刚罢，一代雄才又崛起，金戈铁马——

一缕幽香怨魂散，由不得，舍不去

天鹅曲

黑夜里，我与那只天鹅游弋
那匹即将飞驰的骏马，白驹过隙

心稍犹豫，宇宙飞船已经滑过蓝天
舱板和指尖上的梦想都已变成现实

并不是所有的天鹅都是白色
无处安放的灵魂，焦虑不定

天鹅飞起来了，从黑色的天鹅湖
所有的心结层层打开，恐惧消除殆尽

天鹅说，梦想，是我的另一双翅膀

骊 歌

我和大地，没有离开。大地无语
天空和我没有离开。风儿知晓

我和春天没有离开。白云说
春天浸含泪水，融合着万物

我和你没有离开，在过去，现在
还是将来，或生或死

离开是苦，不离是乐
生命，一场远行的旅途

闻，不即不离，若即若离

黄河谣

头枕青藏高原，脚踏中原大地
贯穿万里江山，咆哮千古神州

一头雄狮醒来，上下五千年
河图洛书，黄土高坡上的信天游

九曲十八弯，坎坷磨难，壮怀激烈
汹涌着千百年仁人志士，自强不息

母性的阴柔，父性的阳刚，孕育绵长
喷薄的日头，澎湃的胸怀，奔向未来——

赤龙在天，飞腾环宇，赓续万代

汇 聚

从黑夜到光明，从严寒到酷暑，无懈怠
一道道关口，一座座桥梁，近了又远去

天下有许多栈道，属于你的只有一条
你走过的以及还没有踏上的，风说——

先哲们来了又走了，看不见找不到
如春天的使者，风或者一场雨，润泽万物

太阳出升，月亮落下，涵盖万物
起于苦难，达于智慧，至于极乐——

深夜，把你的名字悄悄贴近双唇，汇聚

远与近

南美洲森林一只蝴蝶闪动翅膀
太平洋就会有一场暴风雨

澳大利亚森林火焰燃烧几月之久
珠穆朗玛峰的雪线消融，生出青草

病毒，地震，火山，冰川
飘浮冰块上的北极熊幼仔，爬母亲尸体嚎叫

世界，强权与贫弱叠加，文明与野蛮交织
战火还没有打响，石油黄金股票跌涨起伏

人类，离人间，越来越近，也越来越远——

无花果

树在果中，果藏花，花在树里
莫谈风霜春秋，只把花儿暗开

有些表象，恰恰是相反的方向
事物都朝向一个地方飞奔

有些花，为果开放，有些花走向内心
在你经意不经意的时空绽放

世上有许多因果，验证岁月
无花果的隐秘，不见花只见果

花说，花开花落，芬芳凋谢，皆为我显

心　耳

隔离在深山窑洞
听不见声音，只听见泉水声响

耳聋听不着，哑人说不出
视障看不见，光明却储藏在心里

听闻森林里有鼹鼠的故事
狐狸的夏天，狼的冬天，都有布施者

洞里有七个人一个狗，他们沉睡已久
听见一个声音，而后醒来——

有耳与无耳的区别，在乎于心耳

算　法

电脑、手机，云和大数据
它们都算，算我算你算他，区块链

我们也算着它们，可它们
不知道我们心里的隐秘——

以太坊，可算的，不可算的
明扬的，暗藏的

一些岁月丢失，一些岁月走来
一些岁月弥补遗失的容颜

算力说，万物皆可算，你的，我的

0

一切的起始，也是终结
有时盼它有，有时盼它无

是阴，也是阳。两弓合一
升降合，循环圆，无极混元

是空，也是色。非空非色
万物的源头，也是归宿

是呼吸，也是海洋。是宇宙，也是尘埃
有它，万物存在。没有它，一切等于0——

0说，其实，说简单，很简单

隔 着

去年此门中，母亲和我面对面叙旧
隔着一天两天的日子，油盐酱醋拉家常

今年此门，我们隔着蓝天白云
隔着一道门槛和一粒黄土，以及一些人间事物

今天在场的石头，野草和泥土
都是今世的见证，无所不去，也无所不来

此刻，我在坟头，面对面，无需倾诉和告示
过去的一切，未来的一切，都已明了——

一阵风吹来，繁星闪烁，潮水涌动

见 月

望着月亮，他们说，看见了
有的却说，还没看见

其实月亮就一个，站的角度不同
看见不同的身影、形象

或者远，或者近，月亮起落不同
东方或者西方，高山或者平原

有云和雾，阴晴圆缺
看月人凭眼睛或者设备仪器认知

月亮说，我面朝太阳，背永远留给黑暗

栖　居

在大地上寻找一座房子
用来住，种上星星月亮、花鸟百兽——

遇见杜甫在破草堂，吟唱——
茅屋为秋风所破歌，安得广厦千万间

看见，卖火柴小女孩和外婆正坐在壁炉前
听贝多芬弹奏着命运，眼前有烤鸭和面包

大地上有许多人疲于奔命
有的人，正在用鹅毛笔书写人间

有个房，栖居在人类心上，渐渐变暖——

有无辞

我们执着于有，或者无
几千年，上万年，人类自比弗如

无欲于欲，无相于相
有之无相，无之有形

河成于雨，雨化于云
云来自水，水化于气

不稼不穑，五谷满仓
不祈不祷，万化生焉

曰：万物以本而为，大道无异

无　念

人们串起菩提、果核、草籽
以及玉石玛瑙琥珀松石，做数珠

戴在项弯、手腕，虔诚敬意
穿行在无数条桥梁，承载无穷的渡船

串着日月星辰、吉祥八宝
拨动着心念里的那一脉寄托

一念未起万心已落，一心未动万念俱灭
我把一串珠戴给大地母亲，天空以及万物

深夜，我怀抱一颗明珠，无念

三　体

用文学和科幻解密宇宙的各种可能性
三体，打开科幻之门，脑洞和眼界

那些漫无边际的抽象概念，多维度，高频道
在想象中仿佛触手可及，深远

流浪地球，一粒宇宙的暗淡蓝点
探索宇宙，使人敬畏，插上科学的翅膀

"用想象力去接触我们无法到达的神奇时空
无法触及的太空领域"[1]

三体说，视野与认知，走向宇宙，也走近我们自身

注：①刘欣慈小说《三体》获世界科幻文学最高奖"雨果奖"感言。

得失篇

不同的栽种有不同的收获
人们种，也收获着果实

大地上有许多果子
人们以不同的方式获取

有的人拥有果子、名和利
有的人，无获或只获得极小的部分

天秤，有许多果子，它是公平
每一个心灵，都具向望和美好——

人生总在失去抑或得到中煎熬，反观亦然

月亮石

春潮涌动，河水翻浪
沙滩金黄，芦苇荡漾

捡石头，一粒二粒，捧在手心端详
脚步滑落，一块圆圆的石头跳出

谁家月亮落河滩，洗淖泥泞如玉盘
捧在手心，月亮重新从东方升起

人人心中有颗永不陨落的月亮
从柔软的心底照亮人间——

以石头作证，它曾照亮，也曾坠落

寻宝记

小时候常听外婆说，山里有许多宝藏
长大后，我一直在大地上寻找

有时候看见，有时错过，迷迷茫茫
总在混浊错位中迷失自我

不知道它们在哪儿，寻了又寻
愿做奔跑的孩子，一生艰苦求索

有天晚上梦见，许多珠宝长出骨头
才知道，原来就在自己身上

珠宝说，我喜欢，人认识我——

春山赋

——致葛长庚[1]

"江上春山远，山下暮云长"
"满目飞花万点，回首故人千里，把酒沃愁肠"

"漏声残，灯焰短，马蹄香"，错把佳人思
"浮云飞絮，一身将影向潇湘"，正应此时绪

"多少风前月下，迤逦天涯海角，魂梦亦凄凉。
又是春将暮，无语对斜阳"，问君几多愁——

最忆人间春，暮暮入苍茫
故人陌上行，不敢照凄凉

今夕何人，春雨细润无声，缠绵丝丝缕缕

注：①葛长庚：南宋诗人，字如晦，号白玉蟾，道教南宗第五代传人。

剑当歌

昼夜交替轮番，人间瞬息万变
只为觉悟或懂得感恩者更迭

人说，太阳，每一天都是新的
闻鸡起舞，抚剑当歌——

"人心惟危，道心惟微。惟精惟一，允执阙中"①
幸福者、薄福者、迷误者都在争辩

谁曾看见昼入夜，夜入昼循环不悖
朝夕惕励，须臾赞颂，与万物齐鸣

曰：智者见智，仁者见仁

注：①出自《尚书—虞书—大禹谟》

七叶辞

一颗种子发芽，阴阳交合汇聚
翻地刨土，播种季节

施肥浇水，忙碌岁月
谷雨之后，种子发出一个白芽

芽生两个叶又到三叶四瓣开枝散叶
泥土里无极生太极出两仪

看见一物，无不浑化在风里
混浊澄在海底，清扬升腾天空

曰：一籽生七叶，叶叶归息田

河　问

多少年，我满世界奔跑
相信，前方有个等待的人

用尽人生的时间和精力
到了暮年，才知道，那个人就是自己

从前，总认为事物在自己之外
世界是堵墙，越走越宽广

经过人间的煎熬与磕绊
才知道，人生就是一条跌宕起伏的河流

夜深了，问着河，今生何为——

颠　倒

猎人常羡慕猎豹的矫健凶猛
虎狼总嫉恨人类的智慧和正义

蝎子从不觉得自己有毒
蚊子也不认为叮咬别人是错误

苍蝇从不会觉得腐肉又脏又臭
硕鼠不认为在窃取别人家的东西

颠倒思考，世上没有纯粹的合理
人说，在乌鸦的世界里，天鹅都有罪——

若要公道，打个颠倒，万物就变了味道

观　花

初春赏花，看到
一个"艳"字

盛夏观花
处处是一个"娇"

猛然间，花去了
只留一地碎梦残影

怎见枝头写一个"空"
一片片黄叶藏护着深秋

事物，在隐秘中孕育、繁衍、成长

和

午时困顿，依床侧睡
醒来，忽见小花猫旁卧休眠

正压住膝头衣角
想翻身，却怕惊醒它的梦

欲断襟，恐伤自己的衣
人类，总将自己推向两难之境

矜持翼翼，附和万物
与人与禽，与天与地

曰：和为贵，毕恭毕敬，方存永泰

信 号

2019 年科学家发出 M87 中央黑洞天体图片
人们说，那是个糖圈，人类首张黑洞摄像

2022 年 5 月 12 日晚上九点，射电发来信号
天文学家公布银河系中心超大质量黑洞图像

证明该天体确实是一个黑洞
全球射电望远镜网络的观测结果

把整个银河系的照片一直缩小
与显微镜下逐渐放大细胞或一叶一花，相似

曰：万物一体，息息相关

拿针的人

衣袖磨破了，半夜起来
缝补，找出针线盒，穿针引线

翻看衣裳再有没有其他裂伤
月亮爬进窗户，窥探拿针的人

穿上金丝银线，纵横交织
针尖划破了指头，阿猫笑我太愚钝

缝缝补补，缝上银河地裂，日暮星移
稳固大地易碎剔透的心——

时光啊，你缝补吧，连同我的伤疤

旧物件

黄昏寻找旧钥匙，家的一个抽屉
翻箱倒柜，却找到一颗珠子

记起，早年从市场小摊购得
翠绿色，晶莹剔透，耀人心弦——

真不知道自己还拥有这样一个物件
却遗弃陈旧的家什匣里封尘已久

尽管，它就是一颗普通的玛瑙
可它告诉我，曾经拥有的珍贵——

曰：忘之舍之，记之念之

十万个为什么

假如没有春天，花怎么开放
没有天空，鸟儿如何飞翔

假如天空少了云彩，雨露从何而降
没有爱，我在哪里寻找到你——

假如没有昨天，历史怎样书写
没有人类，地球又有何意义

十万个为什么总是在不经意间
犹如一匹野马在脑海驰骋奔腾

假如没有明天，我将何去何从——

药引子

相思是一种病，如人体上的牛痘
种在胳膊上，成为一种免疫力

分别越久，越是一种隐痛
不知道何时开花，何处结果

恍惚之间，望见远处有人来
低下眉头，又是一个陌路人

爱，就是一付药引子
《汤头歌》里的药方，藏进万物——

喝碗药汤，誓将多情寄众生

后　来

很早，一把斧头等于三张羊皮
人们以物易物，没有财富，没有奴隶

后来，他们交换他们的剩余产品
用来改善或提高自己的生活和劳动力

贝壳、象牙、鱼、铁、铜、银、金
他们说，充当一般等价物，叫货币

以及后来的纸币，电子货币，比特币，以太币……
与人间财富，是孪生兄弟，同胞姊妹

再后来，金钱说，你们成了我的奴隶——

趔趄

地球有时变热，有时变凉
冷暖唯有河里的鸭，心知肚明——

黄昏，我行走在回家的路上
脚下打了个趔趄，险些摔倒

赶紧回头看看，自己走的路是否正确
地球说，是我不小心在你脚下打了个颤

朝前继续走自己的路吧，扶正脚步
看见太阳的光芒，也看见月亮的黑斑

闻：得道多助，失道寡助

葫芦娃

把葫芦刻画在墙上
葫芦里又有许多个葫芦，它们连着

葫芦籽就在葫芦里面生长
老农说，每个葫芦都有两口气数

它的腰有细有粗，葫芦娃
有七个兄弟姐妹，活在童话里

可大可小的度量，里面有乾坤
我摸摸自己的肚子，不知道里面有啥

葫芦说，按下葫芦浮出瓢，何智何勇？

一把木尺

一把木尺，卷曲在墙角
自叹，再无用，尽管身上刻着尺度

金钱听见说，我是价值的唯一尺度
没有我，你一无是处——

普罗泰戈拉①说：人是万物的尺度
苏格拉底②说：有智慧的人是正义的尺度

柏拉图③说：真理就是如同我所写的
我们中的每一个人都是存在和非存在的尺度

庄子说，上必无为而用天下，下必有为为天下用

注：①普罗泰戈拉，古希腊哲学家，智者派的主要代表人物。②苏格拉底，古希腊思想家、哲学家。③柏拉图，古希腊思想家、哲学家，苏格拉底的学生。

心境辞

人间有一种海，叫胸怀
看得见，却摸不着

手和脚老是对脑壳有意见
你为何老困住我不放——

叔本华①说：世界上最大的监狱
是人的思维意识

雨果②说，比海洋更宽阔的是天空
比天空更宽广的是人的胸怀

《菜根谭》曰：心随境转则凡，心能转境则圣

注：①叔本华，德国哲学家、作者，唯意志论的创始人。②雨果，法国作家，代表作《巴黎圣母院》《悲惨世界》等。

生　路

那只小黄猫终于选择远去
尽管，在它多次向我暗示之后

当第三天，还不见踪影
我说，它确实已经离走——

想起了它从小的可爱之处
掉下几滴人类伪善的眼泪

母猫离开之后，我抚养长大
它尽心尽责看护家园，陪伴

或许，自谋生路是它的飞跃

打破头

天要下雨，娘要嫁人
小时候，听大人们这么说——

一直怕天阴下雨，担心娘要嫁人
也怕树叶落下来，打破头

其实，事物的本来面目并非如此
我渴望，让真实回到真实

而事，往往与愿违，一次次低下头观复
雨点，打在黑羊身上，也打在白羊身上

又闻老人讲，雷响，天下响——

黄牛辞

梦见那匹老黄牛仍在耕耘
三生三世，不偏不倚，永不停歇

眼角总是浸挂着泪，凝望天河
顺从敬畏，辛苦劳作

那是感恩者的智慧，向导
它以自己的汗水而分舍万物

毫无可疑，它确信并谨守
我打开心和耳，洗净眼里的翳膜

牛说，以大地为席，烈火和电光

补　丁

家的角落，摆着一鼎地球仪
比篮球大，比簸箕小，形如鸟卵

五颜六色，像一块块褴褛的补丁
时而，我拿抹布擦擦落定的灰尘

每当观望，都似俯视的模样
弓背弯腰，如数家珍，万分怜爱

深夜，我用一只手，逐一触摸人类
天空中有只眼睛，监视我和手中的地球——

补丁说，我是尘埃，也是火焰

半张脸

羊羔从母羊的腹中刨出
屠宰者说，它是无用的——

天空渐渐暗下来了，残阳如血
一只颤抖的手，捂住人类的半张脸

大地渐渐暗了下来，我用脚摸索前行
心渐渐暗下来了，滑向马路边的垭口

抬头望了一眼低低的云朵
一匹母驼惊吓流产，盯着另外半张天空的脸——

愿它降临诸天的时候，遮掩我的面孔

在人间

小时候，知道苏联有个作家高尔基，写出
《在人间》《童年》和《我的大学》

那时候读它，我不知道人间在什么地方
总认为离自己很远，一切事物不属于我

看见外婆，就想起那个墓地里守望的孩子
以及那个孩子所遭受的艰难苦厄

等我老了，才知道那个孩子
如今已穿越了自己的沧桑人间

在人间，过了一辈子，也找了一辈子——

迟 种

母亲的小菜圃，今年空着
谷雨前我锄地刨土种上小菜、花卉

不知道，土粒认得不认得我
用双手翻泥除草，抚平沟壑

小白菜，菠菜，芫荽及菊花、竹节梅
一场场雨滋润，一天天孕育长出一波波翠绿

我读着它们的叶片，如同读着自己的一生
跑到镜子里一瞧，当年的少年已经双鬓斑驳

母亲说，宁叫迟了，别让误了——

摇 摆

老座钟在家的桌子上晃动摇摆
每天要上紧发条，不然自行停止

那天我拧紧发条，它停顿了一下，又摆动
我问自己，时间是不是松弛或者缩短

停止，还是摇摆，在生死之间
人性犹如羊毛挂在树梢枝头飘扬

叔本华①说，生命是一团欲望
人生就在痛苦和无聊之间摇摆——

我拿一只钉子，在时间的两头，钉住自己

注：①叔本华（1788—1860），德国哲学家、作家。非理性主义哲学创始人

歇一歇

怒放的花朵静止开放，飞鸟，蝴蝶及火焰
唯有黑石头上的一只黑蚂蚁在忙碌

一匹野马，所有的车轮，眼珠
圆的方的，直的弯的，一些事物仿佛都停歇

静观，扪心自问，躬身反省
眼观鼻，鼻守心，心念着你

脚步放慢，速度暂缓，铁鸟收起翅膀
街道、城市、马路都歇一歇

静默，用心焐热一块石头，再去投射生命

楼上篇

住在高楼看外面的风景
低处的屋顶也如楼市的矮子

并不是居以高楼就成巨人
楼每天在造，昼夜反复

起重机吊脚架像长颈鹿，铛铛击锤
响彻云霄，只听见声音不见工人身影

机器轰轰作响，钢筋和水泥齐鸣
安全帽像雨后的蘑菇，斑斑点点

楼，越来越高，离天空很近，离大地渐远

拐 弯

两个少年在草坪上传足球
白色的 T 恤衫网球鞋很耀眼

球如白色的月亮举在手中
我路过的那一瞬，望了望天空

几个青年在公园的长亭台
围圈弹琴唱歌，在弦上舞蹈火焰

一对恋人在长椅上相拥
两个身子一张脸，忘了身边有个世界

脚步说，走自己的路，拐个弯

感应篇

一滴水，相报涌泉
蜡烛燃烧自己，为了光明

蛛丝马迹，一些细微的事物
直不隐讳，懂得爱和感恩——

万事万物都在循环往复
从触动人心的那一瞬间开始

没有比心更大的世界
没有比世界更多的故事

曰：达于礼，至于理，趋于真

风不止

晚风渐静，猫声渐稀
夜半三更，仿佛一切事物都已远去

天空很静降下甘露，星球很静送来微风
它们没有表白什么——

大地很静，春有百花夏有蝉鸣
它们没有解释什么——

城市的脚步静了下来，街道门店鸦雀无声
有马路没人走，有高楼没人住

树欲静，风不止，落叶掀起一串涟漪

布衣人

太阳还没有起床，梦已经醒来
天地万物都睡着，布衣人出门了

双足踩着地球，小心翼翼行走人间
生怕伤了蚂蚁蚯蚓和人类

是朝前还是朝后，路途纵横交织
星罗密布的岔口，雄关漫道叠峦

打渔人砍柴人狩猎者，匆匆忙忙
无人顾及路人，形色苍茫——

人说，那人去了市井烟尘，养家糊口

传　话

午休，麻雀们争吵不休
似乎要变成凤凰或发生天下大事

人与鸟，鸟与鸟，隔阂巨大
它们更不明人类的心事和妄想

或在斥责人类的贪婪、战争、掠夺
硝烟浓浓，损伤鸟儿生存权益

叽叽喳喳，喋喋不休
吵醒午休人，辗转难入眠

夜里，一只鸟落在我耳旁，悄悄传话——

高　处

从高楼看窗外，城市是一座森林
有只手在空中玩积木盒子

如小时候经常与伙伴堆积木做游戏
建一座城堡，有桥梁、公路和家园

高处总有意想不到的惊喜
它们的手臂很长很大，奇迹不断

蘑菇云一团团猛然生长
那个男孩子双目明澈，注视天空

忽问，高处不胜寒，你冷吗——

相思河

遇见一粒种子，好比一颗明珠
静如处子，美若天仙

在人间，看见那些珠子
散漫地飘逸在大地，或笑或泣——

相遇是几世几劫的约定
不忍思，不忍恋，不忍别

恰似失却在伊甸园的树下
彼此苦觅千百年，暗无天日泪成河

相思，把珠子串在同一棵树上，自照反观

文字帖

那些文字符号，刻画在石壁树皮甲骨
它们矗立在大地上，盯着人类的脊梁

那些优美的笔画灵动而舞
从一个骨骼串入另外一个骨胛

把脸颊贴在字符上面，轻吻
每一个文字的背面皆是历史和未来——

若是心中皆尧舜
世界处处生河莲

闻：不立文字，又不离文字

插 花

总在大地上垒起许多城堡
每一座宫殿里住上蚂蚁蚯蚓飞鸽

总担心那只花瓶会打碎
总害怕梦醒来，人走了，心空了

谁把那颗七巧玲珑的心相守
不让它受一丝一毫的损伤

眼泪融化进满天的星斗
在狭长的贝壳里，挖掘闪耀的事物

手持一朵花，不知道插金瓶，还是牛粪——

一棵树

一部书没有打开
打开之后就没有再合上

夜夜等候，天天盼望
一只鸟，衔来一枚绿色种子

那本书，面朝黄土背朝天
长出五叶，如伞覆盖，其叶灼灼

一棵树从这部书里生根蔓叶
历史的天空繁星闪耀

树下，人们乘凉——

望江辞

伫立而望江兮
只长太息以掩涕兮

秋兰为佩，黛眉芳芷
只为诗的魂魄而生——

端午的稻谷还没有出穗就苍老
竹叶粽子还没有出笼就悲戚

望穿春秋风云，激扬楚辞骚墨
渗进中国的骨骼，印在天下人的心田

江水说，咽下米粒，噎出几颗璀璨泪珠

鱼和熊掌

那日，金鱼爱慕熊掌
离开水，拿自己去换

熊看见优雅的鱼
利刃，剁下自己的掌

熊掌无法返回到身上
干鱼永远停滞在沙滩

欲望、名誉、财富
都在笑它们痴——

孟子说，鱼和熊掌，不可得兼

至 简

天空欲下雨，云先来了
风，跟在其后

大地要布谷，春天来了
鸟儿们跟随其左右

万物都具备其形态
方圆之木没有孰是孰非

水涵江湖而不殆
山蕴草木而不歇

曰：至简至真，大道永泰

表 白

一条鱼在荷叶下沉思
倾诉着对它的苦恋，风未起，鱼已飞

蝉对白菜说让我们白头到老
一阵风吹过，无影无踪

云彩不想飘走，定住自己的影子
把心投向河底倾诉衷肠

有种爱，天荒地老，海枯石烂
守候终生，也没有吐露一个字

天空，静默无语，听万物相互表白——

墨　池

夜色撩人，夏风温柔
笔遨游在墨池的世界里

翩若惊鸿，婉若游龙
任凭逝去的青春年华一去不返

黑夜是浓密的笔墨
放浪形骸，趣舍万殊

涂画着万物最初的样子
在事物的本源，恪守初心

或曰，意在笔前，挥毫乾坤

少年说

打着悠长的口哨
坐在梧桐树下观望路人

把童年丢进梦想里
捡起一枚落叶抛在空中

那叶落在大地上沙沙响
回头，树下一位老者独坐

少年与童年已无影无踪
叶子在风中摇晃不止

少年说，梦想就是超越自己

三生石

再也找不到生命那一世的泡影
谁解心头郁结的斑块——

从三生石的秘境里挣脱而出
内观自己乾坤里的事物，踪迹与显然

找不到自己，寻不见你
走向无底洞口，踟蹰不已

在悬崖边上恍惚，伺机那一跃飞越
躬身自问，三生不易，何处去？——

恰在深渊谷底，饮取永活的泉水

泥 巴

风，从远方送来爽意
雪花在冬天装饰大地的梦境

露水和眼泪打湿脸颊
有人把天堂，过成地狱的日子

心儿里只有无尽的私欲和妄念
给你整个世界也毫无意义

穷是心穷，富是心富
知足常乐，喜贫乐道——

闻：投我泥巴，我用它种花

盈 昃

在大地上行走，遵循一个规律
没有道，无法到达彼岸

捻起花，唱着歌，布满荆棘
坎坷泥泞，平坦陷阱，无限光明

揭示它吧，事物内在的美
必然的本质，隐秘中的隐秘

鬼谷子说，圣人之道，阴
愚人之道，阳——

书曰：日月盈昃，辰宿列张①
注：①《千字文》句。

五个人

子夜，翻读一部书册
有五张插图，画五个人——

一个竹篮打水一场空
一个为他人作嫁衣裳

一个自己割自己的脚趾
一个自己给自己掘坟墓

一个点燃自己的灯
照亮来回的路——

梦见，五个人卷在我躯体里，盘根错节

长生殿

广告说，细胞营养素，抗氧化
抗菌、抑制酪氨酸酶的活性，长寿

一条蚯蚓吃了，变成巨龙
一只鹌鹑吃了，化为凤凰

知道细胞衰老和病变
他们说，可以改变细胞序列和转化基因

回家的路上，我低头回想
我吃了，会变成一只老虎还是硕鼠——

何求长生不老，只言把握好自己

门开着

冬夜入眠，被子坠地，裸肩露背
梦见有人进门为我生炉火，取暖

天色深沉，浓密的夜幕海潮湮没
从窗棂门楣渗入，涌满整个心房

赶紧下床巡察，尚有一弯明月挂枝头
依床独坐，恍惚又入梦乡

梦中连做梦，照见未亡人
醒后诧异问，原来忘关门——

门开着，万事万物都在，唯有我没了

白菜谣

家园一角，留一空地
置之可惜，用之太小

挖土平整，精耕细作
春播种籽，夏收果实

白菜白菜，其乐融融
其叶茂茂，其根有味

"从前种种，譬如昨死；
从后种种，譬如今生"①

菜说，你种了我，我必有报
注：①《了凡四训》明代袁了凡著。

第三者

你离我最近，也最远——
我在你身边看你，你在看手机

你靠近我的时候，我遁入刷屏
这个世界，手机就如第三者遣入

人遗失，拿手机可以满世界寻找
丢了手机，如丢了世界和灵魂

看众生，人人是一部手机
只到手机崩盘蓝屏，死而后已——

手机哭诉，我不是潘多拉魔盒，本无原罪

树 下

那日，我在树下入眠
忘了回家，在绿荫庇护中沉睡

一只蜜蜂看我是一朵花
嗅了嗅，吻几下，飞几圈跑了

一匹狐狸看我是一堆石头
踩了踩，踢一脚，转几转逃了

一单蚂蚁看我是一堆土
啃了啃，踹几蹄，钻进衣袖盘窝产卵

一只鸟儿误认我是头黄牛，唤醒我——

一颗字

那日，你必定来找我
与万物隔绝，不说再见

那日，不再说出一句话
不再大地上留一颗字

多一个字，也将是负担和赘疣
多一句话，也使海枯石烂

那日，心里只装有一个愿望
当大海淹没了所有的礁石和黑夜，唯有

爱，执手偕老，日月可鉴——

诗　轮

有时候，诗是一架刺猬
骑在它背上，当牛

有时候，它是一匹流浪天猫
近不得，离不得，舍不得

有时候，诗是一骑飓风野马
奔驰千里，往返古今

也如，从自己身体撕下的骨肉
一块一块朵颐，而后自投炼狱——

写诗，就是煎熬病痛，患过就自愈

一家人

夜晚，我在星星的背面倾听
说，人类是一家人

白天，我在麦垛后面听见
说，人类是一家人

梦中，我在银河的船上听到
说，人类是一家人

匆忙打开地球的窗户，我聆听
说，人类是一家人

人类就是一家人，宇宙说——

你的脚步

思念的人啊，那是千年等一回的遇见
日夜追寻你的脚步，投向你花园的怀抱

假如你来到山坡上漫步
我一定是你脚下的沙粒和泥土

当你疲倦地躺在绿树下歇息
我一定让云彩留下来，不带走阴凉的风

夜晚，谁把星星戴在头上熠熠发光
在漫无边际的宇宙深处寻觅方向——

爱，在蒙荫之下，滋养着万物

福田录

父亲强忍着那滴泪没有掉下
撒寰人世，也没有悲戚——

那一滴泪珠，三十多年没有掉落
悬挂在儿子的心头，眷眷不忘

有只鸟儿衔来一枚橄榄叶
上面画着一只眼睛，眨了眨

一滴眼泪跌落，打得大地疼痛
从此，泥土沉默寡言，孜孜耕种岁月

了凡①曰：一切福田，不离方寸

注：①明朝袁了凡《了凡四训》句。

墓　口

梦见大地开着一阙墓口
周围有草色青青，像只嘴，朝天

嘴一直张着，我从它旁边经过
向里撒三把土，种七粒米

然后，又抛下了鲜花和贝壳
以及一些事物和泪珠——

它们说，那是洞，洞里还有天地
后来，听见有哭声和笑声，蹦出

墓口说，我沉默着比开口说话好——

黑头发

夏天，我想起人类的黑头发
想起了人间无数的往事——

那头发漆黑如墨，比所有的夜晚黑
我顺着你的黑夜一直往前走

亲爱的人间，能否停一下，让我听听
听听大海，听听风和浪，还有你的呼吸

梦见农夫，在收割庄稼，"嚓嚓"响
许多麦穗从黑头发上掉落下来

大地说，通透的鸟儿知往返

鹿林记

小鹿仁爱，小心翼翼
生怕招惹森林中的邻居和伙伴

一天，狼给狮子说小鹿偷吃坡上草
过几天狐狸又告小鹿喝水不规矩

日子久了，狮子惦记在心
终于有一日，咬瘸小鹿腿子

小鹿认为是误伤，没有抱怨——
后来，有只泼熊筹谋点燃森林，鹿告诫大伙

"鹿的话不能听——"众说。鹿欲绝

花非花

白玉兰圣洁，傲立枝头
宛如精灵，飘逸万物的清香

出水芙蓉，濯清涟涟
静静闪烁着白色光耀

不被腐泥玷污染溅
在清冷的风里，保持独有的尊严

高尚的气质不浮华
纯粹的灵魂不染尘

花非花，干净是一世的智慧

软 肋

听见你的膝盖受伤，从那天开始
我感到人类的膝盖骨伤了

我在大地上为你寻找药物
找来百花草和灵子丹

你说，看，时间治愈好啦——
从那天开始，我更加感激时光厚德

人类的膝盖骨容易磨损受伤
难怪，心总是伤痕累累

事物都有膝盖和软肋，我的在哪儿？

三只鸟

时空里，我看不见你的容颜
唯有爱是这般孤寂吗？

走向世界，无处寻觅你的样子
曾说，我的再生是为爱而来

有条鱼儿从水里跳出，吻我
有只杜鹃飞来，在我肩膀上做巢

我敲了三次大地的脑门，飞腾出
一只孔雀，一尊仙鹤，一架凤凰

众鸟唱：相爱的人啊，彼此拥有并赞美

独　坐

独坐在黄昏里看黄昏
黄昏也坐着看我——

把一只手搭在夕阳的肩膀
光阴爬在我额头上画风景

这个黄昏，万物金碧辉煌
河水里也流出万道霞光

楼阁余晖，人马车流
来来往往，影影绰绰

孑然背影渐远，不知是我，还是你——

茶　道

一食一箪，乐自逍遥
茶叶初萌，卷曲心事

来自山田，归于茶海
经过道道坎坷磨难烤焙

无论身为高贵低贱
置于庙堂寒舍，依旧平静安逸

自古往来，鸿儒白丁
熬过无数的磨砺，搓揉，风吹雨打——

茶说，煎熬滤淋，味在其中

返回村庄

返回村庄，夜夜洗炼尘埃
宁静的心灵，归于纪念

夜空是神圣的殿堂
一草一木，皆为万物的密钥

唾手可得，天穹里的星朵
灵魂摆渡的光芒，熠熠生辉

鸡鸣狗唤，蛙叫虫歌
鸟儿旋巢，玉兔抱窝

原来，心灵归落的地方叫故乡

陋室歌

土木水火构造的墙，房顶和屋檐
像宇宙的框架，不生不灭

没有深的水，没有巨的龙
没有高的山，没有灵的仙

天下熙熙，鸿儒相交与理
天下攘攘，白丁往来与义

门前种花，庭后种菜
春听鸟叫虫鸣，秋望北雁南飞——

挑灯看剑尝苦胆，秉夜读书至春秋

良 丹

《黄帝内经》曰，呼吸精气，独立守神
养生家说，人体是大宇宙小宇宙的交汇

大夫说，人体里有奇经八脉
金木五行，二十四个经络

一直找不到自己的细胞和丹田
究竟在哪里，玄关一窍，神阙命门

焦虑、抑郁、强迫、恐惧、狂躁
这些现代病症是否得拿药治——

良丹说，赞念，忍耐，包容，平和

看 低

水把自己看得很低，总流向低处
最后成为大江大河归于大海

云彩把个人看得很高飘向顶端
最终化作尘埃，粉身碎骨

善，把自己看得很低
便于踩踏，也易于扶起

一眼看低，一眼走高
高山峡谷，低洼泥田，其实都是人性

此生不易，不是走高，就是趋低

搬　家

小时候，经常看一群蚂蚁搬家
昨天，公园的木椅上几只蚂蚁奔跑

跟踪，原来它们又在搬家
从一个洞到另外一个洞，分工协作

匆匆忙忙，有条不紊，井然有序
形成几道交织的线路，不迷失方向

观察，蚂蚁并不知道有人在看它
正如此刻我也不知晓，头顶上有谁看我

问蚂蚁，下一次我的家，搬何地？

捣衣人

那日，我劳顿在河岸上歇息
遥见一位老妇人在河边捣衣

我想，现在还有谁在河里洗浣
渡过去看看缘何究竟——

老妇聚精会神洗手腕、胳膊和肘
再用举过头顶的右手无名指打滴在舌尖

她心无旁骛，专心至一
伸手舀出一碗泥沙，撂在我眼前，吼道——

"半碗泥沙半碗水"，一句话，惊醒了我

问　答

那人问我，你是谁
——农民，我答

谁是你，那人又问
——工人

那人又问我干什么的
我说，在大地种诗，在天空磨制成册

然后他把土地和笔留下
一群大雁飞来，落在书上

两手空空的我，又翻新泥土耕耘——

鹅　说

那天在农贸市场，遇见卖鹅蛋人
我从他笼中挑出七颗蛋，微信付款

他说他家里养殖鸡鸭鹅，需要来电话
我想象着一座山一个村庄，柳暗花明

他说他家的鸭鹅散养，满山满洼跑
翅膀背搭手悠哉自然生长

隔几天，我炒一颗大鹅蛋品尝，只到第七个
看见蛋皮层有个黑点发晕变霉，欲问售蛋人

鹅说，蛋是我下的，你问人干么？——

十字路口

一生经过许多时空
当我深入其中，又穿越了很多洞口

遇见许多不同的人
人人具有不同的一张张面孔

我不认识人，人也不了解我
万物各循其道，叠加交织

这是一个层层叠叠的世界
参差不同的频率和认知

忽听，在十字路口，有人喊我的名字——

同行者

大地上有绿叶，也有火焰
绿树里藏着火，火中有电

每个心灵都有一个世界
每个世界里，都有一些故事

我们都在道上走，都是同行者
纵然千差万别，终须殊途同归

季羡林说：每个人的心里都有一团火
但路过的人只看到了烟

路说，我是一团火，需要燃烧

伤　逝

箭到处伤人，许多人、动物避而不及
一日，箭遇到一颗水晶心，心闭上眼睛等候

箭奇怪地问，你为何不逃避，还闭上眼
心说，闭上眼等于没看见——

最怕亲睹伤害，哪怕被你戳无数次
心说罢，淌出亮晶晶的泪珠

箭特别感动，凑过去吻心
心，还认为又一次被刺，无比疼

伤害久了，爱，也是痛的——

生死碑

一只鸟被关进笼子里
猝死，农夫取出后，它突飞走

原来生与死，就是一对孪生兄弟
老人讲，未死之前学死——

初生为蛋，再生出鸟
大地之心，插上诗的翅膀，升腾

孔子曰，未知生，焉知死——
闻，人人都有一座无形的生死碑

我的碑上刻着：诗人死了，而诗活着——

蝶恋花

花的梦，在蝴蝶的翅膀里遨游
离别，沉溺于春风迷离的往事

痴醉，春色的倩影和容颜
不惜在秋水倒影中孤赏

再没有等到那只蝴蝶飞来
在它即将凋谢最后一片叶子

听到一个过路人，诵读——
求不得，爱别离

蝶，终把自己化尽于风里

风　轮

风刮过，石头还在
身上多几道痕迹

时光旧了，记忆还在
往事的车轮上布满荆棘

生命老了，岁月还在
昔日的少年，难酬蹈海的壮士

镜子碎了，风景还在
人走了，人间还在

我走后，大地上的风轮，还转

伤病论

肉体和精神经常争论不休
直到两者互不相让，你死我活

故，人类有许多疾病缠身
大夫说，病是身体不可调和的产物

许多病是自己给自己制造出来
比如欲望与贪心，狂躁与臆想

狭隘、嫉妒、自私、愚昧、贪婪
我执在傲慢与偏见，清高与冷漠

或曰，健康，属于精神之喜乐

消　息

黎明，听见有几只喜鹊吵叫
在我的屋顶，或者窗头，叽叽喳喳

它不让我看见，总躲避飞走
有时，略见它远去的背影

不知道它每天来告诉我什么
人说，喜鹊报喜不报忧

我欲问一问，一些好消息
还有一些坏消息，比如瘟疫、战争及其他

鹊诘问，你怎么知道我是报喜，还是报忧？

羊　毛

天空堆满雪，很冷
我的手套是羊毛编织的

黑白两条横杠，使人联想到
手指上羊毛缠着线

每天世界瞬息万变
眼皮眨眨，又变化无常

我织一顶二两的羊毛帽子
整个冬天戴在树冠上

羊说，羊毛出在羊身上

耳

山林里的木头寂寞难耐
也不知道该给风说些什么

无处倾诉，无法表白
就生出耳朵来爱吧——

听着高山流水，听到虫鸣鸟叫
满耳是万物的箫音和旋律

宇宙的漩涡转涌，大地的春潮生起
犹如小桥流水，又如雷霆万钧

耳说，万物与我备孕，以听为进

后来者

荒漠之上，天地悠悠
故人何在，后者何求？

就在那活着的一瞬
我明白了我为何活着

就在那死去的一刹
我懂得了我为何死去

从我腐朽的骨骼中摄取
在我花一样的容颜里绽放

你说，其实，人类从来没有舍弃——

七棵麦穗

爱，让我下沉麦田
只牵住你的一根手指

沉下，让我沉到水草的下面
海礁的底层，与珊瑚一起舞蹈

让我重新升起，与一道光的引领
随七颗麦穗从海底生发，再把自己融化进万物

而后，再沉到岩石下面
在火狱的底层，粉身碎骨——

在明与暗的淬炼，我的麦穗熟了

火 花

带着善来吧，让我们相爱
就在那良知的核心，发现美

我要把一切给予世界
包括你赐予我的爱

除此，我再有什么呢——
亲爱的人间，让我们只管善良而活

在事物的内部看见那微弱及强大的实有
在一朵花一枝叶发现乾坤的美妙与一体——

心，焊出生命之火花，报以爱的滋养

炙 烤

那火一直燃烧着，炙烤诘问
它夺取灵魂和意志

犹如地球的内核，有一团火
烘烤着大地也滋养着草木空气

识别火，再去压抑，吸纳
与冰的对抗，以毅力和智慧

是灵与肉的交战
人与魔的对峙，私欲与傲慢——

人性，犹如烤板上炽热翻卷的鱿鱼，翻来覆去

睡　莲

雨来了，蝉躲避在叶下
雷来了，叶隐藏在大树怀里

风来了，我双手捂住眼睛
光来了，眼睛遮挡瞳仁

千军万马，山摇地动
百炼钢，化作柔指肠

谁在抚琴，音弦铮铮
高山流水，春江月夜，渔歌唱晚

谁，睡在一叶荷下，观你的音

大风歌

山没有走，水在走
一程又一程，一湾又一湾

水没有流，人在流
落花说，水啊，请带上我——

花没有走，云在走
看见的山不是山，水不是水

岸上的柳，风姿绰约
在每一个风口，都变幻身影

"月亮走，我也走"，大风唱——

梦中的吻

即使梦中的吻，那么悠长
也长不过夜晚带来的清凉

就让我们一起看星星吧，朝着光明
天空里布满陈旧的、新生的星座和银河

即使梦醒时分，难舍难分
撒下一路的标志，寻找梦的足迹

散漫的珍珠在人间磨砺
用天使的翅膀，疗愈我的伤口

你说，渴望把爱种植万物之上——

看 守

曾经我许诺，我们一起去看海
当我一个人站在海边时，大海孤独地望着我

我把自己埋进海水里，嚎啕
大海顿时变换滋味，时空变幻频率

一条鱼安抚我，一只鸟把我背到岸上
从此，我分不清，此岸还是彼岸

天空之眼一直盯着我
看透我的肉体和灵魂——

海说，孩子，你就是你，看守你自己

堆积木

三人堆积木，找人间规则
尼采①说，真理是弯的，时间是圆圈

萨特②道，我只在乎存在，自由
外婆说，鞋子合不合适，只有脚知道——

他俩对视半晌，沉思
尼采言，路走多远，看方向

萨特吟，趁现在还来得及
我要想清楚自己是谁——

此刻，有人搬起石头砸自己的脚，积木塌了

注：①尼采（1844—1900），德国诗人、哲学家、思想家。②萨特（1905—1980），法国文学家、思想家、哲学家

笔 意

一支笔正在空中驾云游龙
一个梦正在醉意中虎跃凤舞

书写的翅膀，天地万物的幽玄
胸有成竹，心摹手追

笔，天地造化之宝
飞草的君子，蛟龙出海的王

得笔意者得天下，墨池大命尽挥洒
穿行书与画，技与道，法与术，器安在？

笔问我，何时得宽余，相忘于江湖

最后的话语

身体累了就给腰腿说
歇一歇吧亲爱的，我想躺下

腿子痛了就给肩旁说
请再别给我压力，让我停一停

肝胆对心脏说，你再别跳动了
让我们看看外面的世界多么缭绕

心，本来想说些什么
可还是咽下了所有最后的话语——

王阳明说，越是艰难处，越是修心时

碎　片

我把那些时间碎片都拾掇一起
就在大地上开着细碎的花蕊

不知道，人们去哪里，再回不回来
我把日子和记忆的碎片捡起，又放下

抬头看，一切发生了变化
风和光，人和脸，昨天和未来

许多冷落的事物如冬天的旱獭
你走了，那件衬衣还挂在夏天——

咬着指尖，从废墟捡起碎瓣，锻成一朵玫瑰

翅膀飞了

半夜总是醒来，原来夜长梦多了
光阴如外婆家割的韭菜，一茬一茬

生命，总在生死之间摇晃，颠簸
不知道在哪一个瞬间，戛然而止

况于人类和未来，只把绳索扯得更紧
在一万个念想的背后，添油续命

太极说，一动无有不动，一静而百骸相随
而所有的诗都聚合在鸟的翅膀上，待飞

大地啊，翅膀飞了，而鸟还睡着——

定风波

——致苏轼

一些事物分泌一些事物
而后，缝上时间的伤口

风知道，它没有告诉天空
再从一些事物内在和外部变换名字

月亮知道人间事，莫把琐事挂心头
谁堪往事的风轮敲打记忆的门楣

一蓑烟雨任平生，谁怕，归去
怎奈料峭春风吹酒醒，独个思慕到天明——

风说，定下心，你就会看清万物的根芽

暂　停

时间按下暂停键，一切速度与激情停顿
居家，擦洗花瓶沙发凳子和时光

鱼缸无鱼，掉倒残水，与其空空
不如摆置一条陶瓷金鱼，亭台楼阁水草装饰

鱼瞪着人，张着口，不知道欲表达什么
人凝视着鱼，一生的话语哽咽在喉头

拧着入世的抹布，洗涤出世的尘埃
万物在手心轻轻滑过，打碎抑或碰伤

时随境迁，不知万物预示什么——

月亮戒

打扫家中的小花圃，绿叶繁茂
捡起一枚月亮戒指，重新戴在食指上

剪去残枝，不知能否扩枝散叶
给树枝的伤口，糊上泥巴羞涩包扎

之后，从大地拾遗起一支笔
吻它，仿佛人类和精灵都观望着我

此时，洒水的盆里掉入一只虫子
四肢双翅挣扎，用右手食指捞出放置绿叶上

虫啊，我活，你也活，你活，我即活

抚 摸

天空一抚摸风云，雨就哭了
大地一拥抱种子，果实就笑了

蓝天之下，大地之上
谁播种千万年前的因果

种下黑色的身体，长出白鸽子
播下粮食、信仰、向日葵和洁白的牙齿

收获着岁月以及爱情和历史
演绎出一切与之关联的事物、规律、真理

深夜，一只手在抚摸，我的人间和诗句

琴瑟辞

天地怀善，自然笛箫
奏出琴瑟凤鸣

高山流水，虫鸣鸟叫
筝弦突断，琴有何属？

琵琶箜篌，细如春丝洪如万钧
伯乐驾鹤，驹马归槽，龙吟虎啸

无形的指尖拨挑起无限韵律
宇宙发出千丝万缕的声响——

佳人有约，不如乘风而去，永乐逍遥

地球村

每天醒来看看身边的地球是否安然
它是我们的船舱，也是我们胯下的毛驴

村里村外就那么一些事儿
吃着自己的碗，盯着别人家锅里的事

孩子自己的好，媳妇别人家的美
熊咬狼跳鸡叫，驴打滚，兔死狗烹

地球村越来越窄，也越来越遥远
向宇宙飘，孩童们说像个脱绳的气球——

村庄，一粒蔚蓝的光点，离人类越来越远

鱼非鱼

万物都在遨游，非鱼类
河水、井水、海水，各行其道

人、书、鱼、地球都有心脏
迷误者，受遣怒者都如无头苍蝇，奔忙

蚂蚁不会自己觉知，鸟正在啄食它
螳螂捕蝉黄雀在后，蚯蚓不知下一秒喂鱼

贝壳总认为天空装在自己的肚子里
蜗牛想拿一只杯子盛满海水——

海说，水非水，鱼非鱼，你在哪儿

在那日

在那日，星星都开成花朵，火红的
大地找不到大地，鸟儿找不到鸟儿

亲爱的人，当我离开人间
远去，你能否记得我的话语——

你说有趣的灵魂万里挑一
我不是那个万一，仅仅是一个童话

我不懂得人世间的逍遥与凡俗，只是
把爱播撒在时空里每一个机缘

燕子说，在那日，云朵带我们一起飞舞

菜根辞

自己种的菜
才知道菜根的味道

自己种的花
才知道花的心思

种下汗水、身体和泪珠儿
都化作尘埃和天边的云彩

人人都是耕作人
不问耕耘知多少

根说，你的爱，终将属于你

围　城

因一个人，爱一座城
人走了，城还在

因一座城，记住一个人
城变了，人还在

《围城》说，城外的人想进去
城里的人想出来

爱与怨都是心的过往
城里城外的故事，成了人类陈旧的话题

城堡说，跳出三界外，仍在五行中

诗　说

从大地捡起一把遗失的金钥匙
再去开启智慧的锁心

诗者说，我不负诗
诗，终不负于人——

在字里行间淹没自己
以最低门槛的高贵，追寻

每当幸福、挫折、伤痛、哀婉
诗，总走在最前头，安抚不羁的心

诗说，我是玫瑰，也是食粮

心　学

大夫说，心有左房室，右心房
有门窗心耳，冠状动脉如树杈覆盖

医者把心的模具举在手上讲解
动脉和静脉像蜿蜒的大河大江

曾闻老人讲，心有七层境界九层空灵
泵转血液的循环，吐故纳新奔流不息

殷商比干，有颗七窍玲珑心，不死不忠
孙悟空救师傅，吐出诚心善心慈心忠心决心真心

心说，我是房子，承载天地万物

谐　音

一匹雪白的兔子，一双红彤彤的眼珠
扑腾腾藏在胸骨，在月宫灵河守护天使

阅尽人间烟火里的尘埃，蒙闭双眼
看见灯火阑珊处的人影，望眼欲穿

在于无声处听到惊雷，在空谷幽兰处听见蝉鸣
用柔软的手掌安抚双眸，却看见雾水里的真容

天地的谐音，万物之声，都纳进你的脑海
银河里的弹奏，遥远星云里的波粒量子

一双眼，看穿沉浮的帆船，望断倒影梦幻

光之路

太阳有太阳的航线，月亮有月亮的轨迹
人间万物各循其道，和而不同

山川河流，小草大树，陆地和海洋
动物植物，飞禽走兽，以各有各的方式生存

"你今天受的苦，吃的亏，担的责，扛的罪
忍的痛，到最后都会变成光，照亮你的路"

泰戈尔在吟颂，我看见秋天的叶子绚丽多彩
飘过他长长的胡须，落到东方的同一条大道——

人生，其实就是路的延伸，或收缩，而光永存

草帽歌

妈妈，很久以前，我有一顶家乡的草帽
不知道，现在我把它遗弃在何方

很早以前唱过一首乡间的歌
不知道何时丢失了自己的声音

翻山越海，经历人间和无数风雨
想起那草帽，不知道它如今在哪里

流浪啊流浪，横渡大江大河，跋涉山峰
听艄公在唱，一条绳索上的理想悲歌

妈妈啊，归乡途中，儿找到了我的草帽

蒂　落

半夜，听到熟透的杏子
"砰砰"从树上重重摔在大地上，砸响

跑到院子里一看，果子落了一地
月亮若无其事，还在云霄飞

"是时候了——"不知道谁在喊
风，还在枝头有意无意摇曳

抬头望了望宇宙，担心有一颗星
犹如杏子，从天穹掉下来

树说，时机到了，瓜熟蒂落

诗之笔

鸟在笼里，飞不停息
永远触及不到深远的天空

小草在石头缝里，蓬勃
无法抵达云彩的高度

花圃里的向日葵，梦想翱翔
展开叶的翅膀，依旧飞不过高墙

诗之笔，写尽天下墨汁
遥遥不及，触摸至高的境界

笔说，梦笔生花，永无止境

不　分

阳光不分高低大小，均匀普照
雨露不分东西南北，滋润万物

时间不分贫富贵贱，人人不差丝毫
岁月不分暑来寒往，个个不少分秒

人生不分长短，良莠俱涵鉴定
日子不分前后，荣辱兴衰史评

大地不分愚智，勤勉终有回报
田畴不分耕人，谁耕就有收获

曰：无分别心，哪来魑魅魍魉

荆棘鸟

把大地上的玫瑰都献给你
用一千零一首赞歌倾诉——

玫瑰始终伴随着荆棘
把天空之城的春风传送

没有爬不尽的山和坎
没有生命无处安放的绝望

即使伤痕累累遍体鳞伤
荆棘鸟，赴火蹈海，一气冲天

鲁米说，玫瑰最稀有的本质：活在刺里

鞋　子

老穿着一样一只鞋在走路
不知道，另外一鞋子丢哪里了——

昨晚，梦见哥哥下河，找另外一只鞋子
那只鞋子掉进少年时的一条河，湮没

怕脚受痛，长大后储备许多双鞋
床底下，各式各样的新鞋旧鞋，堆积

无法踏入同一条河，找不到它的另外一半
我手提一只鞋，在岸边呼喊，"哥——哥"

醒来，不见万物，去河里，找哥哥和那只鞋

一封信

整个春秋只写了一封信，无处寄明月
当星辰坠落，有个信使告慰我，回到大海吧——

跑到海边哭了很久，一条干鱼被我哭醒
它轻吻着我的手指，给我戴上一枚戒指

抱着信笺在沙滩上来回奔跑，天使递来一枚邮票
我用大地的雨露粘合绿色的信封，把它放置船上

送信的船儿走了，海面上，月光化作无数繁星
我踩着星星搭成的桥，一步一步追寻光明

一盏白蝴蝶飞来，说，我是你的信，来吧——

时光辞

面对时光，我们都在亏折
每一个分秒都是新的，时时刷新一个乾坤

洗菜沥水的间隙，启动车辆转动的马达
马背、路途、枕边，不经意从手指间缝滑走

在万山绝迹的旷野，万籁俱寂的时辰
留不住，挡不住，呼吸之间，夜以继日

时光啊，似刀是剑也如电
路，不是迷误者的路，也不是受遣怒者的道

时光说，遗失，捡起，而后奋起直追——

想拥抱

——致尼采

在柏林城，一马车夫正在疯狂抽打马匹
负重不堪的马呻吟，你，急步上前抱住马脖

痛哭失声直至昏厥，医生为你诊断——
此人病症：想拥抱，从身边走过的每个人

从那天开始，我走在马路上低着头颅不敢看人间
怕看见一匹马正在被抽打，因我也想拥抱

他们说你疯了。游历你的历史，你说
"你有你的路，我有我的道"——

拥抱我吧，尼采，你说，人是一根绳索——

不　见

风说不见，杨柳依依
花说不见，春风十里

云说不见，八千路遥
土说不见，万里疆域

海说不见，明月当空
口说不见，心有千结

我说不见，朝朝暮暮
你说不见，天长地久

"见与不见，你，都在那里"①
注：①仓央嘉措诗句。

鱼　目

鱼说，我的眼珠晶体是圆形的，故我近视
只能看见十几米的事物，不然鱼相互吃尽杀绝

人说，我的眼珠晶体是椭圆形的，故
有近视，也有远视，看到的事情有近有远

不知道，眼睛是怎么形成的，无法选择造化
鱼有大小，人有高低，而眼珠是相通的器官

甲事物被乙事物替代，它们都有一个定制
只是我们并不知道，明天发生什么，怎样改变

鱼，在水里呼吸，人，在岸上思考

长相忆

七夕，银河落在我们脚下起舞
喜鹊儿搭桥轻摇着满天的彩霞鸣啼

看见瑶池里涟漪泛起白色的浪花
连着一盏琉璃明灯的胎心，刹那，绽开

闪闪的彩虹折射出七道光芒
从人间的磨难里蓬勃而出，照亮寒宫

即使分离，在长久的相思里永生
每一次的相逢，采撷我眼角的露珠酿酒

不为相会，只为惊起长空春潮万里——

天堂鸟

曾经，有一只朴素的鸟儿问我——
"假如有天堂，你愿意和我一起去吗？"

不知道天堂里有没有爱情，我说
也不知道，沉沦不定的我能否进得天堂

它流着甜蜜的泪抚摸我的肩膀和头发
那时候的太阳也很年青，对着年青的我们微笑

"如果不是你，我宁愿在天堂门外等候"
它闪动着智慧的翅膀羞怯地向我呢喃细语

后来，彼此丢失。鸟对天堂说，再等等——

一根绳索

抓紧，悬崖勒马。放开，万丈深渊
一端是起始，一端是永恒

一根绳索，在上是天，在下是地
它让我抓牢，贯通万物，无遗痕

天地的宝藏，昼夜的轮回
一根绳索扯住岁月和历史，永不停息——

抓住，传承基因，血脉相连
辈辈人的奋斗，修持与自省自励

绳说，是蝼蚁还是蛟龙，咬紧大牙

桃花源

千年梦瑶只为追随你的芬芳
清风徐来一心伴拥明月浩荡

怎奈梦短夜长落红缱绻
何意百炼钢化作柔指肠

不畏人间芳菲尽，踏破铁鞋终无悔
何处尘埃，沾染你足下的花泥

缤纷落英谁为知，一场飞扬终须空
风雨无情，在繁华落尽时见你的尊容

三生的梦，投入你一夕的真境——

花之吟

夏天，开过的花结满籽粒
花核破裂，籽向四周自行飞落飘荡

一些籽撒在泥土里，在空气中
一些籽散落石板上，在流水里

谁在大地上采撷花朵的尸骨和灵魂
再把它们装进瓶里，纳入香囊葬送

把一些花籽放进嘴里，咀嚼吞咽
然后，把花籽和我一起埋进阳光雨露里

一苗籽粒在我肉体串游，生根，发芽

机　缘

爱，来吧，我在洪荒时辰想你
我怕在那日，再也没有力量赞颂

归逝的鸟儿，托着沉重的影子飞翔
来吧，我只想打开翅膀羞怯地依偎

在那日，怕连想念的机缘也失去
时光戛然而止，我的终结，你的永恒

念，在当下，在分分秒秒中
在一呼一吸的循环往复里，针扎无孔——

那日，石头裂开，迸出泉水，让我重新起飞

船儿谣

船儿啊船儿，请你停一停，让我看看
故乡里还有许多留恋不舍的地方

不隐瞒，也不愿丢弃——
船儿呀船儿，你可知道人间多么珍贵

我要启航，去追寻心中的理想，明月
挂在西山的天边，多像一艘船，等着我

顿足在一棵树下，煎熬苦寻
穿着缝补的衣衫，去远方验证奇迹

你说，大地是船儿，心也是船儿——

无名辞

有许多名相，一千零一个
一百个，九十九个，一个，一阳一阴

终生在寻觅，在背诵，挂在墙头
心头，以浑浊的肉体、凡夫俗子的念头

那些名字散落在大地、海洋、人心
当幔障和眼翳蒙蔽的时候，无他

当天地万物揭开盖子，显露
老子说，无名天地之始，有名万物之母——

一切都是你，你的名字里，无我

麦仁粥

邻居奶奶送来一碗麦仁粥
我双手捧碗的瞬间，未先品尝泪先涌

母亲离世快一年，我怕看见这一碗粥
不忍睹，一粒粒粮食绽开，像针扎进心头

母总要凑齐七种谷，双手和豆粒浸泡得红肿
再用手指尖剥去皮壳，淘洗熬炖，精工细作

一碗粥，有七种粮食，豆或者麦
喝进嘴里，闻见大海的气息，木舟的味道

端起是喜，放下是忧，人类啊，我怎能咽下——

一把利斧

——致卡夫卡①

你说，一本好书，就像一把利斧
能劈开我们内心深处冰封的大海

《变形记》《城堡》《审判》荒诞三部曲
问，我们离变成一只甲虫，还有多远——

孤独、自由、困境、爱情、亲情
幽深、锋利、荒诞与透彻，绘画都是你，卡夫卡

"卡夫卡，卡夫卡"，我在中国的森林里喊
你匆忙跑来，气喘吁吁，说"上班打卡要迟到！"

世上有好多的刀，唯有真理，便是最好的利斧

注：①卡夫卡（1883—1924）奥地利著名小说家，代表作《变形记》《失踪的人》《审判》《城堡》。

竹　篮

夏天，我在洗一只旧竹篮
泡在盆里撒上盐，用棕毛刷子刷，一下两下

白昼奔忙，深夜回来，它像一艘椭圆的船
漂在盆里等我，撒上碱又继续刷，七上八下

又去忙碌，第三天回家，它已沉入盆底
赶紧蹲在盆旁打捞，看看竹子是否泡散

一次次清洗，终于露出竹竿的白皙筋骨
就从水里捞出篮子的那一刹，恍然自悟——

患失患得，执着于器，我到底拿它装什么呢？

殊途辞

萧墙之风漩，必有由来
万化之兆爻，定有起源

花开了，蜂蝶闻香而起舞
憾阴晴圆缺，恨海棠无香

天下事，恻隐而不殆
惟贪嗔痴慢疑，毁朽

举百花之芬芳，谢瑶池之红尘
知之，感之，恩之，喜之

《易》：天下一致而百虑，同归而殊途

鸡毛信

都说，爱情总在门外。不信
跑出去一窥，满地都是鸡毛

你说，既已相遇，何忍分离
满世界的桃花落了，唯独等不回你的河水

人说，爱一个人很难。不信
当从外面的世界回来，已是满怀疲惫

"我拿一生一世爱你"，鸟儿倾诉
最隐蔽的心，就是最真实的感受——

人人手中都攥一封鸡毛信，不知寄给谁

不 漏

山，没有漏，堆少成多
水，没有漏，积为江河

时间，没有漏，诞生历史
岁月，没有漏，铜墙铁壁

满世界寻找长生不老药
金刚不坏之身，固若金汤

低下头颔鞠躬，看清自己
炉底有没有泄漏，躬身耕耘

炉鼎说，不漏有三，筑基为大

山水吟

当年，你和我在山上望着水
又回到岸上望着山，都说见山见水

那天，你和我分离，彼此之间
就隔着一道道山水，不见山不见水

从此，各自在各的世界煎熬
只到有一天云开雾散，却道青山依旧

无言告白，那种真实的忧患
平凡简单，清贫忧乐，一日三餐——

此生，让我们只做凡人，在人间看山水

门　槛

世上有无数的门槛
一生无法跨越，如底线、良知

不知不觉步入殿堂
比如，贫穷和富裕，精神与物质

爱情公寓和玩偶之家
木鱼与名誉，自由与高墙

一步是天堂，一步是地狱
不看守自己，走着走着就偏了——

严复①说，读书，是最低门槛的高贵

注：①严复（1854—1921），中国近代著名启蒙思想家，教育家、翻译家、新法家代表人物。

二维码

有一个我，就有一个对应的码
那天你对我表白——你是我的唯一

我低下人类高傲的头颅，反观自身
卑微地行走人间，生怕丢失自己的标签

扫一扫，摇一摇，就会有想要的一切
而不知道世界充斥着善恶和真假——

人类的差距，已经不是鱼和飞鸟的距离
跟随二维码前行，购同款，识万物

认知事物，解析你二维码里的密码，找到自我

青蒿吟

黎明时的山峦苞谷叶高过头顶的草帽
混沌之气还在蕴藏天地间的空旷田野

踩着泥泞，踏过田埂上的朝露前行
满地的芳草闪亮晶莹的泪珠——

大地之上潮湿的露水濡染鬓发
萋萋青蒿簇拥泥土，郁郁野草穿透石头

苍茫的天宇，呢喃的秋虫，雨打入泥的落英
细微的隐秘，树林怦然跃出一轮红日蓬勃

母亲啊，万物皆悉，花落到花园里了——

寻　找

假如春天不再回来，哪里寻找燕子
假如燕子不再衔泥，哪里找到屋檐

没有你的岁月，我在风清月白的旷野
宁愿在自由的风里独自翱翔百年

不要说痛苦是一部悲壮史
磨难之花开过的山坡，更加璀璨

未来有无数个未来
只要追逐，未来充满无数奇迹和希望

我不会跨越世界去寻你，因为你就在我心间

花之语

不是所有的花，都受人追慕悬赏
被折下的花，最早凋谢在花瓶的墓口

不是所有的花，都渴望被云彩恭维
插在头顶的花再美，人们赞美的依旧是美人

所有的花，都是金婆罗花的另一种身影
看花人的慧眼里，从来没有分别之心

那些尚未见证的日子，都很快降临
当光阴消失，再美的事物也顾暇不及

爱，我是尚未绽放的那一枝花，你来采吧——

地球帖

我热，北冰洋也穿上体恤衫。冰山融化
遗露出几万年前的动物尸骨

我烧，战争，火山喷发，森林起火
数以万计的动物植物淹没烧毁

我颤，地震海啸山脉断层大地裂开
我渴，河水湖泊干涸，田苗枯萎

我自转又公转，在一个预知的轨道上
昼入夜，夜入昼，君知安否？

万物一体，休戚与共，和谐永泰

敕勒川

时光穿越南北朝的腹野，岁月的马风驰电疾
"敕勒川，阴山下。天似穹庐，笼盖四野"①

神鹰俯视天山昆仑搏击长空
喜马拉雅山的雪山啊，鸟瞰人间百态

阿尼玛卿山的雷雨，穿过乌鞘岭的云雾
祁连山河西走廊皑皑雪巅之上，谁在高歌——

"天苍苍，野茫茫。风吹草低见牛羊"
丝路的花雨，反弹琵琶的飞天，爱慕云彩的袖舞

旷世之野，境随时迁，寂兮寥兮，怅然长啸

注：①《敕勒歌》北朝民歌。

相 反

火车相反车轨，终点站到了
岁月相反青春，暮年到了

月亮在万花丛中隐藏，阴晴圆缺
太阳在大海照映反观自身，升降循环

物体与影子相反，见证自己
昼夜轮回，万物宝藏尽在轴心孕育

宇宙网维，与万物相应
持一枝花，证得春天，举一片叶，方见秋天

相反迷误，抵达沉浸、智慧、和平、中正

天问记

夜来了，孤独无处躲藏
去留无意间，额头碰伤天空

绽开夜色无边的落木
大地啊，以勇猛精进，爱戴和伤害

问，你看见我的模样是烟尘
或者一棵树，一条鱼，一束光

谁是我？我怎么在这儿
我在做什么呢？我要去哪儿——

天问，我以极至的心音，倾听

鱼飞了

风翻着叶子，数人间的竹简
一串铜钱，拨响算盘——

一只青鸟，试图用洪荒之力展翅
有把剪子，阻挡折叠天空

鹰爪攒钳着小鸡，边飞边讲人生
三窟里，睡着的兔子惊醒

鱼飞了起来，大海在它身下呐喊
戏台上，有人正在变魔术——

掘墓者，从来不考虑谁是自己的掘墓人

舍 求

太阳没有向世界求什么，每天照耀人间
春天无欲，沐浴滋润万物，亘古未变

世上，没有个事事如意，万事不求
没有一个事物独立存在，事物都有所求所愿

有的人，从降生开始索取
有的人，从出世就是为了众生

舍求，把自己化了进去，无伤
虽不能达济天下，却独善其身——

曰：一些事物是另外一些事物的隐喻

中秋帖

那轮陪伴一生的知己，如约而至
它在天上观，我在人间望

月宫怎知人间事，说于嫦娥终不解
年年岁岁，我看它相似，它看我不一

岁岁年年阴晴圆缺，千年的古诗，渐老
镜中人，眼前人，踟蹰在一生一世的孤影

咬了半口月饼，咽不下桂花树旁玉娇兔
刚举邀，又缩手，怎料杯空人早逝——

复帖：不如归去，隐入云霄

吟安辞

心吐着丝，沥血
一字字，一句句，一行行

用尽天下树，蘸干世上墨
搜刮肚肠无穷尽，觅天搜海方恨少

"吟安一个字，捻断数茎须" [①]
"生应无辍日，死是不吟时" [②]

又听"朝吟复暮吟，只此望知音" [③]
"两句三年得，一吟双泪流" [④]

夜半，诗叹，世间苦难莫过心——

注：①唐代诗人卢延让诗句；②唐代诗人杜荀鹤诗句；③唐代诗人崔涂诗句；④唐代诗人贾岛诗句。

挖　坑

夜晚，一个人正在挖坑，想穿透地球
欲望是火，坑成了自己的坟墓

一个美人照镜子，明眸生辉
一个人观美人，美人却成了骷髅

一根稻草，正在压死一匹骆驼
有人盼富，却把穷耽误了

穷和富，确实不一样，天壤之别
其实，也一样，有如阳光空气生死——

坑说：无畏者不明，昏聩者不自知

补　瓦

西房屋檐上的筒瓦、滴水
像天空的牙齿，齐肩并列向下生长

旁边的树杈形成一个伞盖
把瓦楞掖在胳膊下，法于阴阳，和于术数

母猫及幼仔把它当做天梯，一个个跳
从瓦楞到树枝，又从树枝到瓦楞

瓦在猫蹄下如熟透的雨滴坠碎
天空缺了一个口子，像人掉了门牙

年年补瓦，岁岁补牙，补老了岁月

河州吟

土门关，槐树关，关关雄奇
太子山，积石山，山山通天

岁月，藏在彩陶玉器青铜的腾图
脚步，从古生物化石跨越人间风景

唐朝商旅驼铃声穿过历史云烟
乡愁萦绕八坊弯曲幽长的巷道

朵朵大夏河的浪花，融进黄河的怀抱
一腔花儿，唱碎心尖的泪珠，哗哗湮没黄土

河州①，河州，执手相伴，与子偕老

注：①河州，甘肃临夏回族自治州旧称。

一对鹿

床头，一对铜鹿一立一卧
安详守候岁月和时光

寂寥时候，以抹布擦，凝视
呼出自己的热气，送到鼻孔

它们相互依偎取暖，朝夕相伴
犀利的鹿戈刺向海底的珊瑚

在原野上奔驰，梦境里逍遥
天上人间，形影不离，心照不宣

鹿说，守望的那个人，最痛楚——

牛顿的苹果

那天在森林里穿行，一颗果子不偏不倚
砸在我头上，说，我是牛顿的苹果

无法征得主人许可，吞噬它
对不起，牛哥，原谅我，我饿——

充饥比空想重要，人人这样
我是人人，穿越迷惘，走出荒野

后来，凭万有引力，人们测算找到海王星
我读着《自然哲学的数学原理》，想找你，牛哥——

苹果说，你们相互找吧，凭借引力和三大定律

泥泞篇

一个孩子在泥泞里洗身子
唯有流出的两行清泪，洗净两道面颊

叶央求着秋风，我不愿飘落污水
春天说，去吧，相信明年你会再来

金子在污泥中朝思暮想太阳
它凭借阳光看见光明和自己

时光的花瓣一片一片掉落水沟
谁能将流逝的浪花再次牵引而来——

万物并存而不殆，无污不染，无泥不载

石猴说

不入水帘洞，不夺金箍棒
不大闹天宫，不取经西天

俺如今干甚？不遇恩师，不当弼马温
不遭九九八十一难，今又做么？

在猴眼里，猴即是猴，人亦是猴
在人眼里，猴永久是猴，人永远是人

封佛多年真寂寥，最想花果山上游
斜月三星洞，灵台方寸山，与群共喜忧

时无定时，俺老孙还是返回石头吧——

秋梦辞

佳人从秋水上来看我，笑容可掬
手里捧着书，我俩坐在船头共读

一页一页翻，水波震动粼粼光芒
穿透纸和我们的身躯、笑脸

抵达岸边，我把船纤拉到山坡
用一把锤子砸烂铁链锁绳

船和我们一起飞，像纸鸢跟随鸟儿跑
寻找那一位老船长——

秋天说，夜长梦多，盖好被子，别着凉

这世界那么多人

路上，有人哼歌，这世界那么多人
有一扇窗打开，里面有个我们——

多少年，在路口等待，我的世界只为你而存在
年华似水，成千上万的人从心头流走

千万次呼喊，只是不见你的踪影
无论岁月过去多久，那扇窗口一直敞开

繁华落尽，花归了花，尘归了尘
不为春花秋月而忧，只为人间有你而乐——

路途，看见有人牵着手，渐行渐远

听 石

从山里捡回，从河里淘来
一颗颗石头，立在人生案头

它们不说话，不喧嚣
除过静，还是静

有的长骨头，有的生血肉
有的说，我听到了你的心跳——

只到有一夜，我把手心贴在石心
轻轻滑过，拨动了天籁之音，谛听——

人籁地籁，风声雨声，声声可聆

木鸟辞

不是所有的翅膀都能飞翔
我的翅膀就是一种装饰

当分离的泪水化作蜜汁
看见曙光，心已飞越

花朵告别春天，梦醒依旧空旷
我把羽毛串在了一棵树上

树的翅膀飞过天穹
我把种子播撒进阳光雨露

鸟说，事物的翅膀丰满了，远走他乡

薛定谔的猫

1935 年薛定谔[①]做实验，镭、猫和毒药
一把锤子，一只大箱子装在一起

假如镭衰变，锤子打翻药，猫必死无疑
反之则活，他们说事物处在叠加态

牛顿和爱因斯坦曾想着光波，反思万物
死猫活猫，波粒二象性，斑马线，观察者——

2022 年有三人证明量子纠缠贝尔不等式获诺奖
晚上归来，我凝视并询问家中的大花猫，何以故？

猫说，生与死，事物如此不确定，奈何我！

注：①薛定谔（1887—1961），奥地利物理学家，量子力学奠基人之一，诺贝尔物理学奖得主。

飞蛾谣

茧，寻找自己的翅膀
只为浅尝你的蜜汁甘露

不敢僭越那香醇的美酒
怕陶醉后无法承载你的超然

既已脱化为蛾
在天地和人间，洒脱翱翔

天堂是爱情的飞鸟
它飞翔着，飞越两世

重生，扑灭那一灼火焰

凹凸辞

凹凸像个积木，古老文字
指示会意假借寓意，高处高，低处低

一直找不到标准的发音读出
我卡着喉咙的字母，咬着舌根吼——

走在路上，看见哪里不平
就想起这两个字怎么读——凹——凸

总是很拗口，记不住，问过路人
答曰：凹的凹，凸的凸——

念兹在兹，念念不忘，必有回响

影子说

那人在太阳下寻自己的投影
身子斜了，影子总是扶不正

我在夜晚找自己的倒影
想，剪下来贴进自己的相册作备忘

影子没有找到，剪子却坏毁了
蹲在一块黑石头上，哽咽

一只白蚂蚁问，你见我影子了吗
我一手捂脸哭，一手指大地——

一裘挂体，不假胞胎，我只跟随人类的脚步走

驴皮记

这是一张驴皮，它属于魔咒
也是人类私欲贪心的缩影

拉斐尔①，用最后剩余的时间救人
发现人类最后的良知，以命赎命

而驴皮契约令他死，年青俊朗，充满理想
他走了，而人类活着，弥久沧桑

巴尔扎克说，人生有两种悲剧
一种是得到的，一种是得不到的——

深夜，我注视这张驴皮，它越来越窄，越小

注：①拉斐尔，巴尔扎克小说《驴皮记》男主人公，也译作拉法埃尔·瓦朗坦。

灯 台

一座灯，陪伴床前案头
默默不闻，好似良言

灯熄，从一个房子，挪到另外一个房间
当太阳月亮隐去光芒，灯台是烛也是明镜

光隐藏进它的灯芯，不显
眼睛凭借光明，看见了光明

梦中，它如一棵树生长
枝在云霄，叶开花，根在心

闻：无极种，太极树，树藏果，果即种——

奔马辞

一匹铜奔马，摆在书架上相伴
后右足下踏着一盏飞燕，与时光赛跑

平常我忙我的事，它飞它的前程
偶尔，停下脚步，躺着看书观马

马，闪电式从东边跑到西边
书，从右翻到左，繁减书册里的世界

凝神端详，与马对视
刹那，白驹过隙，万物飞逝

马问，燕子、宇宙、书与我孰快？

放不下

背柴的人放不下山和树
种地的人放不下土和水

爬山的人放不下目标和巅峰
行车的人放不下方向和左右

写字的人放不下笔和纸
吃饭的人放不下筷子和碗

我放不下你，在生命的来临和逝去
与万物有缘，保持纯粹的纽带——

爱，别让我放下，宁愿匍匐而行

蚊蝇帖

半夜，一只飞虫老缠耳畔
"嗡嗡嗡"作响，醒来，赶之不去

黑灯瞎火坐立，摔帽子驱之不离
不知是蚊还是蝇，总是一路货色

闭眼，又瓮声瓮气撵之不弃
从来，没有事物如此粘惦我——

开灯，光芒四照，站床以巾挥舞
瞥见胳膊，叮咬吸血后的红肿

蚊蝇吼：生既如此，死后何堪！——

喜马拉雅

听，风在雪域高原呼啸
雄性的骨头，母性的血肉

受孕万年，怀抱雄鹰
海底的珊瑚、鱼骨及化石

雪莲花是人类的一朵白玫瑰
绽开世界屋脊，银白色圣洁纯净

枕着那朵莲，梦见白云和万物
伴随一缕香雾，至达顶峰

地球啊，依偎你的胸脯，吸取乳汁

万有引力

小时候，不懂万有引力，只听说
一颗苹果砸在一个人的头顶上

那个人顿悟，后来成了世界科学家
运动惯性，加速度，F 等于 ma，作用力与反作用力

初中时我惧怕数理化，只爱望天空
李老师课堂提问，我冒答地球撞在苹果上

教室哄堂，老师惊愕——
从此，我把万有引力镂刻在自己的脑海中

引力说，终以天下人为父为母，为亲为友

寒食帖

——致苏轼

伏案墨池临帖，藏露提按蛤蟆歪压
㛄斜正扁，力透三军，天下第三

笔迹行间，几度寒食一生奇雄
何堪吟"空庖煮寒菜，破灶烧湿苇"——

跨千年，君穿越，无处话悲苍
恰八千诗词画文处，笔墨汗青，气喷真味

一个灵魂纯粹思想旷达自由的人
"为天地立心，为生民立命，为往圣继绝学，为万世开太平"[1]

今，寒食至，问苏公，何处寄茶饭？

注：①北宋张载句。

敲　门

耳膜里有人敲门，"咚咚"
等一等，我没有准备好钥匙——

原来，钥匙锁在锁子里了
找了一把锤子，砸开锁子，取出钥匙

捆住钥匙的肩膀，飞不起
"芝麻开门，芝麻开门"，有人在呼喊

本自非深山的远亲，谁敲错门找错人
无人在无人问津的闹市里来寻找

打开门，门口一对翅膀在跃跃欲飞

立 地

晚上铺床，蓦然发现，人人只用得半张床
另外半边，堆着整个世界和万事万物

不敢铺太柔软，温床容易消磨和堕落
欲望之花在腐朽的土壤生息，忽听到——

屈原在江边悲鸣，杜甫在草堂忧吟
苏轼在黄州长啸，阳明在龙场高歌

低头，看看自己的双足
忽然明白，人类其实只用两脚立地

半生坎坷半身霜，一轮乾坤一层天

开锁记

小时候，望着天空的锁子
我拿许多钥匙开启

锁芯说，我有七层窍数，你开吧——
原来它有眼鼻口舌心及七道门

再后来用一串串旧钥匙试，各式各样
无法打开，最终只能用一把铁锤敲

一下两下三下，锁子掉地
打开箱子，寻找万事万物的影子

发现，是自己把自己锁箱子里了

鸟儿问答

小鸟问，何为幸福，答曰鸟非人
怎知道人内心的隐秘和悲喜——

大地鸟啄虫，大鹏铺鸟而腾
蚯蚓食土，鸡鸭在旁。螳螂捕蝉，黄雀在后

没有吃，也没有被吃。故幸福
天地与我为一，取舍自得其乐

陋室蜗居，扫蝼蚁归地
身为匹夫，忧庙堂之安危

曰：三生有幸，化腐朽为神奇

秒　针

夜深人静，万籁俱寂
耳膜响起太阳穴的巨音

"轰轰"，一滴雨，寂寞嘀嗒
打在秋天渐冷的脊梁骨上

最后一片花瓣，凋零
谢了枝头，心跳如鼓

一匹蚊子唱着歌，逍遥自在
猫的脚步越来越近，如马蹄驰骋——

秒针"嗖嗖"，万物走来抑或渐远

对弈人

很久没有下围棋，没有时间
或没有对弈人，没有兴致——

今日记起棋子，擦了擦灰尘
也擦了擦自己的心境，记忆

铺开棋布，星星们落了下来
一白一黑，一手下自己，一手下对方

与善恶博弈，与自己斗争
沉浸事物，此刻，坐在对面的是人谁——

举棋不定，怕落下一子，惊醒梦中人

煎饼歌

早市场老人烙煎饼卖，一张贴一张
面饼摊开在铺平的铁锅上，很热很烫

一次次加入调料，夹菜叶，添葱花
最后把它们卷在一起，吃饼人裹走

墙上，有人正在植树，路旁有人售桃
身边的人流和地球，相互都很陌生

它们不知道我，我也不知道它们
我只是一介莫名的行路人——

这时，太阳升起了，叫我回家吃煎饼

江 湖

打开衣柜，翻出衣物及人间记忆
亮出所有的抽屉，给潮湿的心晒晒太阳

日子久了，人类容易忘记自己的真面目
时间放慢脚步，我在它的翅膀上暂歇

书籍、衣服、信笺，怀疑是不是曾经拥有
线团、笔墨、螺丝刀、胶布，仿佛失去意义

在时光洗劫我之前，我疗愈自己
在一切始料未及，我清算自身——

庄子曰，相濡以沫，不如相忘于江湖

拔草歌

一棵草疯狂地长，在夜里
我按捺不住它，让白霜熄灭它吧

一棵草疯狂地长，在花圃里
我抑制不住它，让泥水淹没它吧

一棵草疯狂地长，在我肉体里
我压抑不住它，让一把剑斩断它吧

它蓬勃着血管，向四周蔓延疯狂地长
不知道，它究竟要预示我什么——

想拔掉它，摇了摇，根深蒂固

坐　地

那日，我坐在大地之上
在人间描画着自己的足迹

人说，坐地日行八万里
我用时间的剑，刻着生命的舟

以月球作坐标，做一架生命的秋千
在岁月上荡漾，在时光里摇晃

我看着你，你望着月亮
等一会，让我们去它上面捉迷藏

亲爱的人，你能找到我吗，今生——

百鸟朝凤

凤凰山上有个凤凰台
小时候山上玩，与伙伴找凤凰

种了一棵树，引凤凰呈祥
树下有个洞，洞里梦游一场，醒来

后来，在图画、葫芦上看见百鸟朝凤
原来自己就是一只有朝向的鸟

历经沧桑，浴火重生
才知道凤凰早已涅槃——

凤凰说，孩子，在你心里找吧

弹指间

风弹着指，春夏秋冬又逝去
时光的马，瞬息飞渡阳关阴山

水弹着指，又见无限水波粼粼
从古到今，由近至远渐隐

月弹着指，刹那，银河远去
孤雁西飞，追赶时光闪过的剑

你弹着指，心，一波三折颤动
烟云已过，谁能追上弹者的指尖——

庄子曰：独往独来，是谓独有

孤月辞

——致张若虚

"春江潮水连海平，海上明月共潮生
春潮浩淼映万川，江空水涸孤月明……"

初见月，无穷尽，待何人
不胜愁，扁舟子，月西斜

"江天一色无纤尘，皎皎空中孤月轮
可怜楼上月徘徊，应照离人妆镜台……"

玉户帘，梦落花，无限路
落月摇，情满潮，几人归——

照破三星洞，梦里流霜飞，不畏染风尘

你去哪

在家蜗居多日，友人发来一条消息，问
"明天放长假，你去哪？"一晚上我没有想好——

出去不知向哪边走，先迈左脚还是右脚
我想，先去看看母亲新坟头的土，是否塌了

再给天空种上一些吉祥草，布上喜鹊的叫声
放浪山水之间，郊游野炊，亦书亦剑

出门，不知道脚步放哪儿，低头在白纸上画个圈
又画了个圆，不小心，把自己圈了进去——

我去哪？明天，还是先看看人类去哪儿

向　导

即使再等一万年，亲爱的人
在混沌之初让我戴上这一枚戒指

那翠绿色的宝石来自天堂
它是万物的向导，翠的木，绿的水

投入你的海洋，在尘埃里落定
愿你把我收藏进阳光滋润的宝库

今生再无亏折，即使蓬荜褴褛
也是今世的白马王子——

飞翔吧，天空是飞鸟的故乡

秋声赋

一片叶子飘落在十字路口
挡住我的脚步，说，一场秋雨一场凉

踟蹰之间，回头，空无一人
前方，无数的叶子等待我经过

抱了抱河边树，掉下几滴金黄色眼泪
——还是留给风吧，走自己的路

此刻，时光入在了万物的身体内核
也钻进我家靠南墙晒太阳的一根老葱

半夜，听见草木与秋风相互倾诉，飒飒

新　娘

小时候，看见大地上画着许多门
不知道推开哪扇门住着我的新娘

一道道门槛肃立，不敢越雷池一步
摇一摇门环，听见风声雨声钟声

十五的月亮十六圆
天荒地老，月上西楼，我叩响门扉

门楣说，我只要三件聘礼
信任、包容、爱情——

新娘说，进门的人儿啊，祝你吉祥平安

青铜镜

多年前在古旧市场淘来一盘青铜镜
绣绿斑斓，弹一指，声音清脆

明知道它是后人铸造的赝品
依然当真的对待，看人看山看水看绣色

摆在书架上，装饰人类的书籍和头脑
偶尔也照照自己的岁月和身影

几十多年过去，绿斑红锈绚烂
只是照不出自己真实的容颜——

终久，从历史书册里取下，无处安放

望月亭

假日清晨，举伞踱步公园
不觉到一栏月亭楚立，许久

站在台子上观风景，风景也看着我
风声雨声，烟雾蒙蒙，春色迷离

抬头一看，"望月亭"三字牌悬挂拱门
原来，望月人已经等候良久

见月不见人，邀月不敢思古人
只怕有心人，伤肺伤肝伤断肠——

亭说，望月怀远，定是意中人

一江水

——致李煜

识君始得一江水，伤春花，愁秋月
一壶酒，一竿纶，世上知侬有几人

酒为诗，浓淡最解心中忧
诗当酒，君王何愁少红颜

琼浆玉液不惜足，一晌贪欢终须散
天上人间尽风流，万里长空窃自由

多情子，阶下囚，诗赋绝唱虞美人
梦雕栏，游故国，不堪回首月明中

一江水，向东流，与尔同消万古愁——

天　心

你们吃，你们喝，你们说——
都通过眼耳鼻舌身意，它们只负各自的天职

好的，坏的，一切的缘由都有终结
那些做了的，说了的，都会作证

只说不做，或者只做不说
在它们上都是个定制，或者罪责

每个人将会承担个人的功过
那些言行不一和守护天心者——

闻：虚怀应若谷，从善似天然

炉鼎记

因饥渴，去烧水喝——
一个城堡里有炉鼎，可它很久空着

找来寻去，有柴有碳，都闲置
它们没有组合在一起燃烧，白费

点燃，火柴或者打火机
找来铁壶打水，置在火炉上

天有三才日月星，人有三宝精气神
此刻，我只烧开水，壶上腾出白色热气

闻，三花聚顶，五气朝元，添油续命

给雨撑开伞

在大地行走，与万物斡旋
出发，还记得天空最初的样子

从春天到春天，从秋天到秋天
从起点回到起点，从终点归落终点

给雨撑开伞，给树戴上围脖和口罩
在空旷的天宇，心不知道永远等谁

行了多少路，弯了很多道，绕了许多圈
一生侍一事，等一人——

伞说，总是把方便留给世界，舍了自我

摩诘词话
——致王维

明月清泉石松，落日晚霞孤烟
一生参禅悟理，意境韵律入化

"独坐幽篁里，弹琴复长啸"
插茱萸，少一人，拿红豆补

"人闲桂花落，夜静春山空"
见一鸟，却被月亮惊飞

"行到水穷处，坐看云起时"
流水如有意，摩诘①相予还——

南山入青苔，一僧，是空，亦是色

注：①摩诘，唐代诗人王维的字，号居士。

田野之上

在大地与山脉的缝隙、荒地
种上粮食、时间和心

在大楼与楼屋顶的天空夹道
种上云朵、雨水和月亮

在人世间万事万物的甲骨
种上森林、蘑菇、希望

曼陀罗，凌霄花和玫瑰
以及河流、石头，都在田野之上

最后，在山坡种上自己，独唱

红月亮

浸入一条红河洗浴，而后腾空而出
驾着时光的宝马，跨银河越星海

星星们唱着赞歌为它洗礼
木马旋转，扶摇九霄，斗转星移

一群孩子仰望天空在数星星
白的，蓝的，黄的，红的……

亘古未变，列坐其次，各循其道
宇宙之大，谁在它的眉间点缀一颗红心

今夜，月是一颗熟透的红樱桃，等你来摘

白龙马

生就龙的骨骼，甘愿做马
只为你，赴火蹈海，至死不渝

为使命而生，初心如磐
在千百年的机缘中等你路过

任凭道路险阻坎坷，千辛万苦
同患共难，义无反顾

不图空名，何言天龙八部
只为你心中悯念众生的那一柔软

铁蹄凌云，踏破红尘，如风似电——

如梦令

——致李清照

一亭女子从芳草池塘的水边渡过
声声慢，蝶恋花，菩萨蛮……

一派竹影在裙钗边窸窸窣窣
寻寻觅觅，冷冷清清，凄凄惨惨戚戚

一剪梅，孤雁儿，忆秦娥……
刚下北宋的眉间，又上南宋的心头

一生风雨一身词，最是人间消沉时
醉花阴，临江仙，鹧鸪天……

一眉清风吹过，照见卷帘人，恰似怨，更是恨

月牙泉

坐在高高的鸣沙山俯视
你是天空遗漏的镜子，镶嵌在大地的眉心

你肯定从镜子的背后梳妆打扮
在千万年后与我在沙漠的海洋相遇

穿越狭长的河西走廊，祁连积雪银光闪耀
静若处子，敦煌是你忠贞的卫士

眼睛，遥望天空，注视人间
我赤脚而来，灼烫跋涉的脚心——

沉入沙滩之底，汲取固有的甘甜之水

漓水①谣

一条河，注定是我今世的姻缘
饮水而孕，婴儿就是你的一朵浪花

思源，父亲的山，母亲的水
奔流不息就是性与命的呼唤

一条河，就是一条生命
饱含风雨沧桑，烽火狼烟

跟随你的芦苇成长，我就是护卫你的堤防
白昼我对河倾诉，我守着你，你陪着我

夜晚，河水悄悄呢喃，我陪着你，你守着我

注：①漓水，今甘肃大夏河。发源甘、青交界的大不勒赫卡山。从甘南夏河流经临夏汇入黄河。

登临意

——致辛弃疾

夜半懵盹，翻枕边书，见那人
"醉里挑灯看剑，梦回吹角连营"

君问，千古江山，英雄无觅，孙仲谋处——
笑答，提笔填词，上马杀敌

鸥鹭为盟，松竹为友，花鸟为亲
倩何人唤取，红巾翠袖，揾英雄泪

问君哪得情如许，最销魂，何以忧
无人会，登临意，欲说还休天凉好个秋——

问那人，何方去，指向灯火阑珊处

一片树叶

一片树叶贴在秋天的脸上
秋色的皮肤金黄，藏在时光背面

一片树叶很薄，薄得透亮
承载着人间风云，旷世情缘

一片树叶轻如鸿毛，与我比翼齐飞
呼吸着你的呼吸，去寻求种子和根脉

叶落缤纷，投入泥土
然后扩枝散叶，欣欣向荣

一片叶，承载乾坤，也记录历史

传钵记

母亲把父亲留下的一件遗物
传我，说这是一钵碗

碗套麦杆麻绳编制，紫铜
与风尘凝结一体，坚固沉重

父亲说当年一个逃荒者命危
把几许粮食布衣送他，却回赠一碗

那人说这碗太重，自己无用，累赘——
我打开碗套一看，钵碗里盛满岁月苍海

掂一掂，很沉，弹一弹，清音贯满乾坤

世界杯

世界是个杯，你喝，我也喝
天上一轮明月照，地上众生跟着足球跑

2022 之冬，卡塔尔的鸟巢，飞出
一群吉祥的鸽子，衔着一枚翠绿色的草坪

人类的眼睛聚焦在一个球上旋转
与喧嚣的地球，一起自转又公转

同一个世界，人们忘记了病痛和差异
足球成了最大的世界语言和心灵慰籍

比赛结束，村里的孩子们迈着碎步，奔向未来

三　步

鸟说，我飞回来，世上就有了巢穴
风雨之后，彩虹卧落树上，回到归宿

奔跑的蜗牛和骆驼气喘吁吁
放下跐起的脚跟，找到心灵的港湾

历经风浪雨打的船儿，终于返仓
睡在浪花之上，梦醒后又出发——

钱钟书说，人生不过是居家、出门、回家
人人这样迈着三步曲，夜里，我观自身——

众生，穿行在与世界交织的路途中，单线奔波

黎明曲

夜，还没有褪去面纱，太阳沉睡
睡眠的人儿还在梦境中

黑暗与白昼浇铸大地的脚底
一濯清池环绕我，碧水荡漾

几条鱼伸长脖，吻我的手指
看见三件行李，一座房子，一个旅客

黎明，父亲坐在身旁，摸了摸我的额头
母亲惆怅，唠叨叮咛人间家常——

醒来，万物依旧，星光灿烂

常青树

守望相助之人啊，我的船儿驶向何方
在这岁末年尽的篇章，我将留下什么

粮食，爱情，时光，无法永驻
健康，平安，快乐，真心抚慰

在恍然若失的岁末，守着日子
看光阴一天一天彼消此长

谁，看见万物的种子
在冬天里收藏它的蓬勃生机——

你说，用心，在大地耕作一棵常青树

嗑瓜子

午夜，躺被窝嗑瓜子，"嚓嚓"响
用舌尖炸裂，又被牙齿粉碎，怀疑自己是一只松鼠

人类的饥渴与空着肚子是两码事
一头大象用一束稻草解决温饱，饥饿依旧存在

瓜子一颗一颗嗑，一口一口咽下去
梦境，生出一派向日葵在梵高的画布上摇曳

沉默者的言辞好比这瓜子，与命运无干
向日葵不知谁种的，谁家的田，与生死何关

加缪①说，哲学的终极问题就是思考死亡——

注：①加缪：阿尔·加缪（1913—1960），法国作家、哲学家。1957年获得诺贝尔文学奖。

东游记

年末，发现家中那袋小麦粉快吃完了
呵呵，那是去年初购买的五十斤囤粮

起初想，一袋面粉，俩人啥时候吃完
像《西游记》里的鸡啄米、狗舔面、灯烧锁——

日子就是揉、搓、擀、捏、煎、蒸、熬、煮而成
把麦粒粉碎发酵成面条、花卷、馒头，供养岁月

天天啄食时光，日日舔舐烟火
原来，人间夫妻就是一只大公鸡、小花狗

问天宫，米粉吃尽了，天该降雨了吧？

被　子

半夜，一串清脆的咳嗽声，咳醒我
看了看身边的地球，给它重新盖了盖被子

它受伤的样子惹人怜爱，目光深情举望宇宙
我装着没有看见，怕伤它的自尊

一面咳嗽，一面给地球喂两勺汤药清瘟
它摇一摇头，叹息说，谁的药谁吃——

我赶紧勾头摸掀下的体温计，看是否又发烧
而后梦见大地盛开莲花，乾坤朗朗——

天亮前，隔着被子和一些事物，耕读一部无字的书

角　落

那只墙角的，单独的，瓷的青花，眨动眼帘
风知道，春天已经起性动念了——

你一定在远行的沙漠里看见了绿洲
或孤旅的天涯遇见海角，天空生出彩霞

墙上悬挂着一件遗弃很久的雨伞
谁把它倒挂在天空，像个问号，警示

倘若人间再能遇见，坦然宣言
偌大的世界，有个角落活着是一个幸运的人——

来吧，取下雨伞，迎接风雨的洗礼和淬炼

岁末歌

岁月，让我牵住你的手前行——
再不愿与你的时光错过或丢失

断断续续的醒来，又磕磕碰碰的入眠
仿佛，醒来就是为了重新入梦

时间的门已经开启，有高山就有平原
有坦途就有峡谷万丈，深渊千壑

看啊，天空飞翔的翅膀已经启航
我们就是它上面遨游的鸟儿

相信未来，爱，不会遥远，触手可及

丝路花雨

一条长长的，弯弯的，漫漫的路，飞天的梦
遥远或临近，穿过长安、敦煌、西域及地球的胸膛

骆驼草从西边的弯月上长出，相伴塞北的雪
河西走廊的天空上，大雁图画祁连山雪线的雄姿

大漠孤烟和落日缠绕胡笳十八拍的音弦
穿越汉时明月唐时风的边关、城墙、驿站

谁把梳妆的镜子遗落沙漠深处化为相思的眼泪
照见千年远客遥途爬山过海茫茫艰辛的足印——

路的丝，花的雨，横渡历史的长河，飘过世界的腰带

穿越者

穿越你的白昼和夜晚，天空与轨道
你就是一部打开、读也读不尽的书

不忍合上你的扉页和名字
阳光与云霭一样珍贵，人间和烟火同样留恋

地铁与大街小巷都很轻柔渐远
惟有我的脚步，与你越来越近

离别太久，思念就是一枚奔腾的树叶
终将长成一棵参天大树覆盖岁月——

穿越，承载历史的昨天，飞向未来的翅膀

堆　沙

时间种植时间，时间繁衍时间
在更多的时间里，时间消磨时间

人类在河里，摸着自己的石头前行
一个孩子在沙滩玩着自己的堆沙

他把石头上的灰尘拂拭干净
有的当星辰，有的做垫脚

生命的鹰或在巅峰或低谷
众鸟和群山在齐鸣，"天啊、天啊、天啊——"

孩子堆了一个"人"字，在大地行走或站立

留不住

岁末，我与悠长的时光一起散步
想抓住光阴的尾端，与你一起漫游

我把所有的爱收藏进一本书册里
人世间，一切旧的事物，挡不去，留不住

在寒冬的河岸，拔一根狗尾巴草
把它衔在嘴角，在人间笑

你说人笑的时候，世界也在笑
人痛苦的时候，万物也在痛楚——

我留不住你，就让时光从我头顶，飞渡

栈　道

不知道生命里，总有无数不期而至
就在瞬息即失的岸上，看见你

不知道前方有多少风雨，默默祈祷
把人生一截一段拔高，安抚不羁的灵魂

而在下一个栈道，在你每一个路过的关口
不求相遇，只愿人间有你，渐行渐远

在我迟疑彷徨的沉沦之途
混沌杳冥，相随万物——

你说，与其焦虑等候，不如在每一个栈口寻找

一碗粥

喝过今天这一碗粥，就增加一岁
仔细一想，不是增多，而是减少

仿佛刚刚分娩降落，一切重新开始
外婆说过，母鸡喝过腊八水，开始下蛋

不知道今天喝过腊八粥，我还能干啥
都说老了，图个清闲自在——

驴拉了一辈子的磨，老原地兜圈子
不是眼睛蒙住了，而是自己从来没有认得路

喝吧，腊八日喝碗糊涂粥，日益日损——

数雪花

黎明，这场雪不厚，也不薄，覆盖一些村庄和城市
淹没农民的镰刀，工人的手钳及大地的笔和纸

这是第五十八场雪，父亲离世很早，母亲
去年中秋的一个黄昏，如一片雪花消融——

雪下的时候，天空以雪花的方式，凝视人间
手指、耳朵尖、脚后根冻痛，像发出的信笺，满天飞

不知道雪花还下多久，有多少片还没有下完
屋檐下，我在人间数雪花，大于席，小于芥——

雪花没有一片落错地方，除过白即是白

笔冢传

白昼，我用笔根思考，夜里
我用笔尖写字，笔尖戳疼了纸

赶紧把纸抚平，再涂上墨色愈合
在世界的净土上，到处栽满河莲和芭蕉

查一查身体，骨骼上有块伤痕
不知道是刀还是笔划破的旧疤

深夜，我舔砥笔芯，说，你写吧！——
大地的百花是你万紫千红的梦想

秃笔成堆，埋于青山，问，再写什么呢？！

离别辞

离别的时候，别叫醒我，亲爱的人间
让每一个节点保留下来，细细反刍生与死的滋味

生命珍贵，拥有和逝去都在同一时间
岁月已经翻山越岭，永久长驻或瞬息即失

无法阻挡，别让我亲眼看见你远去的背影
真如你的来到我无法选择，你来了

万物都是单独的影子，我以自酿的美酒陶醉
那是时光的爱慕，沉浸本身的体悟——

你说，在有与无的禁地，去或来都是幸福

买　单

夜里，一个人走在地球的表面
抬头望星空，专家说，宇宙有个阿卡西记录

不知道原子夸克再分下去，究竟涅槃重生
他们说，宇宙有个全息投影，所有的信息都在铭记

太空望远镜火箭宇宙飞船，日新月异
瞬息万变的时代，一天不学习赶不上新世纪

庄子说，以天地为棺椁，以日月为连壁
以星辰为珠玑，独与天地精神往来——

人人都知道，终究，没有谁能为地球，买单

不去想

一段段历程过去，时间旧了，我拿抹布擦洗
外婆说，日子一天一天倒着走，岁月就老了

我把你装进月亮里，不去想不去看
只要你挂在天空从遥远的宇宙照见我就足够

我把你装进秋风里不去想不去摸
只要你随时随地闪过的每一个念头有我就幸福

在每一个路口不见你的身影和笑颜
天已荒，地已老，我的身躯已陷入万物与时光的网

我明白，你早已告诉我，不去想、不去记——

镶牙记

一颗牙掉了，另外一颗开始摇摆
它旁边的两颗也说，你动我也动——

几十年咀嚼着时光，咬痛日子
如骆驼嚼着舌根里的盐，难怪海水是咸味

此刻，大夫的眼睛离我的牙龈很近
像发现一类新物种，用放大镜探究

问，镶哪类牙？曰：凭借我的年轮吧
钳，开始拨牙，像大地摇晃我的身躯，山摇地动——

而后，把牙种在田垄地槽，等候新生的万事万物

冬眠辞

西风不紧不松穿过冬至又过腊八
与众生捉着迷藏，又是一年将尽头

翻阅人类的书册和脸谱
唯有诗和爱让心陶醉，唯有东风在呼喊我的名字

南风习习，草木缄默时光，刀剑清理浮华
大地沉湎记忆，梳剪陈枝败叶

北风啸啸，比冬天寒冷的不仅仅是冰雪
有了你，寒冬不再冰凉，黑夜不再漫长——

冬眠，万物梳理着头绪，准备在春天，重新出发

电梯口

像一朵云，我们踩着它，飘
上或者下，升或降，都在一座山上

你进我也进，你出我也出
我进你却出，我出你却进

你看我一眼，我假装没有看见
我看你一眼，你装着目空一切

我是你的过客，你是我的众生
只到有一天，你看不见我，我也找不到你

梯，在人生的栈道，是出入口，也是要道

倒车镜

白昼，城堡隐藏在阳光里，看不见
夜幕下它诞生在车流和灯海中

太阳吊在高楼建筑工地的启重架上
如一颗玫红色安全灯泡，时刻提醒行人小心走路

月亮钻进树叉的鸟巢中，卡住脖子
出不来，进不去，做摄像仪镜头

夜暮，城市在倒车镜里形形色色，流光溢彩
我的瞳眸，穿通车尾灯与前照灯的一线，闪亮

回到家，才知道，万物都有一个倒车镜，映射

节俭辞

太阳节省热量，给秋冬穿上新款服饰
月亮节约光芒，把另一半留给黑暗

时光节能时间，将呼吸只用到想念的时候
我节俭着自己，用最简洁的文字奉献你

面对你，只有深深缄默，不著一字
节省着生命里的每一滴泉水和每一片绿叶

如果你让我写，我就把泪水种在泥土里
只在大地刻上两行沉重的字：爱情和粮食——

时光，手捧一朵鲜花，不知道献给谁

生而为人

你说那是光，光的足迹，光的速度
不知道这一年行走多少银河江湖

时光匆匆，抬眼望，星海浩瀚，春光无限
再回首，亿万光年弹指一挥间

几万光年前，一颗恒星被黑洞撕碎，科学家说
夜里，是谁守护着那朵宇宙的玫瑰，胎盘或者卵巢？

光之舟，载我坐地日行八万里
永恒之塔，翱翔追逐，与时俱进——

生而为人，惭愧自疚，只为活在当下

物语辞

一枝花，有人把它献给爱人
有人用它扎伤世人的眼睛

一盏灯，有人用它照亮自己和路人
有人拿它放火烧山，点燃别人的衣衫

一句话，有人用良言以优美方式送出
有人以它出言不逊，到处伤人损己

一颗心，志存高远，翱翔宇宙
也可当窟窿，装满附庸虚妄，贪嗔痴慢

曰：万物兼容，格物致知，体用为尚

独慎录

当心潮按耐不住暴风骤雨的冲击
当已失的浪花重新激发阵阵的雷电

人间恍惚，销魂禁不住抵挡欲火的诱惑
充饥即食又欲壑难填，虎狼蝰蛇喷出的火焰

一面编制外衣，一面又拆卸线头
天使的翅膀被恶魔焚烧，屡犯屡悔

独处时，谁持一把刃剑向内剔炼自己
净化骨骼里的罪孽和污垢——

人啊人，不知道，终将是救赎还是自投炼狱——

春风面

大地载德，云舒云卷自有风帆
冬藏春发，万物斡旋交织繁衍

你若盛开，天涯海角也逐凤蝶
你若凋敝，市井巷陌无人问津

临近的梦，温切的气息扑面而来
最耽细润，无声的液露潜入浸透

僭越人间，艰辛处，把江湖翻遍
乐逍遥，断肠涯，欲把落日作磅礴——

春风面，谁人识？万紫千红总有时

杂梦帖

腊月梦杂，不敢入睡，醒着比睡着好受
压低台灯偷阅翻书，不敢惊醒枕边人

拨书有声，熄灯，梦见几只大公鸡啄仗
你死我活，头破血流，劝不住，挡不下——

有个村妇抱来一只大母鸡，放在笼子里
大公鸡顿时安然无事，静卧榻眠

一条鱼不在水里游，非要跃出来在岸上跳舞
有人把它端在菜盘送上餐桌，饕餮

又醒来，呷三口凉白开，别让梦把人撸走

九歌篇

—— 致屈原

君为帝高阳之苗裔，朕皇考曰伯庸

思之，与遂古之初，谁传道之
风萧萧兮，我不苟与之亲临

念之，上下未形，何由考之
雨霖霖兮，我无能与之交言

怀之，冥昭瞢暗，谁能极之
雷轰轰兮，我靡不与之分离

追之，九天之鼎，泰然安之
天冥冥兮，我未必与之神会——

问天何时情如许，放之四海而不殆

等候的人

草木遇见春天，从干枯中复活
大地遇见甘霖，百花开花结果

草木感知春天，万物受到滋润
幸福的人，从此不再孤寂

人人都有一禾心苗等候发芽
雨露降临，注定浇灌荒漠沙海

当青春变作暮年，青丝变为白发
不为虚度，只为此生点亮心灯——

等候的人啊，雨点打在了种子上，也打在石头上

一辈子

问一辈子短吗？你肯定知道
那个最爱你的人是谁——

你肯定在梦里开一树荷花
你说，藏在呼吸之间只为刹那遇见

我从你上认识了你，也凭借你认识了自己
黑夜白昼，我抬头不见一物，唯独只看见你

血管的脉搏在跳动，收缩舒张，一息一合
人间，此长彼消，都是一辈子

一辈子不长，也不短，你让我自己醒来——

触　摸

画中的你，一团静静的火
像中的你，温润如玉，明月出海

我不知道你，你也不知道我
而此刻，知道我们都是人类的孩子

当下是真实的，我们的存在合理而典雅
真如生命的真实，高贵，从不虚幻

画是静止的风，而我们是流动的河
触摸，自然醒来的云，鼻孔气息吹拂——

掸去尘埃，人，卧静休眠，太阳已东升

打喷嚏

"阿嚏!"清晨大街上有个声很干脆
人们相互猜测,不知道谁打出的——

隔壁老王早上醒来,打了个响亮的喷嚏
邻居李奶奶听见,说,这老头儿还活着——

外婆说,喷嚏是喉咙中的结节
不打气不通顺,打着打着就把自己打老了

我捂着嘴巴在想,不知道喷嚏该何时打出适宜
有些事,由不得人,比如喷嚏、咳嗽

生和死,还有天上的云,地上的心

倒　立

人说,倒立能够养生长寿
许多人就在墙角把头坠下,脚朝上

把自己的眼睛倒过来看世界
鼻子比山峰大,人比天空高

倒着倒着,看万物都是倒长
正着的物体反而不适宜

深夜,我筹算脚和头的关系
不是哲学的范畴,而是陪时光打磨一件件礼器——

天气预报说,无霜期缩短,要不要倒时差

磕 绊

深夜醒来，人未走，茶已凉，咽两片药
调节更年期综合症，植物神经紊乱

大夫说，这很常见，人类普遍
药也很便宜，好调治，不是病

起床倒水，脚下磕绊，险些摔倒
回想梦境，大门口的墙倒了，我拿铁锹扛

冰雪消了，我拿扫帚扫，春天的花开了
失散的姊妹们回来了，贫穷的孩子们笑了

人生，总在半醒半梦的途中，磕绊

天 桥

时间说让我天桥下面等
我从春天等到冬也不见谁的影子

我在十字路口徘徊
每一个天桥下面都有人间烟火

我等啊等不来，看不见你的样子
就在大地上画了座天桥

再画上一双等候的鞋
空着的鞋子在哭泣

流出的眼泪飞上天空，搭成一座彩虹

简 约

我把一生的事物
删、繁、就、简

一棵树，只剩下
一片叶

一身肉
只留，一根骨

这些，都舍弃了
只取一口气

一口气也不要了，只要你

水 桶

——致约翰·阿什贝利①

你说，诗是一条地下河。一个人
垂下自己的桶，把诗歌汲取上来

贝利，你看见我童年的桶了吗？
它的绳，勒疼了我，井很深很厚

手上勒出了裂痕，长出血痂
不敢告诉妈妈，怕没收我的桶绳和幻想

我想喝那清泉甘甜的水——
哪怕井口有冰，甚至滑倒跌下

贝利，拿你的桶汲取我的井水吧，它很甘甜

注：①约翰·阿什贝利（1927—2017），美国诗人、艺术评论家，后现代诗歌代表人物。作品获得多项国家和世界奖。

两只狐狸

两只狐狸，一只白，一只黑
人们争论上千年，白好还是黑对

一个要偷鸡，一个不偷
一个说吃合理，一个说不吃合情

它们遁入人的心脏，刨根问底
依旧相互打架，时而白胜，时而黑赢

只到有一天遇见，一只花狐狸
藏进一个人的头颅里学习知识

猎人说，我无法捕捉到智慧的猎物

采蜜者

一群蜜蜂在同一个花园采花
有的酿造甜蜜，有的吐出毒汁

它们一模一样，我无法识别
好比左眼看不清右眼

让东风西风辨别，都说不知道
万物无语，低垂着头颅沉思——

我弹起琴弦向恋人倾诉爱慕
有只蜜蜂围我飞旋，它把我当成玫瑰

爱之语，以灵智和直觉的体验反噬

知足辞

我来地球比没有来的知足
比一切空来空往人间的知足

清醒的活着比昏聩死了的知足
明亮死了比糊里糊涂活着的知足

假如没有腿没有眼睛也知足
因为还有一颗与万物相通的心灵

假如一无所有我仍然很知足
因我知道自己为何一无所有——

罗曼·罗兰[1]说，看清生活的真相并仍爱之

注：①罗曼·罗兰（1866—1944）：法国文学家、思想家，1915 年获得诺贝尔文学奖，代表作长篇小说《约翰·克利斯朵夫》。

河滩里

哪个河滩没有石头
哪个人跟前没有朋友——

每一个人跟前，都有无数花前月下
我看河滩，都是石头垒起的世界

走呀走呀，走过一千零一夜
有个孩子在追赶，给他一碗水和一棵麦穗

后来，人老了，孩子已长大
他把麦穗种在童话里，朝夕泪水浇灌——

如今，都成了故事中的人，像石头落在河滩里

文字铭

那些神秘的符号，在龟板胛骨凸显
先祖们以最简约的笔画表述最深的寓意和指示

在坚硬的龟甲上，与现代人对话
鸟、鱼、蟾蜍、蜥蜴、花草、牛羊

水波、三角、方菱、弧线，眼睛和太阳
传递着信仰、图腾、情感和故事

意境、象征、形体之美
符号，本身具有一种能量，具涵感应

假如没有文字，此生，我怎么找到你——

鱼珠辞

梦见那人眼睛跌落，如鱼珠
墙上的衣服纷纷滑下，只剩钉子，光脊背

身上挂满衣架，氅皮风披，竖立
空洞的眼眶放眼望世界的繁华

鱼缸里的鱼向外翻身跳跃
有的跳到地上成刀俎，有的翻越另一个鱼缸

水面上弥漫风风雨雨的云烟
鱼缸里游动的鱼，优雅，自由自在

曰：鲤鱼跳门，安知福祸——

后遗症

那人被石头绊倒一次
看见所有的障碍物就惧怕

有人让蛇咬了一口
就对所有的草绳恐惧

不是所有的后遗症都叫遗忘
记住不该记住的，忘了不该忘了的

今冬，我摔倒三次，一次死，两次活
摸摸鞋底，有没齿轮沟纹，防滑——

怎治愈？曰：提挈天地，把握阴阳①
注：①《黄帝内经》句

感　动

——致阿尔蒂尔·兰波①

"从同一个荒野里，从同一个夜里，我的疲倦的眼睛
永远、永远对着银色的星星睁开着……"

兰波，你说，"在山和海之外，我们将到那儿
去致敬新的事业和新的智慧的诞生"

你说，野兽在悲哀时会鸣叫，畅想被风刮过的疼痛
凌晨，我读着你的心、意、魂及未曾写完的诗

一个颖异不凡的、名字写在金叶书上的青年
你灵动的诗如你灵性的眼神，感动着世人

兰波，攥紧你的手，让我们彼此感动，引吭高歌
注：①阿尔蒂尔·兰波（1854—1891），19世纪法国著名诗人，早期象征主义诗歌的代表人物

梦 见

梦见湖水清澈见底，日月明朗
天空湛蓝，水草丰美，大地润泽

一群麻雀，如凤凰般飞舞
一对华丽的锦鸡，像天鹅一样典雅游弋

梦见已逝的人在岸边洗自己的黑发
百花在冬天的梦境，遍地绽放

有人在玩气球，三个孩子在身边喊
那个伤害了人的人在夸赞受伤者——

曰：梦里不知迷与惘，一朝梦醒两重天

取 走

是谁的东西，迟早谁会取走
比如五谷里的天香，心灵里的仁慈

从血管里取走滋润，从舌头上取走味蕾
从微生物上取走已知的事物

当耳朵失去听，当眼睛失去观
当万物失去色，当鼻孔失去嗅

代放的东西早晚要归主人
借贷的资本迟早连本带息归还东家

不知道，那未尽的时光，取走我什么——

暗　恋

白云暗恋霞光，徘徊在黎明与黄昏的深处
花朵暗恋清泉，任凭落花有意流水无情的挫伤

大地暗恋春天，默默忍受严冬的煎熬
河流暗恋大海，日夜不息从大江南北奔来

鸟儿暗恋天空，在风头浪尖撕裂自己的羽毛
小草暗恋百花，芽，发的最早，叶，归的最晚

爱是什么呢，令人陶醉，使心粉碎
从古到今，从生到死，天上人间——

我暗恋你，犹如水晶暗恋着光明

凤凰辞

在低洼的草泽梳理伤痛
没有可以比拟的事物能领略它——

不是所有的凤凰，都落在梧桐树
不是所有的梧桐都遇见凤凰

不是所有的凤凰都在金山展翅
有时山鸡比凤凰飞的更高

独鸣萧瑟的山坡，器宇轩昂
荆棘刺破羽毛，肝胆磨炼成钢

不经浴火，何谓涅槃，何为重生？

众生篇

大地不再沉浸时光的歌谣
岁月静好，人间安然无恙之时

让我们抚平往日的伤痛
余生短暂，爱恨无遗，无比珍贵

假如你让我告诉为何而爱
我一定带你去最高的山峰看云海

在人间，我们只是芸芸众生
仰仗万物，换肩，重新开始上路——

它们说，万物都跟随自己的步伐，前行

火　焰

——致威廉·巴特勒·叶芝①

叶芝，叶芝，总觉得你是中国人
一个听好听且高洁的名字，如东方的幽兰

你认为诗歌基于我们体内
那种微小的、无限的、犹豫的、永恒的火焰

难怪，少年时读你，晦涩朦胧
青年时激情澎湃，中年时撞出火花

深深隐藏的火海，如地核内部的岩浆
如火山爆发前的冲动，巨大的威力

叶芝，深夜咱俩借燃烧的火焰，读同一片叶子吧

注：①威廉·巴特勒·叶芝（1865—1930），爱尔兰诗人、剧作家和散文家。1923年获诺贝尔文学奖

足 印
——题一张沙滩照片

一双脚丫，瘦如柴骨
在细微的沙滩，踩出一个半脚印

不知是走来，还是走去
身边是海洋的泡沫，如浮云

不知是谁家的海，遗落在沙滩上
我四处寻找它的主人

拿一把沙，想弥补坑坑洼洼
一脚深，一脚浅，踏出坚实的人间——

一双足蹚过海，迈向新的远方，不回头

天花板

午眠，半梦半醒之间
朦朦胧胧，头顶望见一幅山水画

一生，望过许多天花板
教室的，医院的，家中的……

隐隐绰绰，时显时隐，犹如魔幻
天花板，总在高处发出奇思异想的召唤

有时是屋漏痕，折钗股，有时是锥画沙
有时候，它是可望不可及的妄念——

到头来，望了一辈子，误了一辈子

独　羊

一只羊，孤零零在山岩上奔跑
前有虎后有狼，天空中藏着大雕

羊，已经精疲力尽
迷惘困惑，四处张望——

狼，专吃离索的羔羊
牧羊人的教诲，是吹过旷野的风

羊蹬上山崖，前不见群，后不见亲
天地间岂无可行的路，可走的道——

迷途知返，羊回到羊群，唱歌

孩　子

白云是天空的孩子
花朵是春天的孩子

羊群是草原的孩子
鱼儿是大海的孩子

粮食是大地的孩子
智慧是生命的孩子

人类是地球的孩子
家园是人间的孩子——

母啊，我是你的孩子

兄弟街

小城有个街市叫兄弟街
今天路过，走进商店，看有没有合适的鞋子

走在兄弟街，见马路上的兄弟们
各走各的路，相互很陌生——

服装、鞋帽、口罩是形形色色的花朵
只见树叶在大海里飘，不见树木

"兄弟，兄弟"，心里喊，没人应
此时，阳光温暖地洒在人们的额头和百会——

人类都是兄弟，太阳，照在我们脸上

鱼目帖

周末，家里买了条草鱼，让我洗
开膛破肚，鱼眼睛瞪圆睁大

鱼鳞鱼鳃，剪，掏，挖
翻开一看，肚内五脏俱全

鱼尾游摆了一下，翻江倒海
不知是水动，还是鱼动

看见天空，张开口子窥视
一盆水，暗红，映照出人类涨红的脸

手，停了停，不敢洗——

蜡炬辞

——致李商隐

你怎么一说，就倒出来那些机密
"相见时难别亦难"，扣人心弦

你怎么就捣破了那个玄妙
"东风无力百花残"，字字珠玑

你怎么就毫不遮掩，揭示真谛
"春蚕到死丝方尽"，伤人肝肠

"蜡炬成灰泪始干"，悲我肺腑
惊雷深处，炸开千万朵浪花腾起

烟花落尽时，芳菲凋敝寒，见你，也见我

纽　带

守着夜儿，和它对话，"咔嚓"
夜，从子时断成两截，夹我在缝隙

守着今天，时光却"咣铛"分成两段
昨天和未来，终将来临和逝去

守着衣服，解纽扣时它豁然分成两爿
左扇和右扇，一个是乾，一个是坤

不知道，我和万物的纽带在哪里
我守着你，听不到声息，却涌满心房——

又闻，孩子是纽带。我想，人类也是纽带

烟火辞

灯有人照，火有人暖
人间，每个家里有点儿事

一把米，一羹汤，一瓢饮
每个人都是一个世界

天上的云，地上的火
每一个心里都有一个你

年年岁岁，冬去春来
万物生长，此消彼长

万象更新时，人间烟火浓

密 诉

因为爱你，而爱了万物
不知道，我柔弱的爱能否抵达

不管你是否知晓，我都爱你
借春夏秋冬，拥日月星河

满天的星星是我文字的花朵
可它们无法装下爱的海洋

月牙儿是送信笺的船舶
思念就是船帆，用呼吸做桨，追寻

虽有口，却无言，送去信儿密诉

塑造与揭示

——致托马斯·特朗斯特罗姆①

一首诗是我让它醒着的梦，你说
诗是对事物的感受，不是认知，而是幻想……

诗最重要的任务是塑造和揭示
不知道，你的世界里是否有我的爱——

看见了你手指中间的那枚，银色的
闪耀着光泽的戒指，是戴在时光上的紧箍吗

你闪亮的目光和头颅对诗一样重要
而你的诗境，钻进我的骨头滋生无数的绿色细胞——

罗姆，万物都融进一首诗中，让我们开花吧

注：①托马斯·特朗斯特罗姆（1931—2015），瑞典诗人，2011 年获得诺贝尔文学奖

轨　迹

树想落下来，叶子说，我无处安放
凭借风，终究找到它的根和大地

在风的胸膛，事物划下沟沟坎坎
摇摇摆摆的航线，像出发或远征的船队

那是人间的轨道，驶向远方
也落向自己的归宿之处——

亲爱的人，我们牵手滑落的时间
在风帆上绘出生命最强的轨迹——

万物，与我们一起，擘画各自的航向

爆米花

走入夜市，看见那个正在爆米花的人
用现代机器，电蒸奶油玉米粒，在五彩玻璃筒旋转

走近一看，一粒粒初始的玉米绽开笑颜
逐渐演变，而后花枝招展，像次第开花的少女

看着看着，童年的巷道里深处
爆玉米花的老人手摇烧炉吆喝声四起

"砰"的一声，炸开一网金灿灿的玉米花
一群儿童们心花怒放争抢拣吃漏网的星粒——

如今，我多想与玉米一起，再爆一次人生，怒放生命

流浪歌

流浪的人儿思念你，亲爱的妈妈
经历多少事，不曾问，天上的星星有几朵

几亿年，我们乘着地球流浪，四海为家
起飞，生息，寻觅，追梦——

如今，当人们离开地球，向太空出发探索
梦想已成真，我要为爱唱首歌，亲爱的妈妈——

让我随着蔚蓝的地球，穿越银河星海
回归久别的故乡，沐浴你深情的海洋——

流浪啊流浪，流浪远方，无边无际，无始无终

大　牙

恒牙、磨牙或智牙
右上齿大牙在，下齿空，智何而生

左上齿空，下齿不空，它们相互错位
咬不住事物，万物对我何用——

门牙尚在，何赋能？咀嚼
各负各的责，尽管它们在同一个槽里

大夫说，咬紧大牙。可我抓不住任何一物
我咬着我自己，好比咬住众生的衣襟

曰：惟五谷杂粮，粗茶淡饭对我有益

一张嘴

有人喜欢吃钱币，说那是完美和高尚
世界上所有的心灵听到都在哭泣

它们说，其实，我是你们的被造物
金钱是万能，真理正义在它们上无益

没有一张嘴为人微言轻者辩解
可有一日，金钱都成了粪土和罪孽

那是明证，梦见一棵树拦腰砍断
种植者，哭喊，而后把腐肉抛在大地上

有的嘴飞出凤凰，有的喷射蛇蟒烈火

围城记

清晨，你描眉，差一点认不出是谁
错认为是一只林中画眉鸟，栖息窗台

午后，你抹了点玫瑰口红
我误认为自己住进了大观园，沉醉

晚上，你贴着面膜，吓我一跳
一具童话中的大白熊出没床头

仿佛，人间就遇见你三趟，忽问
倒底天下有没有围城——

人生，就是不知道，是在城内，还是城外

旧毛巾

"不就一条破毛巾，扔就扔了！"人说
"有时，宁愿扔掉一个旧世界——"我低头想

"呵呵"，无法再说出来恰当文字，只言
"扔就扔了，不就是一条旧毛巾！"——

一位历经百战的老将军会淡忘他的百万大军
有时候，却念想战场上擦过伤口的树叶

世上没有了那个温暖三年的密友
发黄的，有横道纹，半镂空，柔弱的

拧得不能再拧，暖暖的毛巾，走了——

寻常记

——致维斯瓦娃·辛波斯卡①

"没有一块石头或一朵石头之上的云是寻常的
没有一个白昼和白昼之后的夜晚是寻常的"

你在不寻常之间看见寻常，一个点着香烟的波兰金发女人
一位人高马大的婆姨，长得像中国的王大嫂

世人评说，你灵魂朴素，如梅子的核
具有不同寻常和坚韧不拔的纯洁性和力量——

王大嫂开茶馆，垒起七星灶，铜壶煮三江
辛波嫂煮诗获诺奖，都不寻常，都是好女人

而我只是个寻常的燕子，飞入不寻常的人间

注：①维斯瓦娃·辛波斯卡（1923—2012），波兰女作家，翻译家，1996
年荣获诺贝尔文学奖

解　毒

春天，嗓子疼，嚼几根金银花消炎
梦里，十指开花，满身芬芳

夏季，喉咙痛，咽几粒银翘解毒片
看见那个人顿悟，不再多说话

秋天，扁桃体发炎，吃几颗牛黄解毒丸
遇见那个人，跌倒后又快送保持平衡

冬天，胆囊炎犯，吞入一颗大公鸡苦胆
那个人仰天长啸，欲报晓来早——

药说，凝神静气，长思相守，百毒不侵

逃　出
——致赖内·马利亚·里尔克①

你说，诗并不像人们所想的那样，不是感觉
要感受鸟儿飞翔，花朵以怎样的姿态在清晨开放

……有了回忆，却还不够。回忆太多，就得忘记
你说，当回忆成为我们的血，成为眼神和表情

问自己，是记忆还是忘却，我把回忆当食粮
难怪走不出自我，如大海走不出海水

你说，当它们无以名状、再无法与我们分开
让认知和智慧达到极致，在回忆的轴心出现，从心走出来

尔克，此刻，凝望你的眼神，让我们从躯壳，逃出

注：①赖内·马利亚·里尔克（1875—1926），奥地利诗人，20世纪最著
名的诗人之一

一口气

几万年，我在风尘中保持泥塑的身躯
只因等候你永活的泉水浇灌养育

日夜，雨水和不息之河穿透了我的胸膛
智慧灌入幽玄的世界，点亮

沐浴泉水，滋养、洗涤，晒在阳光里
慈爱的雨点，打在了干涸枯萎的禾苗

一口气，从泥土里，直至心灵闪耀
照亮了一切未知的事物，吹醒了我——

土归土，光归光，万物生长靠太阳

众鸟颂

巨大的花园，鸟和花朵，祥云袅绕
一只鸟破壳而出，第二次生命降临

尽情的舞蹈和欢乐，歌唱生命
仙女赐之珍珠，拔下缤纷的金钗挥舞

一只受伤的鸟儿，在手心里搭救放飞
任凭它在百花齐放的乐园，自由翱翔

一只翡翠鸟，嘴里抬着一棵大树
触动它的翅膀，心儿跳跃，化为白光

众鸟啊众鸟，朝夕赞颂，直达九霄——

船　票

——致余光中①

橹一船满满的乡愁，乘一张窄窄的船票
牵着月光、坟头，载着母亲、新娘和我

你听，那被你踩过的黄土，抚摸过的黄河水
正在深夜轻轻呼唤你的乳名……

等你，在雨中，在黎明，在刹那，在有与无的空隙
我把月光折叠几次，藏一首诗，寄给你——

"同为一莲子，根深本一脉
遥望不相见，泪眼两朦胧"

借这张旧船票，盼君早日登上回家的客船

注：①余光中（1928—2017），中国台湾著名作家、诗人、翻译家。诗歌代表作《乡愁》等

老　钟

一口老钟停止了，无时间修理
让时间等我，我在时光之外忙碌

又曰，日月常在，何必忙乎
春生夏长，秋收冬藏，寒来暑往

时光，走着走着就走丢了
脚步，走着走着就走偏了

纠其错谬，上紧发条
重新挂上摆坨，推动——

母啊，钟停了，而它的灵魂，仍在行走

泡沫歌

一个泡沫问我，何谓江河大海
我说，我也是泡沫，怎知无穷无尽

一个泡沫碰撞一个泡沫，终究还是泡沫
一个泡沫拥抱石头，可成为玉石

石头永远成不了泡沫，它有坚实的心灵
蓝天成不了泡沫，它有广袤无垠的胸怀

或人或心，或泡沫或石头
万物都有一个属于自己的真谛——

曰：自知者何用炫耀，自明者无须辨识

近与远

总在大地的角落和空隙，探寻
无时无刻，在黑眼珠与白眼仁之间，守候

白云远去了还有大地，大地远去了还有蓝天
而谁在渴望和期盼中，寄托

当云雾不再笼罩日月星辰，当海水返回它的江河
你比静脉还离我近，我比天涯还离你远

看，诗在万物的安宁处停泊
远方和梦境，都是你浪花朵朵的闪烁

近或者远，就在一念，只此之后，再无人间

姻　缘

茫茫黄土高原是尘埃的海洋
千山万壑，众鸟飞绝，龙的身子虎的头

山上有位神采奕奕的老者，拱手相迎
圣洁的茅屋，纯净的精神，慈爱的眼神

人群里，有个少年扶起跌倒的我
洞口，一位青年目送，目光里有条天河

走远了客人，走近了乡情
对面高高的山坡上，传来花儿与少年——

"若让我俩的姻缘散，除非青冰上开一朵牡丹"

代 养

在大地上遇见一匹骆驼，让我代养
在时无定时的缝隙里我给它饲料和泉水

无法每天按时关顾，牵挂和温饱
赐之野菜野草，它惟吃清香高洁的草叶

时隔多日无暇顾及，跑之喂料递水
驼眼汪汪，毫无饥渴之怨

陷之沟槽，有道可逃，而其宁愿长相伴随
梦中，它如君子挽我手臂并行，以劳永继——

赞曰：仁义礼智信，人乃弗如

夸 赞

只夸赞了一对足、一双手
还有，还有一副耳朵及两只眼睛

美丽的事物要用美丽去感知
除非，感动过的文字，已经冰冷

跟随万物的脚步，不能自拔
离撇万物，它紧跟我的步履，蹒跚

在你夸赞的时候，受夸赞的事物不增不减
可，天空中的云彩已经知道它的温度

夸赞万物对我来说，裨益无穷——

拐　杖

多年前路遇卖拐杖的人，说拐杖是一棵树
我看着奇形怪状的拐杖，纳闷

它的拐头确实是一些树杈的形状
有的像马、有的如鹿角、龙头

买了一根闲置，直到昨天看见邻居爷爷腿疼
我在家里找呀找，找到蓬头垢面的拐杖

擦了擦，送给他，仿佛把时光也送走
那一瞬，感到从青春到暮年只是一步之遥

回家的路上想，没用拐杖，我这多年靠什么行走？

焰花辞

说不尽璀璨、新奇、耀眼、斑斓、绚丽……
巨大炮礼声耳鼓震动穿透骨骼胸腔

月亮，尽现光华，隐遁在云烟之后
不见星辰，天空深邃的眼神，观着人间

礼花锦簇，仰起的头颅支撑着脖子，困痛
脑海里炸开了满天参差不齐的花瓣

天穹，那些炫目耀眼的花海奔放，升起或降落
仿佛从宇宙深处撕裂华丽羽毛，撒落

焰花，属于眼睛，而灵魂属于夜空——

物有三用

父亲训，物有三用。我琢磨了一辈子
直到我老了，把一块抹布用了三遍

或家里喝过的塑料杯，拣起来，洗一洗
可当水杯、牙具、笔筒、插花桶……

也可装一些心事、念想、记忆，时光和寄托
水杯插上三棵花枝晒在阳台，生了根发了芽

原来，物质的属性深不可测，小如芥，大如天
更惧事物之间的联系，无穷无尽——

狮子吼：格物致知，物尽其用，人尽其才

送信的人

岁末，我去送癸卯年春联，左手一沓，右手一提
精美别致，又红又艳，映红了半边天

一匹马遇见问我，你是在辞旧还是迎新
燕子唱答"春风送暖入屠苏，总把新桃换旧符"

穿过十字大街，跨过一座座天桥
人们拿走了春符，当我是送信的人

倏忽，两只玉兔跳出来，吻我冻红的手
祝福我把春天传递给人间——

街市上，灯笼还没有挂起，人们的脸已透红

陪　衬

晚秋，有一朵小花，玫瑰红的
独自开在墙角，暗暗的，涩涩的

它扎在一堆碎石瓦片里，身姿如出水芙蓉
淡淡的，清清的，月光为它送来薄雾

婉如薄薄的白纱遮苫住它的头顶
陪伴漫长季节，及至冬霜降临

百花走了，它还守在原地，冻僵花容
人间可得春秋，最难相互陪衬——

梦中，花说，你陪我一时，我伴你一世

终　点

远方，遥遥漫漫
让我念着你的名字入眠

黄昏，影影绰绰
灯火镶嵌进列车的窗檐

夏天，郁郁葱葱
萦绕心头的一帘幽梦

星辰，窸窸窣窣
掀起夜幕面纱的那一瞬

谁，在终点，举一把油纸伞，翘盼

长亭外

——致李叔同①

回归的路，在游子心头盘踞或蜿蜒
人生，总在离去，找不到回家的道路

在哪儿，回到自己的世界
重新打造没有生死别离的时光

等你，最怕见
杨柳岸，晓风残月，浮梦正酣

"长亭外，古道边，芳草碧连天"
唱着你的歌，驾着你的船，载一轮明月——

问君，何言悲欣交集，携手同饮一江水

注：①李叔同（1880—1942），即弘一法师。

冰花辞

寒冬腊月，水桶结冰，冰下有水
拿勺子舀水，勺子里的水冻成冰块

用冰砸冰，冰花四溅，亮出一个窟窿
以冰花舀冰花，乾坤满清香

瓶口冻住，用冰花润泽，开启
再烧一壶水，掺入其中，热气腾云

悬瓶净身，却见梅花瓣瓣飞漫天
壶口飞出两只白色蝴蝶，缠绕二十八个星宿

咽一滴冰，入肚肠，与春天最深的私密处交融——

白纱布

薄薄的一层白纱布，裹在身上
它们是三片树叶，隔开我与人间

在那日，一切喧嚣的终将平息
呼和吸分成两个半圆，从此再无弥合

土、沙粒、石头成为最亲密的事物
虫儿飞，风儿跑，四门关合抑或打开

黑暗与光明，都是额头的闪烁
尘归尘，光归光，蛹体羽化上清虚——

曰：非空非色寻元真，无影无形通一线

青山颂

花已开过，果已挂枝，心已明尽
青山为证，此生，再无亏折——

那是爱，在万物的内核看见自己的真容
不负此生，不负生命，不负时光

广袤无垠的蓝天萦绕你的日月星辰
漫山遍野的春泥化作守护你的心音

炉里锻，火中淬，匍匐爱的征途
化为灰烬，洒向万物，归于永久海洋——

一缕青丝白发，也是奔向你的雷鸣闪电

我来了

风说我来了，春天就播洒种子
土说我来了，大地就展开翅膀

水说我来了，大海就敞开怀抱
火说我来了，满山的果实就熟了

我来了，我从风土水火上来
我来了，我从无始无终上来

听，世界静了下来，而心还在跳
看，大海咆哮起来，融入蔚蓝天空——

我来了，我来了，久别原乡，返回起点

终　结

不知道以哪首诗为圆尾收官
正如不知道以哪句为破局开篇

不知道生命的起始在哪里发芽
诗的告白，在事物的内核燃烧

一切表达，正如河流自然奔涌
或若树上的鸟儿，"嘎嘎"发出誓言

诗，是我的终结，也是开端
一叶开三花，不开也不闻——

诗人啊，向已写及未写的诗，致敬——

第二册

七步吟

誓以七步之遥
诉以爱的挚言
——题记

小星星

无论多远，天空不会抛下我
不管多久，时光不会舍弃我
阳光下的星星是否累倒
以暗藏的方式，闪烁自己的光
而我，把今天的自己，按揭给未来
一束光，驱除黑夜，叩吻黎明——
星星，留给月亮吧，它更需要光明

集市记

一幅画，从晚风或夏天的集市
吹来，油画般的村庄、人
眼睛和头发，插着干花和麦秆
从薰衣草、芫荽、百里香、野玫瑰
我在等一个人，你在寻找一个人
清澈如夜空的眼神，凝视身边的世界
纯净如自然的风，吹拂东方的春天——

等不及

小时候，父亲的朋友，从远方来
带几斤核桃，我第一次见它
舍不得吃尽，埋几颗在菜园里，等它生根长树
等不及，过几天刨出一颗看看是否发芽
饥饿时，挖出一颗，砸烂壳，嚼之
后来，梦见核桃树长在肉体里
结满果子，等不及成熟，吞噬梦想

破伤风

冬天，右手指被自家门锁尖剜去一块肉
家猫又抓伤胳膊，害我打三针破伤风
豆、萁，都是好兄弟，同生共命
长大成熟，羽衣丰满，相互盘算
不是我煮掉你，就是你烧毁我——
萧墙风马，血雨腥涯，明枪暗箭
世上有些事，想不明白，左手，老砍右手

风暴记

一场风暴，我知道你再不回来
假如我还在想你，你就当我是核桃
一颗一颗，砸了嚼了咽了

假如我还在爱你，你就当我是叶子
从树上猛然撕下，一片一片扔掉
而我，早已把爱偷写在绿叶上——
悄悄吻了你撕叶时的手指

七步诗

你说让我只走七步，我无计无力
向前走四步，再转身朝后向你走三步
你我只差一步之遥——
你可以拉近亲临，也可以推我掉崖
此刻，一柄斩断伪善和俗恶的刀剑
刺破了我的手掌，流出鲜红的血——
兄弟，你看看自己的手指，是否也在滴血

归　还

你给我一颗珍贵种子，让我自己种
可我不知道拿它种什么地方，荒芜已久
不知道把它种今世，还是别的时空
也不知道用眼泪还是泉水浇灌
我把它种在时光中、爱情里
可它没有发芽没有开花没有结果——
让我把它还给你吧，别让它腐烂

数指头

时间没有逼我，是我自己逼自己衰老——
爱的人，我仿佛离你和人间越来越远
抓不住时间的翅膀、岁月的尾巴
深夜，我数着手指头，遥望着银河星瀚
不是它们都远我而去，反而像我在远离宇宙
时光乘上列车在飞逝远方——
风中，我手持一枝红玫瑰，不知献给谁

怕遗忘

在时光远行的波浪里我们抓住了什么
一叶舟，还是星星、贝壳、海藻
总遗忘一把钥匙，打不开未来之门
把今天的 U 盘插在昨天的电脑上
我把你铭刻在一根骨头上——
怕遗忘，就把那根骨头镶进牙缝
孤独袭来，把这根骨头咽进肚里，充饥消化

花开了

冬去了，生命总在失去或得到——
只知道大地上太阳出来，春天来了
万物苏醒，小草发芽，树木绿了，花开了

你是花朵，我就是认识花朵的眼睛
惟有知暖的花朵，最识料峭的风寒
其实生命也很长，没有时光钻石可戴在它手上
一切，蕴藏进万物中的奥妙延续——

七步歌

每一步走出一朵七色祥云献给你
将无限江山刻画在你的春天
每一根头发当笔，倾写对你的思恋
星辰日月当作珠宝，装进匣子骑仙马奉呈
春夏秋冬折叠在一面扇子送给东风
最终，把自己化作蜡灰一起消烬——
万物同源，殊途同归，命运一体

观物眼

用观过万物的眼，观我吧——
我只需要你专注地望一霎
哪怕在不经意间悄悄一窥
让我在红尘万里的云海，永生——
去观看银河吧，观看宇宙的尘埃
以及观我的眼耳鼻舌身意，因为
见一物，就看见你，无处不在

时光偷走我

白昼和黑夜交织在一起，窃取
时间的恶魔偷袭每日的分分秒秒
从我们的手指及呼吸之间抢走
人类的命运瞬息万变，危于累卵
谁能阻挡历史的车轮向前
一切阻碍都会被时光碾压得粉碎——
时光偷走我，而真理使万物成为永恒

河莲辞

遇见了一片云和一缕海藻
看见了你，隐藏进万物中的名字
闻着自己散发泥土味的躯体
从自在的精微之处观看本然属性
唯有浑浊的泥泞才能找到它的河莲
在那妙体的花蕊间做一场清白的梦——
莲说，万物啊，我凭借污浊认清了自己

麻雀帖

一只麻雀落在我家门口鸣叫
我赶紧让雪地保持原有的样子
一只麻雀来安抚我的忧伤

我赶紧让春天装进贝壳里幻想
一只麻雀来表达爱慕之情
我赶紧让百花保持最初的贞洁——
在人间，寂寞是一个箩筐，可装进万物

老想着

春天，老想着大地要播种
把自己碗里的粮食留给泥土
夏天，老想着暴雨会冲跑田地
把自己当一桩木头楔在坝口
秋天，老想着庄稼怕太阳晒死
把自己当一把布伞遮挡在天地之间
冬天，我把衣服裹在树臂上，取暖

人的样子

第一次鞠躬，看见自己的样子是蛇
再鞠一次，照见自己的样子是鸟
第三次，发现自己的样子是狮
拿一只瓶在自己的身上滴三点清水
又复原成人的样子，坐卧行走人间
影子说，你的样子是五张弓——
五个箭手射一心，射得大雕成英豪

祭文帖

一只鸟，唱了该唱的歌
一匹马，肩负了该承担的使命
一头牛，吃的是草，挤出了血
它死了，地球照样转，转的更快或更慢
没有它，春天确实少了一个歌手
远征路上，再无一匹白马奋勇西去——
呜呼，泥牛入海，哪里来的哪里去

夜　间

不知道夜间是什么，是辉煌，也是黯淡
不知道那些奇迹之后，是否容纳未来
一只眼睛滋生泪花，另一只眼睛盛开玫瑰
等你路过或者无意之间发现
这个夜间无比珍贵，超过一千个夜
好比翡翠与河滩里的石头沙粒
夜间，我把自己归于浪，浪归于海，海归于你

万物缘

万物与我有缘，将我纳入其中
与我无缘，终将与其脱离
一息尚存，犹如指甲与肉相扣

万物将我置于窘迫之境
融之伤我，必与万物共存
舍之我伤，必与万物俱损
顶礼膜拜，除非万物之上——

空椅子

黄昏的广场，雪湮没，如堕入山野的白熊
一些空地上没有脚印，一些脚印烙在其上
不知道该走别人的脚印，还是重新踏上空白的雪地
有一长椅，静候着，一层层雪，安详肃卧
身后深深浅浅的脚步，不知道哪个是我踩的脚印
白茫茫的世界，真不愿留下任何痕迹——
如那把，孤寂的，落满厚雪的椅子，空着

苦 草

世上有种草，不知道它怎那么苦
有人赠我一束，嚼之，先苦后甜——
与肝胆相照，与心肾相济，治愈肉体和精神
每天撕下一页日历，放在嘴唇亲吻
那剧烈的摇晃，从头到脚，从骨头缝直达灵魂
当春天降临的时候，我开一朵甜蜜的花
报答送草人，而后，倍加珍惜，苦的滋味

呼唤辞

玫瑰，你是火焰还是爱情
不知道你要告诉我什么，也不知道
你是否知道自己叫玫瑰
你是花，还是一颗绽放的心脏
把我融入你的花蕊和你一起开放吧
我会像你一样默默无语，缅怀或爱慕
玫瑰，我在呼唤你，你也呼唤我

牵　手

牵着手，不是为了看远方的风景
而是把你托付未来，走自己的路
人间就是一幕一幕的奏章和帷幕
天空不会舍弃一切善良，一只手注定牵着
向前一步就是海阔天空，风光无限
牵着梦想，走向未来风笛的乐章
——牵着你的手，就是最美人间

圆　满

穿着天蓝色的衬衣，梦见天空湛蓝幽远
满天的秋叶红了，而根依旧墨绿——
人生，就是残缺拼修成的圆满

永恒之塔，照耀黎明前的大地
每一次日出，矗立在生命的开端或末尾
每一片落叶都有各自的使命，天空不会舍弃
梦，不遥远，就在每一个当下践行

句　子

山洼里的树木，有疏有密，错落有致
梯田里的麦子，山坡上的豆子、马铃薯
高山上的苞谷、油菜花、青稞
平地里的稻谷，它们纵横排列有序
一行一行，一层一层，一圈一圈
那绝美的句子，令我终身抵配不上
这天地间，一句一句天成道合的诗行

识　别

上街买东西，手机扫码，识别
办卡或售票，智能机器识别着我的脸
眨眨眼，张张嘴，转转脸，点点头
我乖戾地听从，像个玩偶或者懂事的孩子
它们识别着我，我也鉴别着万物，安身立命——
算法、AI智能、未来世界，突飞猛进
我赶紧用基因和根脉呕心书写文字，以甄防伪

皮　囊

你庸碌的折痛，令我终生不离
你粗俗的要吃泛喝，一日三餐不弃
你虚伪的死要面子活受罪，使人痛厌
你倒底是谁困绑灵魂的翅膀，不得飞跃翱翔
是你供养我的血肉还是我供奉你的火焰——
你是我，灵与肉相融相磨水深火热
我是你，指甲与肉丝粘合中相依为命

青春祭

韶光去了，谁扒去了我的黑发——
我想念着我的头发，那蓬勃的，不仅仅是春
还有压在大地岩石下面的冲浪，炙热的，滚烫
喷射着的岩浆，火及欲望——
不是谁说秃就秃，它还能长出新的、旺盛的
谁能还原我的青春以及那些蕴含生机的头发
生命老了，而我的青春才开始茂密的生长

火山口

巨石能压得住山能压得住火吗
那冲击力如雷电撕开一个个口子
排山倒海似倾翻吞噬虎狼和雄鹰

那潜入躯体和灵肉合一的火浆里
你能按耐住暴风骤雨和急雨初歇
浪，终会退潮，风，终究平静——
在生命的深处，刀，刻出一道道沉重的殇

胡杨林

你肯定知道谁最爱你——
不然时间过几千年，风蚀残堡，沉沦
依旧卧倒在大地，等那人牵马路过
不知谁的脚步踏破铁鞋满山河远道而来
那就在沙海荒漠里再沉默一万年吧
等你化成风，淹没世上的脚印
在春风化雨的季节，迎接每一个日出日落——

花鞋祭

那半卷半舒的云彩，注定飘过
生命的最后一刻，戛然而止——
来自天园的凤鸟啊，终久，要展翅飞离
说走就走，原来，抛开万物是那样容易
花前月下不思量，举案齐眉自难忘
两茫茫，话怆凉，一双绣花鞋
一只丢在天堂，一只沦落人间

春天的盛宴

没有风，冰雪不会融化，大地不会有春色
种子不生发，花朵不开合
风霜雪雨，一切孕育的正在结胎
春天的盛宴，谁为真的猛士饯行——
每一次分娩，大海孤独的背影，澎湃
天地之间，风儿留下誓言——
该走的要远走，该来的终要来临

彩陶罐

你可以忘记我，把我当泥烧
我渴望烧，烧到几千度几万度更好
粘合的泥土就会升化变质
选择瓷就是瓷，选择玉成为玉
我在瓷片上描绘春天和爱情的图案
镶嵌骨骼上，铭刻你的样子——
那一瞬，不知道爱是什么，只知道想你的滋味

陌路人

谁让我成为今天的陌路人，匆行客
昔日的海誓山盟还傲立在喉头
谁把自己的舌头内卷，嚼烂咽下——

变脸，一种绝艺，人类运用到极致
那就让我的背影远去，不再回来
在每一个黎明，或一个晚霞消失的时候
一切有缘，相遇在人性的荒漠上

羊　道

羊拉进城，坐在拖拉机上感动万分
认为牧羊人请它去游玩繁华世界
殊不知拉到屠宰场，一派焰火——
一边是活羊，一边是挂着的羊尸
中间遍地排满正在切割的肉体
时辰到了，刀搭在脖子上——
羊说，给我刀，我却去吻它的利刃

敦　煌

我宁愿把这两颗字咽进肚子
再痛楚一千年，让残阳如血撕开
绝不把你和月牙泉分开，不把你的名字拆离
闭上眼睛，让大漠的风沙把心掩埋沙海
那一轮明月就是飞天的银梳子
弯弯的，灿灿的，为你沐浴，梳理长风
西天边，射天狼，追逐宇宙遥远的梦想

遮布纱

夜色说疼痛，我马上揭开遮布纱
纱说疼痛，我赶紧重新回到茧
蚕说疼痛，我立马赶做桑叶
叶说疼痛，我把自己化入无边无际的春天
春天说疼痛，我立即把自己掩埋在大地之下
大地说，疼痛难忍，我把它搂进怀里——
与其让万物受罪，不如让我自己受难

蟹　腿

早晨起床，发现自己长着一对蟹腿
剪状的，精细的，橄榄球棒子的模样
向前剪着挪行，然后直立行走
人间谋生，疲倦而归，夜暮又蹿着上床
如龙盘踞，似蚯蚓卷曲，跃入浪潮或漩涡
不知与禽有几多区别，善的，恶的——
只跟着人类，一日三餐，喜忧哀乐

红花狼

嚼食山鸡肉，敲骨吸髓，嚼烂细品
人说，天下美食据为己有，供片刻享用
可有一天，它们又在嚼我，吞噬殆尽

土、虫、鸟、风、火、水抑或动物和人
在啖我之前，让我讲完一千零一夜的故事
从前，山上有个洞，洞里有个红花狼
一日下山，骑着一匹隐虎，绛到红尘客栈，游历

火在光上舞蹈

冬天生炉，点燃纸盒，火却在跳舞
妖冶的舞姿，烧出火焰蹿蹦
无数的火苗扭动，似凤凰的羽翼
火在光上，光却隐遁不见
越烧越高，直冲云霄
赞美火也鞭笞火，火的炫丽，火的阴险——
生命，要么燃烧，要么熄灭

两海聚

一只鸟衔去一滴水，我误认为叼走了大海
有一只船，因被戳破了底而得救——
不知道万物的奥秘比海洋深，比天空大
人类的知识好比鸟儿口含的一滴水
那只复活的干鱼，入在大海里游走
在黑石下面，两海相聚的港湾
——看见深藏的、原本的光明

朵朵辞

夏天，我给自己起了个网名，称朵朵
雨滴淋到嘴边，偷吻我的唇，唤我哆哆
急忙躲进一个屋檐下，避雨
惊诧了一对正在出轨的燕子
我赶紧捂住眼睛，它们叫我多多
一片云飘来，说我挡住它的视线，让我躲躲——
总与万物相悖，即使把自己陷进尘埃，很低

执之吾手

别叫我"兄弟"，称呼"手足"吧，亲爱的人
人类就是一个母亲，一个地球
你，爱不爱我，我无法抉择
而我，唯一可做的就是执之吾手、抵摸你足——
白昼，足走的辛苦，夜晚，用手去安抚
一生，手和足相依为命，生死相随
深夜，心对手足倾诉，永世相恋，不离不弃

灯 光

一生守护着一方净地，一个花园
也是一块天空，再用麻布擦洗干净
点亮一盏灯，在每一个幽暗的角落

用甘露，以泪水，做它的灯油，燃烧
风浪很大，怕灯芯熄灭，万物寂灭
照不见你，摸不到自己的烛台
你说，灯毁了，光明依然存在——

绿皮核桃

黄昏，砸一颗绿皮核桃，当晚餐
它有三层壳，层层抵达最本质的核心
锋利的皮壳，戳破了我的手指
不知道事物的浮层和内核如此紧密
砸破吃掉，核桃是不是种在肉体里了？
今夜，没有人陪我砸核桃至天明
我一点点剥离它，夜色也一点点剥开我

在路上

傍晚街市，华灯初上，万家灯火
走着走着，仿佛是脚步带我朝前走
不知道它带人类去何方，大街，人流，车影
到处挤满头颅，不知道人们去哪儿——
遇见，披袈裟的两个僧人，如两片秋天的枫叶
轻轻，从我身边擦肩而失，河水一样流过
回到家，仔细想想，其实，人人都在路上

草 席

早春，揭开覆盖在花园里的草席
用手刨一刨残枝腐叶
看见裹压在泥土里的一枝嫩绿
赶紧用土掩埋，别让春天受凉
脱掉缠在紫藤树上的布条
又恐乍暖还寒的侵扰，风不止，树不静——
春，我早把自己掏空滤净，等候重生

折花辞

风儿把月亮摇晃到大海的边缘埋葬
我把明月从水中捞起还给天空
花儿把春天偷走藏进高山悬崖
我折下花朵，一遍遍献给春天
可时光把生命打劫成半断半续的礼器
我用时间的碎片锻造一只船舶寻找你——
风，汇聚成一条河，推动船儿前行

眼药膏

独坐黄昏挤眼药膏，一点点，一丝丝
涂抹在眼睑、眼皮、眼角纹，冬藏火
从眼睛冒出血丝，染红头顶一片天空

用眼药膏疗治，以光线充饥
冰片、三七、丹参、蛇胆、珍珠——
药膏即将挤空，前思后想，细思极恐
用颤抖的手指涂抹在地球的皱纹里，治疮疗痍

炒栗子

毛栗子长在大山里，满山遍野生机勃勃
那日，从菜市经过，人们排队，争先购买
跑过去一看，毛栗子正在铁砂锅里翻炒
忽然想起一首古诗，在人海里打圈
不知道滚烫的是栗子还是诗句
也不知道栗在泣还是釜在哭——
栗子炒熟了，再也无法回到发芽的胚胎

七步吟

从无到有，以前世的水浇灌今世的花
从生到死，用本来无一物填满我的乾坤
静候，人海里擦肩而过的千年姻缘
不求回眸和长守，只愿在你的世界
投下我朝思暮想的一缕暗香
誓以七步之遥，诉以爱的挚言——
在有无来回的尘世，做你池塘里的一波涟漪

毛　孔

不知道自己有多少毛孔，正如不知道
人体有多少个骨骼，兴许或多或少
人类知道自己的事物少之又少
只到在深夜，询问两口气数中的那个枢纽
而每一个毛孔都在呼吸和赞颂
告诉我应该传承的，摒弃不应该接纳的
一只蜜蜂，它应该知晓春天和酿蜜的机密

想的时候

想的时候，思绪变成一把毛刷，牛角制的
给大地梳理春天的树木，把它好比你的头发，茂密
想的时候，化作一柄木梳，桃木做的
梳着碧玉装成的柳树，把它好比你的腰肢，婀娜
想的时候，我会成为春天的剪刀，青铜铸造的
剪一块云彩和一双燕子，放飞在柳丝翩翩起舞
想的时候，不敢碰自己的心，怕是水做的冰，易碎

鸟　嘲

有一日我回到房间，看见自己坐在桌前读书
问，你是谁啊？他说，羞愧连自己也认不得——
猛然记起一幅漫画，沙漠里的一种鸵鸟

把头藏在沙里穿后看见自己的尾巴，问这是谁
我摸摸自己的头是不是被沙漠掩埋
拍拍脖子，有没有像鸵鸟那么细长
鸟嘲，不知道自己是谁，何知人间事？

赤壁赋

誓以时光的车轮，将那花瓣碾压成飞龙
如在我的躯体雕上皱纹之春波
给青春的少年增添十二宫的风雅
谁在人生的舞台上放歌，春去也，怎奈何？
抽出时光的利剑锁住流水的喉咙
挥舞生命的宝刀辟开英豪的赤壁
让东逝的河流汇入巨浪滔天的风潮

找纽扣

一枚纽扣丢掉了，不知去哪了
我翻遍了所有的青春寻找
当纽扣找到了，不见那件衣服和你
找呀找，时光不知去哪了
生命远去了，我拿什么兑换
人生，你看见了吗？它掉在何时何地——
等找到衣服和你，我又找不到那枚纽扣

谙 熟

山，已经习惯日出日落，它不再言语
河，向低处流，它太谙熟倾斜的大地
坐在对岸看，我把落日当成日出
看云怎么飞，帆船怎样游，爱怎么回来——
等你拍拍我的肩，在一个黄昏的胸口
浪退去的沙滩上，我拣到的不仅仅是落日
还有你遗忘的船舶和下一个黎明

活子时

此刻，不知万物入静还是苏醒
把窗合上，轻轻拉上两叶的帘布
看窗外的风景，有孔雀开屏的图案
昼入夜，夜入昼，时间刻上尺度，等我
介于子夜的中间，问，时间存在吗？
活子时，子时活，链条就此断裂还是焊接
人类，一头连着过去，一头续着未来

三叶布

在那日，人们给我穿上三片白布
我在他们手指间翻身，像不会说话的婴儿
不知道谁执壶，谁穿衣？——

清洁的水，洗遍所有的污垢，无遗痕
折叠挤压吐出，最后没有咽完的半口气数，不留
人类啊，用第一片树叶遮住我的羞体吧
第二叶、三叶，缠裹我的今生，当种子

酒醒了

粮食酿成的汤，禁锢在瓶子盖下
泥坛或者玻璃，瓷器的惩戒者之箭
无人在阴暗的地下和我一起窖藏，封印
青花瓷里的红枸杞，相思，在阳台上晒阳光
比太阳浓烈的是酒，如虎，立在瓶子里
酒醒了，人却醉着；心醒了，人还睡着
它们静静地，静静地，在等候下一个春天莅临

诚　书

地不生无根之苗，天不造无用之人
无须担心明天的天空是否风调雨顺
惟有做好今天的自己，钟耕当下
不要忧愁时光的箭和前方的路何时降临
在每一个步伐上坚守方向，热爱、创新
乐观自强修身，立心立命均为苍生
心向未来、中正致和、善行天下——

原上草

是谁，从天空撕下一块绿色的布
覆盖在大地之上，令我春色萋萋
是谁，在天穹和草色的背面藏着什么
使我的目光跟随云彩和牛羊伸向远方
赐我岁月赐我麦芒赐我时光的利剑啊——
每一棵草穿透我的胸膛，再把我埋在草丛下
泥土与春风交媾抒机，野火与芳草孕育繁衍

五更梦

五更梦，情意绵，迢迢银河路途远
遐迩咫尺觅难见，凄凄惨，朝朝怨
时光无情催人颜，空悲切，梦正酣
桂花飘香醉东风，蹉跎年华不复返
你交杯，我把盏，十八栈道少一环
济济活水九十九，登宝殿，上寿岸
我挑水，你浇园，恩恩爱爱无限年

舞　台

人世间，人人都是主角，你唱罢，我登台
你可以将我当演员，也可当观众
但曲散后，唯一等你的人是我

我把你，看成启开帷幕的手
你把我，当作舞台最后熄灭的灯
谁是幕落人尽后，唯一带你回家的路——
剧本可以重写，但人生再无从头再来

踏破鞋

春水涌动时，无限寂寥辰
惊起的鸟儿无处安放翅膀
半夜执灯，不敢再入梦帘
唯恐雨来愁更愁，怎奈明月照如钩
天涯路，红心点点向阳开
把千山万水映个透——
踏破鞋，终无悔，柳暗花明会有时

火柴盒

少年是一朵云，不知道天高地厚
青年是一片叶子，四处漂泊寻找它的根
人到中年，把自己网织在树根盘节的烟火巷里
上有老，下有小，中间是衣带渐宽的多事之秋
到了暮年，才发现，人生就是一盒火柴
火柴梗，一次次摩擦点燃，为万物所用
燃烧一次，少一根，而光永存——

黑纽扣

它多像一枚黑纽扣啊，孩子拍手笑
在布娃娃的身上，装饰眼睛
它兴许能照见黑夜，与夜色一起私奔
在白昼，它是个黑洞，光线藏在里面
用小手指掏纽扣，却掏疼了自己的肉体
我蹲在大地，捡起掉落的纽扣
天空渗出几滴眼泪，不知，谁在哭——

逆　光

晚霞，像老人的笑容，映照
万物发出逆光，在大地上拉长不规则的身影
西边的山峰，把落日鼎在肩头
如牧归的老牛抗着一架犁靶返乡
高高山巅，雪线开始退却，留给雄鹰飞翔
村庄，把日月收敛入村头的一口深井
老人的眼神，映衬出明与暗的光影

风　铃

时光远去了，我把自己封包起来
不知寄给谁，静候岁月来敲门
岁月远去了，我把自己洗炼干净

不知存放哪里，等候一只鸟来啄走
人已远去，把思念晒干
挂在你经过的树下，做风铃——
距离，不在远近，就在于两心之间

看不见

山看不见山，而大地相连
土看不见土，而万物生焉
我看不见你，而生命之树长青
一点血，一团肉，一座胎
从无到有，我就是那远方飞来的小鸟
栖息一棵大树，是巢穴，也是漩涡
是降临的终点，也是飞升的起点

第三声

初夏，母亲坟头的石头开花了
月光把草叶洗得洁白，静静守护
抚摸一颗石头的脊梁，才懂，子不如石——
"阿妈"，喊了一声，天堂鸟即刻落下翅膀
"妈妈"，呼唤第二声，花木河水瞬间凝固
"母亲"，就把第三声隐忍在喉咙，咽压进肚肠——
不敢再出一丝声息，唯恐惊伤红尘人

舍不得

一颗牙齿掉了，半透明半暗锈
刚欲扔，又舍不得，它是一个见证
放置一小玻璃瓶，几年后发现，愣住
这是谁的牙？捏在大拇指和食指之间观察
原来是人类的，不是外星人或动物的骨齿
问牙，我把你扔房上，还是埋地下
牙说，万物皆可入药，你把我扔进风火里——

曙　光

怎么知道曙光在哪里，只到黎明降临
黑色的窗帘上投来一丝亮气
一只黑蚂蚁在黑色的大地之下
在一块黑石头上喘息，奔跑
一颗小草穿透冰雪严寒的地壳，露出尖头
等到大海退去最后一层浪花
从一颗心奔涌出明亮海水的瞬间，看见万物和你

喜乐辞

等候着，一个新的世纪，它如巨鸟莅临
它会在一个早晨或者夜晚来临
我抱着多病的身躯逃逸世俗的目光

趁着春色未觉，离开风雨飘摇的枝头
欲望是一个无底的黑洞，越陷越深
大地啊，众鸟啊，你醒来，醒来——
让我把所有的病痛带走，把喜乐留给人间

投之食

一匹狼似的，碳漆黑的魅影，如旋风
嘶鸣怒吼，仰头四处寻找，它却傲立房头
"来啊来，我的小猫咪，你回来！回来！"
挥之以手，动之以情，晓之以理
而它无动于衷，已经沦为陌路人
投之食，它认为投之以石，逃之夭夭
多情总比无情恼，报以春桃终不晓

北　斗

小时候，总认为它们是七个兄弟
去北方天空玩耍，迷失回家的路
于是，它们永远留在了天上，钉住身影
从此，举着七盏灯，给世人指路——
长大后，在困惑的夜里，观望
它们是一把银子做的勺子，像个问号悬挂
世上有许多事情，留着让人们自己去想

绿宝石

在大地上寻找绿宝石一样的春光
每一座花园，布满荆棘和鲜花
福乐在树叶背后闪烁，天空铭刻真理的文字
如饥似渴的盼望，赐以智慧，以生命盟誓
催人老的不仅仅是时光，还有风霜
园丁说，时不我待，朝夕砥砺——
而后，我在大地上耕耘希望和粮食

漏底的海

天荒地老，上山打虎，下海捕鱼
用贝壳、星星、月亮建造一只无底船
再用时光堵塞漏底的海——
从古到今，从生到死，跃入漩涡
粉身碎骨，磨难中化为一只精卫鸟
以填海葬身的勇气，投奔火焰
衔来一枝独秀的花朵，献给你——

春天的芭蕾

众鸟啊，留下来，留下痕迹吻合旧伤
在泥土沾湿的河岸，有许多精灵飞旋
唱着歌，列班齐鸣，在层层打开的星座和频道之间

事物瞬息万变，游离人类的手指
留下来吧，春天的芭蕾，赐予我跳动的心
万物留下来，留下天地，与日月常存
风车、人马与时光俱老，唯有你的爱，永恒

笔头辞

用一支笔图画天空，笔枯了，天空依然如故
借一支笔绘制大海，墨干了，海依旧如初
耗尽胸中汇集的爱慕，笔绝了，而爱永驻——
以舌尖舔一舔笔头，如吻的甜蜜与苦涩
虽有口舌，怎奈诉尽心中的爱恋
誓以黎明，誓以晚霞，誓以潮起潮落
笔说，在万物的源头，随遇而安

轴　心

把我放置你的船儿里漂泊
日升月降的轮回，一叶白帆在摇动
飞越浪的翅膀，惟把梦留下
当太阳升起的时候，让我们一起回家
等月亮降落，让我们重新出发
爱，在日月轮转的轴心，升迁
一切，都是呼吸之间的过往

万物颂

地球急切地奔驰，风在天地间来回斡旋
一扇扇门打开，又合上，明的物质和暗的
一起运转，相互依存，相辅相成
天空打开无数的梦境，绽放层层叶片
叶与叶之间，都是大海和群星点缀汇聚
大千世界和芸芸众生，宇宙次第显现——
一鸟朝阳，百家和鸣，万物齐颂

身　后

草原把自己留给身后的大地馈赠牛羊
留下白云，使天空更加深远，遨游
把自己种植在泥土山洼，江河湖海
用时光的橡皮擦，将身后的脚印抹去
生命是风雨归来的燕子，晴空万里游走的野鹤
刚吟明月几时有，又听阴风怒吼猿声哀——
在每一片叶子的身后，留一首空白的诗，献给你

绝　唱

弥留之时，只想到东方看一次日出
透过海底的光线，万道霞光冲出云霄
天地披上崭新的红装，海面掀起层层波浪
与浪共舞，向天穹融合，随万物共生
那蓬勃而出的不仅是火焰，还有红光
最终，把人间悲欢溶化进恒河泥沙——
不勘破，不舍离、不背弃，从终而一

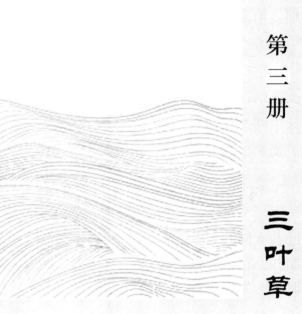

第三册

三叶草

三叶草

1

燃烧吧，燃烧诗、文字以及阴影
心灵的每一扇门打开，大海和太阳，都在咆哮
在一切静下来之前，需要燃烧——

2

黎明，时间过了一半，还有一半
或许更少，而身体不断消耗能量
文字、粮食、水、爱情以及万物，藏而不露

3

草，根在大地，叶在人间，万物如花
钉在泥土，像个纽扣，粘合星辰和天空
在春天等候一个时机，生发，繁衍

4

徘徊，在黄昏里是人类的模样、步伐
一双手，焦悴的，低烧的，羞怯的
瞳孔里满是青春和梦想，还有摁不住的欲火

5

把自己收藏进一片叶子里，对春天说
爱你是幸福的，也是绝望的
此刻，天空降下濛濛雨，打湿万物的眼睛

6

抽搐，痉挛的膈肌膜，眼皮和头颅
它们都在颤抖，从嗓门到嘴唇
语无伦次的不仅仅是春天，还有浓重的沙尘暴

7

母骆泪汪汪，撕裂着嗓子，向天而鸣
沙漠掩埋世界，干涸的，沙上有绿叶
有泉，善良者的步履，渴望者的向导

8

我把你的爱嵌入一枚贝壳，深藏大海
煎熬挣扎，朝思暮想，相思泪已干
炼成一颗灿烂的明珠镶在海底，永不磨灭

9

山洞里遇见一个人，喊我人类
一棵树下遇见一个人，叫我众生

花园中遇见一个人，称我情人

10

风雨中遇见一个没有伞的孩子正在奔跑
满身泥泞，浑身伤痕，手里攥紧一支笔
那笔在手里开着鲜花，怒放生命之火焰

11

梦见两只水鸟，凫在池塘里接吻
有人在门窗里窥视，高高的窗户，窄窄的门
鸟，对视一笑，醒来，天涯一方

12

金丝笼里的画眉鸟，每天"叽叽喳喳"唱歌
嘲笑山里的燕子没有别墅和自由
一会儿，主人把它转卖下一主子，一个养蛇人

13

这双手是谁的，怎么长我胳膊上，手指颀长
今夜端详它，有青春气息，更具沧桑
今世做了多少事啊，愿它干干净净，行善干好

14

等到黄昏的落日飞在我的眉毛上卧巢

渴望听见你的时光"嗦嗦"作响
你说，一切美，都是爱的化身

15

给我一个微笑，归还世界一个拥抱
爱是不回头捡到的麦穗，海岸边的灯花
奔跑者昼夜不息得到的馈赠

16

种子在它的春天得到雨露而萌动发芽
一根苗，生二叶，二生三，万物兴
花，一个茎，开三瓣，三合为一

17

万物远离我而去，我无法抓住流失的黄沙
只在四周的旷野里窥视一朵花，飘摇
把它种植在自己心灵，看守春天

18

把手给我，我要把它放置在大地上
我要在它上面建一座房子，有百里香和吉祥草
让我们在房子里听呼吸，窗外见风雨

19

锤子一直在寻找它的钉子，拔掉或者钉进去
它始终找世上的芥蒂，使万物各得其所
事物总在交易某种程序，有所为，有所不为

20

梦见姜太公钓鱼，有人吟安——
"渭水投竿日，岐山入梦辰"
曰：何不钓鱼喂饵乎？

21

山中遇一樵夫砍柴烧水，自浇自园
问之不答，观其三月，早出晚归
夜打蒲团，身披麻帘，诵曰，生乎死乎？

22

我与一碗粥的距离，隔于肚皮，介于天地
昼，无时不忙，夜，无孔不入
空耗食粮几春秋，终是迷途痴妄人

23

一只小蜜蜂，采撷百花，酿造甜蜜
不悲风霜雪雨，感知春天与万物的隐秘

为众生祈太平，广济仁爱，万世盛泰

24

一只凤凰告诉我，万物在人的身体上
身体只在一颗心上，心上的一点
万物都在宇宙生长，正如宇宙在万物中孕育

25

母亲，我的腰疼，伤湿贴，无用——
把腰伏在大地上，大地很坚硬
靠在万物，万物像个坚果，又尖又脆

26

花朵不知道自己的美
我却在美人的美上看见了美
花容自赏，明镜自鉴，本自一体——

27

迎春花开在二月的墙头摇摆，马路边
枝头热，低杆凉，根和我的腰一样坚硬
乍暖还寒，外婆说，春要捂哩——

28

凝视，一匹野马，翻腾肉体内部的隐秘

在自己的岩石底下，火浆奔涌，最初无称
从一返回一，拿一只空的芭蕉扇，扑灭

29

心有千千结，莲有层层瓣
谁在千江水吟诵：春有百花秋有月
我在每一个栈道关口，接续你

30

大街上看见满是路人，路人看我也是路人
我多看了一眼，人人行色匆匆
我看看左，看看右，人行道上都是人

31

你一定在春天的蔚蓝处监视我
不然天空不会那样深远，春风不会那样温暖
花朵不会那样娇艳，只为报答，不言风霜

32

羡慕一棵树拥抱着另外一棵树
羡艳一只鸟把另外一只顶在项上亲昵
我是石头，就把另外一颗石头咽在心里吧

33

深夜里伸出的手，在耳畔落了个空
想抓住梦境里的你，怎奈时空瞬息万变
走一程，送一行，满眼是苍翠欲滴的绿

34

就把你的名字刻在万年的甲骨上吧
那是一个符号，留着，等万年后发现和见证
好比在我的心脯上钉上一枚钉子，作证万物

35

你说，爱是一辈子的事情——
就在沉浮不定的日子，我无法守望你
只有将这爱，背负行囊，匍匐人间

36

那一天，你一定会找到我
找到一片云，你认为是我，一只鸟也是我
当一阵风吹过，你在春色的细密处亲吻

37

不管东方西方，都是地球人，围绕太阳公转
无论阴还是阳，都是木鱼，对着两口气循环

曰：人类同源同归，皆为手足——

38

你看我，像个雨点儿，不知道雨下何时何地
我看你，是一朵莲花，总在梦里绽开
时无定时，雨滴敲打叶，都是好时辰

39

镜子打碎了，再弥合，也不如从前完美
照不清一幅面孔，每个裂痕里，都有一个世界
你把时光藏进我脸角里的皱纹，从来不言不语

40

春天比一位老人的步履艰辛，蹒跚来迟
我在每一个枝头上看见你的名字
在眼睛瞳仁背面，我将深深与你融合

41

一块肉烂了，不知道怎么办
赶紧把它挂树上，让风吹，太阳晒，鸟儿啄——
我之外，就是你了，我处处看，都是你

42

遇见一群蚂蚁嬉戏，想表达爱慕

不知道怎样告白，才让它们感到我的存在
自责如此微弱，除非，自己成为蚂蚁

43

拿一只羽毛，插进大地，大地就成了信笺
插在山头，就变成祖先的坟头草
持在手当令箭，向秋天的船舶，挥挥手

44

画一只眼睛，悬在山崖上看风景
大海退去，飞鸟远逝，时光倒流——
看见你，在最初的起点，等候我

45

母亲，梦见就如活着的时候一样真切
只要跨出梦境，就紧紧拥抱不放
母啊，还是回到苦苦乐乐的人间，陪伴

46

最想，回到故乡和你一起看月亮
故乡的月亮是真月亮，蓝月亮
那里的尘埃，也折射着银色的光辉

47

亲爱的，月亮一定是来接我们的船舶
但我总找不到你，月亮一直等候在身边——
等号角吹起，我们一起飞跃地平线吧

48

母亲，没有您的世界太空旷
好想，小时候您的手掌轻轻拍打儿脊梁
就像露珠打在荷花瓣上，轻柔又疼痛

49

灯芯，不经点燃，不知道自己是一盏明灯
大地上，一位少年手提灯笼，四处寻觅——
何时，面对面呼唤，洗耳恭听，化己

50

时光再过五百年，爱的人啊
物质世界可以再造或者重塑
而一切失去的，都不再重来，我还能遇到你么

51

春风熏暖，只开三叶
我就把第四枝，藏进心海里

发三枝生息，作万年化石标本，自生自灭

52

孤独是一根骨头，思念时，啃骨头
节节贯通，无药可治，给眼睛贴上膏药
忍看，晓风残月，岸上，风把柳丝扯的细长

53

与君相逢琼楼宇，不识春风三万里
与君别兮五更初，昼不安夕夜不寐
与君共饮一江水，不思寿来不羡仙

54

归路，望故乡，千里迢迢路飘摇
静心，观自身，遥遥天涯近咫尺
鹏程举翅，躬身耕种，逍遥自在

55

残缺的月儿即将满圆，谁还在等待
思念的泪水已经涨满，揣着生命渴求
试问，谁为我们种下九百九十九朵玫瑰

56

心儿想起你，沙漠里就涌出甘泉

怎堪将那纯酣的美酒一饮而尽
珍惜蜜汁，在每个关口浅尝而止

57

惟有想念，穿心过海的箭，射透靶心
口口声息，将自我浑化殆净，无影无相
回到久别的家，唯有向你倾诉爱慕

58

当时光远去了，爱还在彼此守候
我只想在你的甘露中洗礼自己
即使千疮百洞，血雨腥风，万劫不复

59

初春，乍暖还寒，将息难安，欲问春安在
穿衣，阳光充满，刚减衣，又受凉
摸摸大地的额头，春潮蠢蠢欲动——

60

不要碰，天空里有张薄薄的纸
心与心之间，如窗户的隔膜，一戳就破
捂热一块石头，易，捂热一颗冰冷的心，难

61

时间跑在岁月前面，日子还在后面追赶
车轮滚滚向前，旅客把列车遗落月台
人，已经跑得很远，灵魂在后面追赶，等等我

62

二月，春色在柳枝上摇晃
石头缝，一棵草钻出小黄花，如猫叫春
在万紫千红之前，它微弱地，献出芳心

63

引力透镜，在宇宙又发现超大黑洞
在我脑后，森林里有个蚂蚁的洞穴
一轮金灿灿的太阳，升起东方，雷霆万钧

64

善良是善良者的天性，一生纯净
一只狼，专吃善良的红心，补自己的身子
善心，一次次伤害，又一次次善良

65

黄昏，遇见一个人蹲在石头上流泪
我劝了劝他，他哭的更加伤心

说把自己丢了，找不回来。我俩一起哭——

66

火说，等我熄灭，谁来收尸——
水说不是我，土说不是我
风说还是我吧，我使它灭，又使它生

67

时光远去，万物远离我，唯有你还在——
谁在心结上扎了朵花，堵塞血管的漏洞
空心的网，成了最柔软温馨的巢穴，厮守

68

风，抚摸我的肩膀吧，那一定是爱人的手
在你的春天，我开花结果，而后凋谢——
不为春来，也不为秋去，只愿人间有你

69

春风得意，天空把衣衫揭起
让我乘着驷马难追之驹超越时光
在那开满鲜花的泥潭里，和光同尘

70

道路是道路者的道路

迷茫是迷茫者的迷茫
把贪婪晒干、砸碎、磨成粉，喂鳖

71

我不要什么，不要，不要
只愿把自己种植在你的田野上
做一棵蒲公英，再让你的风，自由吹散

72

我就是你河边的一株草
朝夕看着你来的样子，走去的背影
吻着你踩过的泥土，让你的露水浸透我的骨头

73

今生，我就是一朵没有分别心的玫瑰
饱含蜜汁、荆棘、风沙、创伤和泪水
爱，使它长生，恨，使它殒命

74

再美的酒，也得有人去酿造和品尝
天空没有一朵无根之云和一滴无源之水
给我那樽最苦涩的酒吧，我喜欢刻骨和铭心

75

当一只鸟儿死去，另外一只不再伤悲
当一只哺乳的母兔在猎人手中挣扎不再怜悯
柔软的心变成坚硬，黯淡，我还等什么呢——

76

手撕干炸的鱼，一丝一丝揪下送嘴里
咀嚼品味，黄昏里的老人，吃着干鱼
忽然停下，把鱼扔进身边的河流，一起复活

77

沙漠里一朵花怎么生存，仙人掌问
所有的花朵都沉默，世界静了下来
一片云，一寸根，向下扎深一步

78

安慰身体，还是安抚灵魂
身体要吃要喝，折磨一切
而灵魂不食人间烟火，跟欲望斗争

79

山上的山花开了，蝴蝶自会来
一个人陷在无底洞，痛苦挣扎，爬出

天黑了，星星们打开窗户，点亮一盏盏灯

80

经历一只鸟，一段历史和一个人
经历了该经历和不该经历的
经历一切必然和偶然，你的果熟了

81

牧羊人和羊以及万物的影子
石头、蝼蚁、月球背面的坑洼、星系团
金字塔、长城、黄河及百慕大，一切是真的

82

大地之门，百鸟齐鸣，万类同庆
怀抱琵琶唱着山歌，踏着节拍，摇动
在肯定与否定之间，穿心过海

83

一只布老虎和纸老虎争一根骨头
一只燕子飞来，啄破了布和纸
骨头还在，而老虎已死——

84

青蛙"嘎嘎"喊，人类我爱你，没人听，入了海

鸟儿"喳喳"叫，人类我爱你，没人懂，升上天
我"哇哇"唱，人类我爱你，没人应，藏进诗

85

一条蛇不知道在它的洞穴隔壁，住着蚂蚁
一穴蚂蚁不知道头顶住着一窝田鼠
楼层上下住着什么人，我，不知不觉

86

酿酒的铁器说，榨干你，葡萄在疼痛中醒过来
诉，我是美酒，将融化所有的器皿和工具——
那粉碎的花瓣，鲜红的泥浆和魂，浴火重生

87

回到家，杏树正在期待春天的蓓蕾
泪花闪成了满树的花朵，清香四溢
关住门，上把锁，却锁不住满园的春色飞

88

低下头，让行囊背着日子，奔走
在万物的源头，寻找一只启航的船
拿一把剪刀，修剪残叶，留给春天生发

89

春雨绵绵，润物无声，花瓣感知
附着万物，泥土醒了，百花复苏
雨，漏进心里，一时一霎，汇成大海

90

风啊，吹，吹，吹老了岁月
回头看见岸上的少年，朝气蓬勃
在沙滩上，我重新拿树枝刻上万物的名字

91

把我贮藏起来吧，用一只小小贝壳
把我拣到大海深埋吧，一个微小的角落
我只想保持最初的样子，带着光芒

92

树下，我掰开那颗石榴，仔细端详
看，里面的籽是怎样一粒粒安放
当一粒粒抠出来，我再无力恢复原样，唯有赞赏

93

一匹马活着，一座山活着，一群蝼蚁活着
草活着，水活着，大地活着，地球活着

你活着，他活着，我也活着，亲爱的人间啊——

94

早晨起床，看见明月悬挂枝头
一百年，我想一百年后，看不见明月
明月能看见我吗，亲爱的风——

95

爱，让我们飞跃吧，朝着光明
把三片叶贴在丹田，像嬗变的蝴蝶飞翔
光辉滋润每一寸血管，海底生出皎洁明月

96

遥远的星辰闪着光，光落在光上
赶路人在赶路，惟危惟微，前仆后继
把灯挂在树上，照见树，也照亮路

97

把我还给你吗？我已翻越叠峦屏障
眼不见你，你却已涌满我的乾坤
而每一片叶子和每一滴露珠都在赞颂

98

鹰啊展翅飞翔，众鸟朝向它的凤凰

梧桐树上绽开五朵金花
紫金树，一颗星星似明月，映射光芒

99

归去，还是来临，三叶草已熠熠闪烁
爱，从九十九朵玫瑰降临
还有一朵，插进心田瑶池，起根发苗

第四册

春光曲

春光曲

——献给春天的礼赞

1

万物生化是春梦，天河溅起一朵浪花
有一支笔挥动着，绘画乾坤
沉溺春风，吟唱，孽海情天曲
白衣天使，骑着仙马，电驰风疾
风，沙沙沙响，翅，嗖嗖嗖飞——

2

春雪纷扬，投入山，融与水，奔向海
不见山，不见水，天女散花
千丝万缕，贯穿天地，润泽万物
落在肉体上，成为婴儿姹女
嫦娥舞袖，莲花座上
一莲籽，毅然投奔人间——

3

初春，在菜园里种菜苗
种上南瓜、白菜、芹菜、葫芦
它们的根系稳坐在土里，枝叶漫卷

像人间播下的诗句，斑驳迷离
月亮说，孩子，等你长大，瓜熟蒂落——
月亮啊月亮，宁愿孩子不长，母亲不老
看见万紫千红中飘摇的凡尘
似步履蹒跚的燕子踏向它的航道

4

爱慕者的爱慕是春天的向导
谁将把可赞的芬芳播向天涯海角
桃花源里打鱼人，豁然洞开
就在寂灭宁定时，返照人间
今生，我拿五百年的花瓣粉饰你的莲台——
斟满金樽琼浆液，沉醉东风唤不醒
点点斑斑离人泪，化作桃李满天飞

5

当春的温暖从僵死中苏醒
夜幕是一块帷布，巨大的，细小的
天地万物的阴影，装进一只口袋里
当眼睛的翳膜遮住心灵的光明
繁育万物的力量，有谁能抵挡——
欣然勃发的动力，油然而生
从悲悯中取掉忧伤，从未见中摒弃疑虑
屏住呼吸，全无声息，唯有冥想

6

它是火，怎么知道治愈欲望呢
怎样安耐，把它们抑制在水里——
让水说话，给它最温柔的淬炼
炉里煅，火中淬，炼尽铅华
赞美水，讴歌火，假如没有春色
哪里找到磨砺的炉鼎
爱啊，让我逃脱醉生梦死的漩涡
直抵春潮炽热的内核——

7

爱慕的风，将相思化作缠绵的春雨
鱼儿上岸寻水，蝴蝶入水找香花
干渴的鱼儿怎知空气里的呼吸
煎熬烈日沙滩，歙合两羽的鳃
在银色月光的庇护下残喘
润泽干涸的口舌，感于恩德，赐予潮汐
渴盼跳出龙门，羽化北冥，扶摇而上

8

赠我宇舍，又备好五谷粮仓
赐我金戈铁马，降我雨露与滋养
却拿铁锁，封闭咽喉的气息
血液，如驷马难追的蹄，奔驰

夜晚怀抱躯体微弱的骨骼

凭一念的闪耀，汇集久远的星光

明月已经升起，绿叶敲打我的窗棂

明知是装饰的梦颖，我却用它赞美春光

9

春是一杯酒，先清淡，后浓烈，炙伤肺腑

在沉浮不定的世事人海，生存与灭亡共存

沉默不是唯一的宣言，风，悲鸣怒吼

在爱情的世界里，没有你我，只有赞颂——

谁，在那心脯上种上爱的密码

无论坐卧还是行走，离之不分，合之不共

看着幸福的人幸福，亦是幸福

望着悲痛的人悲痛，即是悲痛

10

我抓不住时光飞驰的羽翼

却置于栖息荒芜之顶，玉树临风

飞渡你后花园的境地，野蔷薇馥郁怒放

白玉兰圣洁的倩影亭立枝头

如天使在各自的位份肃然敬立

在春天深藏的井，打捞甘美的泉水

浇灌滋养万紫千红的蕊心

谁说看不见你，谁说闻不到你

花儿吐香，蜂蝶自绕——

11

山丹花开红彤彤，娇艳艳
见山是山，看水是水，观望人间
选一朵啊，摘一朵，戴在自己头上
在我的梦境里，有你的花园
追啊追啊，一只蝴蝶落在我的梦里
园丁啊园丁，我是花朵还是蝴蝶——

12

白昼赐我粮食，夜晚降我玫瑰
爱，在那昼与夜的交锋中，扎疼我
一边是太阳，一边是月亮
沉沦不定的河岸，诚惶诚恐不安
归乡路途遥远，出门人苦恋故乡
在一座天秤上，白蚂蚁黑蚂蚁徘徊
乘一叶小舟启航，在大海里遨游
在自由和命运的风浪拼搏，冲破叠关
采一颗雪白的珠宝，做我灵魂深处的烛台

13

思念的人，日夜兼程，风雨无阻
力拔山兮的雄伟，翻江倒海似的气派
登上九霄宝殿，贯看春花秋月——
最怕销魂处，孤灯难眠，黯然伤神

寻找曾经丢失的一片春光
双脚磨出血痂，眼睛充满血丝
爱的深沉已融化进万物的肌体
朝夕相伴，永无分离，与春光合一

14

泉水啊，如母亲的乳汁抚育万物滋长
羊羔跪吮禀受滋养者的甘霖与润泽
蝎子也知背负爱仔逃生安家
经历苦难更懂得母爱的珍贵和无私
蒙受风霜磨难更加明白春风的仁慈
一只勤劳的小蜜蜂酿造生活的蜜汁
赋予生命契机的报答或完美的诠解
却道：来时本无意，去时已有心

15

春之海没有限制，宇宙心没有边界
时光飞驰的很远，我在哪儿等候——
禁区是一汪池水或者是一片篱笆
做着羞涩的春梦，酣睡，或者醒来
就让我手持春天的一根吉祥草，挥舞
相信一切善良都终会回来
纯净的事物归于原有的源头，本然
不生不灭，不悲不喜，不疑不惑

16

丁香花，袭人的芬芳，簇簇艳烈
如燃烧的云朵喷发团团火焰
低头羞赧，惭愧一枝花也知恩图报
花儿啊，告诉我，你为何如此芳香——
青春少年，花前月下，缠绵悱恻
云朵洒下感知的雨滴，石头化作五彩玉石
那是爱者和被爱者的喜悦
让春天最高贵的种子，从我肉体生根发芽

17

花朵啊，盛开在花园里，萌发在心头
雨丝缕缕，漫过枝叶流入心田
怀春而发，整饬已死的荒漠
磨砺风寒，让残败的枝叶葬身泥泞
在一个春天里看见一百个春天的影子
而在一百个春风里只渴望与你相见

18

爱，使已逝的墓碑发出新的枝叶
春，使复命的大地再次焕发勃勃生机
每一个梦想的背后，浸满汗水
每一个憧憬的肩膀上，踏铁有痕
让每一个收获都慰藉心灵的渴盼

艰辛的耕耘，挂满丰硕的果实——
没有忧愁，没有恐惧，唯有安宁

19

奔跑啊奔跑，与时光赛跑，不亏不折
爱如烈火，隐藏绿色的树叶
时间的烈马毫不留情，春，浸透大地
赐我一枚绿叶，用它装扮整个春天
给我一个时机，定要让生命开出最绚丽的花朵
春天的使者啊，迎来春色换了人间

20

春雷啊，你炸吧，闪吧，响彻云霄天外
震慑乌云，驾驭风暴，粉碎伪善
一切妖魔鬼怪虫蟒虎豹都惧怕你的威力
赐于直面人生的勇士以力量和智慧
让春天赋予的蓬勃生机，革新自我
使僵死的湖水涌现新鲜澎湃的浪潮
让矫健的海燕遨游天穹展翅飞翔
带给大地善业与能量，勇毅而为，以达至极

21

春夜，就让我随风而去，在海的浪翼上飞扬
或是沉沦或是奋起向前的彼岸
爬上山坡的月亮，与羊群一起沉默

空旷的原野上，总是闪烁着一些事物
在火与欲的交战中，跌倒或者站起
冲破险恶的礁石和漩涡，奋勇不息
春天，总有层出不穷的创新和惊人的奇迹

22

贪图安逸，沉湎浮华而误了许多春机
在孤月独明的时辰，看见自己的影子
总在内心最深处的殿堂徘徊
以甘甜的佳酿等候吉庆降临
徜徉春江花月夜的良辰美景
珍贵的夜间，有一百样果品，我只尝一颗
献给你，赐予春天的阳光雨露，平安吉祥——

23

春霄啊，不知道天空的星宿怎样排列
它们各行其道，按照一个预定的轨道
运转有序，好比人和动物及植物的生命周期
荒芜的月球，看不见春色的美景
有许多星星，荒无人烟，不生一草
银河的迹象，人类望远镜、飞船确已验证
宇宙广袤，其上浩渺，其下无穷———

24

白昼与夜幕，如两个眼珠交替旋转

一个闭着一个打开，也像头顶的两只蝴蝶

一只白蝴蝶，一只黑蝴蝶

有两扇门，一扇打开，一扇关闭着

也亦如梦幻泡影，一个睡着，一个醒着

从春天之门，窥见，宇宙万物，闪亮光泽

25

大地的气息，春的肌体，梦的召唤

那是无与伦比的美，泥土糅合的躯体

如天马行空，预示一切青春和生命的起始

奔腾，奔腾，烈马气宇轩昂，嘶鸣嘶鸣

让太阳升起，直达云霄，光芒万丈——

伏垂尘埃和泡沫，吸附土地和大海的细胞

在每一个浪花和水滴里感受细微与深沉

在春风化雨的河池，做一分泥泞

以全息的毛孔赞颂春天的博大和慈爱

26

即使爱中的痛苦深远而绵长

我也吸吮它的蜜汁，分泌营养

哪怕一时的彷徨使心灵无比哀伤

情愿在爱情的海洋里与风浪鏖战

挫折坎坷赐我以病殇

又欣然酿造了美酒馔玉的恩典

令人陶醉，幡然醒悟，芳龄永继

献一首春之歌，寄向宇宙鸿荒

27

一杯酒从深井里打捞出，又倒进海里
大海也不曾醉倒在我的怀抱——
既然迷误的伤痛超越分离的悲苦
为何我们还要爱呢，就在天涯刻上泪珠吧
献给从来不会哭泣的大地——
跨越时空，给春雨轻轻洗涤忧伤
一次次擦净心灵的灯罩，照亮未尽的路

28

静下来，静下来，天空已经静了——
风，没有痕迹，以柔软的翅膀抚摸着世人
把自己摁的很低，云找不到足迹，你找不见我
怀抱尘埃，浅唱低吟，敲自己的心门
在人间低洼的天堂，活出自己的世界
爱，已经化作春雨温暖的手掌
清白的文字，比粉色的梨花孱弱——
风未止，瓣已落，留一段清香在人间

29

不知道春天给大地倾诉了什么
没有人能够带走一个坚固的容器
母胎隐藏生机，肌肉串在骨骼上

无法破晓人体还有多少秘密
从天空下渡过，云的手触摸
穿过我的头发和腹肌，百会和丹田
在画布上留下第三只眼睛，观望人间
看见，燕雀们返回各自的枝头
鸿鹄正在从它们的足下远走高飞

30

喜悦是喜悦者的镜子
赞颂是赞颂者的背靠——
当隐含春光无比的顾盼
在千江水里观看千江月
更堪明月初生的浩然之境
世殊时异，事物好像从来没有发生
鸟不说，云不问，万物闭口不言
而心海总有一丝温暖的风，吹拂

31

谁，将我放置春风的窝巢下
得一息绿茵，获一刻的喘息
而后，我将是没有白昼夜晚的飞燕
任凭风吹雨打、赴汤蹈火——
就在那个夜间，登上一座高峰
铁门槛，金刚捣碓，白鹤亮翅
在漆黑的洞口看见流失的时光

敲敲山洞之门，想讨回荒废的生命——
就在万物的拉链上切开一个口子
剖析内在的奥妙，那是春天烙印的胎记

32

黎明之前，东方欲晓
大海退潮，岸上又诞生了一日的浮层
看啊，太阳洒落万物的金光
从黑暗投射无限光明
睁开眼吧，打开我们的心眼——
海即是浪，浪也是海
你听，浪花颂，百鸟赞，万物吟
如见，如闻，就在春天的乐园
徜徉其中，不即不离，非取非舍
自在，独鸣，幸福，安乐

33

众鸟啊，你让我看见了什么——
只见树木不见森林，只见泡沫未见海洋
昼夜的轮回，天地的变动
包罗万象，宇宙的精密，天地和谐的美妙
我只是一粒蝼蚁，渴望看见万物的心脏
我只是一棵小草，梦想化入春天的胸膛

34

春天的胸襟，包含所有的季节
复活的大地，复苏泥土的冰雪和花朵
烈日晒干欲裂的口舌，一股甘甜滋生
从遥远的沙漠深处奔涌而来，泉水啊——
一滴雨露，打沾在干裂的喉咙
一根苗在一寸三分的耕田发芽
一只麻雀被拥抱，一匹蚂蚁被养护
一棵树下，脸贴着树，亲吻春的嘴唇

35

一匹马的血液以及风和石头
似雷电喷发而来，脱缰的野马啊
在原野上嘶叫，我抓不住春色的飞逝
在人间，爱情是一幅画，笔墨涂染
乾坤大地，绘画出心中的春天
像蚯蚓黏着它的土地，返璞泥泞
磨难，才懂得岁月无恙的珍贵
而时间将我抛下，在河岸上暴晒
等候干鱼复活，重新飞跃大海

36

春雨绵绵，细润无声
揭去苫布，雨滴滋养禾苗

烈日炎炎，灼灼其华
以遮挡护其叶，免遭损伤
大道无私，公允万类
明月皓皓，恩泽宇宇
执以甘霖浇灌涓涓细流浸润
爱已降临，大道不孤，济济天下

37

清廉的人啊，当大地褪去乌云
当遗失的孤儿露出喜悦的笑容
当贫穷和惊恐从我们身上离撤
清风徐来，洁白的花朵散发淡淡香味
谁从大地捡起舍弃的诗篇
愈合千疮百洞的心灵——
唯有你的爱，消去千百年心头的阴翳

38

花好月圆之夜，知音相会之时
香与色融合一体，光与彩洒满宇宙
天地万物都在凝聚，九层空灵都在共振
十八的金环登上十五的满月
相思的泪儿，酿化成长生美酒
喝一杯，斟一盏，琼瑶甘露，万般妙用
把珍贵的月光粘在嘴唇亲吻
满山遍野香气溢满，贯通四肢百骸

39

痴情的人啊，万物化成了一只白鸽
绿荫浓重，花之上翡翠玉叶璀璨
我的眼里噙满泪水，只因你爱的滋润
撬开沉睡寒冷冬天的坚冰
喷发火一样奔放的岩浆，洩在大地上
让春天的咏叹，浇灌心的禾苗——
那蕴含冲动的春潮，从泥土深处奔流
冲上九霄，从宇宙洪荒到永世万年
疏导万物，融会贯通，一有万有——

40

听，黄昏的雨滴斑斑点点、凄凄切切
窗外的风，柔和夹杂锋利的刀剑
戳痛层层堡垒守护者的心
从撒哈拉沙漠之峰，到太平洋之壑
以自然的笔墨，刻绘出爱的畅想之曲
远行者背负行囊向大地出发
在生命绝无仅有的船舱放飞向往
就把自己封印在春风的宝瓶里
凝望宇宙的深渊，你的帆船，我的彼岸

41

不明洪恩调养，怎知春天蕴藏的机密

雪山上盛开的雪莲，深海里游戈的海马
青冰上绽放一朵牡丹，烈火中飞出凤凰——
一滴雨穿过喉咙，落在了海底深处
倒打一桶泉水，水火相济，浇灌自己的花园
梨花带雨，雨霂蜜汁，徜徉花海，清香四溢

42

圣洁的兰花啊，勤劳栽培的枝叶
瓣瓣娇艳，芊芊柔指，叶叶灵巧
高贵的品质犹如充满灵性的天使
在灵与肉的交锋中亮出智慧的宝剑
在每一朵花的重生与涅槃的磨砺之途
验证每一个生命生存和凋谢的意义
大地啊，万物向荣，声如洪钟
幽谷兰香，以虔诚的鞠躬，叩吻大地

43

面向春潮，对一株树表达爱慕
黎明懵懂之际，天地揭起纱裙
不是所有的橄榄泚都发光
黑夜孕育着光明，寒冬贮藏蓬勃生机
誓以灿烂群星，以安宁祥和的黎明作证
让心灵一次次远行跋涉，离去与回归
在日月澄明之时，在万物宁静之际
与春天交汇，感应奇迹，赞叹生命

爱，使我们卑微，又使我们高尚，及至完美

44

打开封尘已久的书，一束干枯的花枝掉落
那是春天留下的色彩和印记
夹在书册里的几瓣花叶
依旧散发馥郁天香，沁人心脾
这是生命再一次印证，不是遗失的岁月
更是时光插绘在生命长河的图案
连同我的一呼一吸，一潮一汐
见证爱和被爱者的一切福祉

45

春的到来，一次洗礼和升华
一次次引导，眼睛、耳朵、智慧
踏进不同的河流，沐浴挚情真爱
爱，像花儿一次次绽放生命的光芒
春天降临的妙用，与万类同抚育共生死
在每一次的春耕时节，播撒希望的种子
春光落在身上，滔滔江水清洗泥沙
须臾，万物就变了模样，而你永存——
人间正道，只有时间淬炼岁月的佐证

46

一块石头，写满爱的符号

一根草，预示着春的蓬勃，海的翻涌
一根肋骨，不落床笫，日夜赞颂
自然的箫声，发觉生命的根系
每一个瞬间，如新鲜太阳，富有朝气
大地之上，皓皓春光涌满我的心房
再从火的岩浆里喷出蔚蓝色的海水

47

黑夜蕴含着黑色玫瑰的再生
从头到脚，行驰在大海的航船
承载万物的名相和属性，见微知鉴
在旷野的废墟上，生息或舞蹈——
一蝼蚁，观望它的面容及鼻耳目口心
春蚕，吐丝方尽，破茧成蝶
飞蛾，不赴汤蹈火，焉知浴火重生
蚂蚱猛扎进大地，吞喝永活的金汁

48

相知的鸟儿啊，举头遥望明月
目光所及，时光纷纷退却，落叶缤纷远去
侧影剪下眼眶、鼻翼、唇角的光线弧度
春光绚丽，镀亮额头的希冀和未来
坚毅的双肩，担耸未来可期的人间
仙鹤松间鸣啼，临空起舞的羽翼
春风浩荡，追寻无限深远的宇宙——

49

皎洁的明月啊，给我智慧的眼睛吧
让我今生看见，生命拥有的当下——
停下来吧，我让自己停下来
从时光的马背上停下来，向多维时空跑道奔驰
从疾速的风浪，向大海的翅膀停下来
做一盏蝴蝶缠绕踏花归来的马蹄，闻香下马
在春风沉醉的夜晚，倾听高山流水的古弦
而后，让我沉睡吧，让我长眠——
有了你，万物都是爱情的模样

50

一匹马，蹉跎岁月，历经沧桑
山川河流都在咏唱春天的旋律和音符
你的隐秘，我的人间和逝去的韶华
一群燕子飞来，大地不再孤独寂寞
春华秋实，怀抱最初的心愿
待万物于公平，践行诺言，勤而不怠
誓以海枯石烂，誓以天荒地老
化作春泥，为你凋落，也是幸福——

51

时光，如一列有去无回的绿皮火车
一匹火狐狸逃遁，一只蚂蚁忙于上树

一条蚯蚓食泥，菜叶上的毛虫奔波
它们死后又复活，循环往复
仿佛，万物日复一日都为检阅春天
站在月台上，见头不见尾
故事和人，成为装进火车肚腹里的云烟
奔向远方，抑或到站，都是一场逆旅

52

一只蜜蜂砥砺我勤奋
一座山谷昭示我包容
一峰骆驼教会我忍耐
一匹白马传授我中正
一丸春蚕启迪我脱茧而出
听，天上的星星互吐衷肠——
与其在空廖中虚度万年
不如让爱折痛一世
寂寞长空，铸剑为犁
锻造平凡的日子，徜徉人间岁月

53

自观即将老化的骨骼，还有头发
关节、牙齿以及安装在身体上的五脏六腑
我怎么知道它们暗藏的妙用
既使老去，也是一生的陪伴和护佑
那个打着口哨的少年刚从青春门前经过

时光飞驰，在不经意间，年华已逝
一枚金针拔掉眼睛的翳云
走出迷雾，向春天道喜，好比新的生命刚刚开始

54

在梦中，山岳飞奔，鸟儿无处落爪
四处奔波，惊恐，呼喊你的名字——
而后，太阳落山了，风静了，尘定了
寂静之后，蝼蚁们集体唱歌跳舞
一群鹰在草泽追逐，分尸最后的猎物
一只花朵在春泥的肉体开自己的花
一条鱼睁着眼珠，却看不见万物——
一只鸟，在大地深藏的孕育中，破壳重生

55

春是燃烧的风，电的翅羽，雷的鸣
暴风骤雨，咆哮，树枝吹落地面，一片狼藉
大地承载无始无终的力量，掀起勃勃生机
风在吼，马嘶鸣，万物发出轰隆隆的声息
活跃在风口浪尖的潮水，永不停歇
谁，挥动四季的亮剑，把火炬点亮——
凝望春色缱绻的峰波、延绵的树梢
把思念涂画在大江南北的岩石上
与葳蕤的森林并驾齐驱，成为春的信使
在幽秘的大地深处融化，渗透，传递春的温度

56

大海啊，浪花已飞起，声声呼唤背井离乡的游子

春之诗，一个深邃黑洞口的光，雪中的火

雷中的电，雨中的铁，钢化成的水

水中的两个氢原子和一个氧原子，悄然融化

恋人眼里的泪花，嘴角的，浅浅的笑意

眼睛晶体里的一秒金针，钻石水晶折射处的光明

石墨烯的薄膜刀片，无影无形，切割万物

恰与春天暗合一体，不知不觉，无声无息

57

在东方，在太阳升起的东方，在家园

在太平洋的西岸，春天又一次降临

背靠世界最高的珠穆朗玛峰，面朝最广阔的海洋

滔滔不绝汹涌澎湃的春水，从大江南北翻越

一只鸟儿从远方飞来，栖落我生命的树上鸣叫

花园里，叶的翅膀正在护佑一只甲虫

每一颗心灵的种子都在沐浴甘霖

投以滴水相报涌泉，授之风霜收于桑榆

天地万物皆可生辉，善恶自会分明

誓以怜悯，善待众生，穆如春风，浸透人间——

58

世纪远去了，我抓不住时光的利剑

时光远去了，我逮不住万物的影子
花儿啊，你是春天的语言符号，告诉我什么——
万紫千红，繁花似锦，包罗万象
手捧花朵端详，那是智慧的光芒
闻着芳菲，默然敬立，与天地万物交言抒机
春光啊，就让我做一只受喜悦的蜜蜂吧
蜜蜂因采撷不同的花朵而酿出醇厚的蜜汁

59

春酒，自斟自饮，夜光杯在月光中熔化
举一鼎月亮做的镜子照见自己的真容
万物都如花般开放，摘一叶将自我遮住
醉卧，绯红的脸，眼底生出火红的情丝
一只蓝蜻蜓，翻开我的眼睑，以春天的名义
点上绿色药水，消除五蕴杂识，折射光明——
一驾白蜜蜂，蛰疼角膜，给泪腺灌上金汁杀毒
一只长角的兔子，用红宝石的眼珠点亮烛台
一匹金蝴蝶，扇动七彩翅羽，带我飞越九层空灵

60

虽有口舌，却无法倾诉心中的真言
一切语言化作纯净的甘霖
也未能表达尽内心的热恋和情愫
听，万物和精灵都在齐颂——
感激时光，感恩生命，感知恩泽

誓以天性的至纯至真，体悟宇宙的神奇妙用
视死，为明日，视生，为永久——
诗者的歌喉，悬挂在一棵长青的春藤之上
带着爱行走，人间，处处是春风

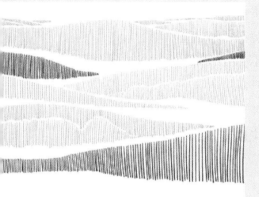

第五册

万物志

三足鸟

车水马龙，人流如织，红尘滚滚
一只三足鸟，误入繁华尘世，
高楼大厦林立，在十字路口迷路，
它跟随车轮和人们的脚步停顿，等候——
信号灯次第开花，红绿黄朵朵鲜艳，
计数器争分夺秒，丝毫不差，闪耀
从高到低下降，或者上升——
盯着不断变幻、循环跳跃的数字，
鸟，静卧安全岛，伺机飞跃蓝天

气球飞了

天桥拐角，有人售气球，
气球绑在一个塑料小棒，我扫码支付。
气吹得鼓鼓的，脸色紫红，摇头晃脑，
举着气球走了半晌，胳膊高高的竖立
忽然一阵风，轻松取走了气球的头，飘向高空
而我手里还捏着那根、空空的气球小棒，
追啊追，跑得气喘吁吁，望洋兴叹
回头望人海，自己变成一颗气球，漂浮

疼　痛

在花圃里铲土种花，一刀翻起，
一条小蚯蚓拦腰截断，两段活蹦乱跳，
重新掩埋之后，自责愧疚。
有人安抚，蚯蚓裂断可再生，
我答之，谁解它的疼痛——
它的痛在肉上，我的疼在心里，
梦里，有两条龙，四只头，驾我西游

独钓者

远处，看你独钓，
挂漂、下饵、抛竿，不见鱼线。
乳白色体恤衫，碧的湖，
青的天，灰的云以及投在湖心的影，
不知道，哪个是真实的你——
我在你身后看风景，绿的柳，黄的堤，
红的新娘，褐的船，
你在等鱼上钩，鱼却在等我下水

投　影

远处一群人在水库看水，
附在护栏上，目光投的很远。
水是蓝色的海，人是海岸上栖息的水鸟，
太阳照射，水面上有海市蜃楼
倒影像打翻的涂料，漂浮水面上，
身后一对对投影像鸳鸯。
夕阳已经沉没水面，堕入烟波
不知那是水鸟，还是人类——

半只知了

隐藏洞里的半只知了，
剩半只翅膀，四条腿已被残食，
肚子已被蚂蚁掏空。
它，不知道自己已经死了，
还挣扎向前缓缓爬行，一声声尖叫——
"知了，知了，知了"

画句号

人头攒动，纷至沓来，接踵而至，
头挤出油，润滑着陌生的车轮。
脚步匆匆，人海里步伐错乱时空，
不知道走在昨天，还是今天——
未来是未来人的未来，我只是
做好每一天的人和事，
并给它们画上一个个圆满的句号。
蓦然，想起鲁迅和他的孔乙己、阿 Q
不知道，如今是否偶然闲来饮几盅？
少年不识孔乙己，再读已是书中人

把头交给枕头

半夜醒来，前不着店，后不着村，
窗帘掀开，又合上，看看天亮了没有。
睡，还是醒着，把头交给睡眠吧——
读，还是不读，把智慧交给书籍吧，
此刻，黑魆魆天空从窗帘缝隙，窥探我
抽出时间之剑，看见一切云烟都是过客。
我把一些想好的诗句收藏进弓里，
及至不知道再写什么，怎么写。夜深了
合上窗帘，又启开，仰望星空

听见孟德斯鸠①说：一个人的品格，

看他在没人看见的时候做些什么——

我赶紧睡倒，把头交给枕头，一块冰凉的青石

注：①孟德斯鸠（1689—1755），法国启蒙思想家、法学家。

点　燃

一首诗，点燃另外一首诗，

一个人，点燃另外一个人。

在时间和历史的肩膀上，

有盏灯熠熠闪光，我牵不住时光的手

以及漫长的岁月、风雨和未来——

一首诗，可抵达灵魂深处的隐秘

今夜，由谁去点燃，这最后一轮明月

白　夜

雷响在天，电炸在地面，

一闪，两闪，三闪……

坐在窗前望着夜空，数闪电，

眼前诞生一个个白夜——

闪不停，数不清，只数心跳。

夜空撕破脸，露出真面目，

一道道白光，一次次砸疼脸和头发

鼻子及地面上的事物——

狂风，不知刮断何处的电线，

电灭了，手机屏幕也死了——
赶紧，去寻找最后一根蜡烛，点亮

时间的形状

镜子，碎了一地，像时间，
我捡起，缀成一朵花。
割破了手指，滴了七滴血，
无意间，把身边的一张白纸染成红色，
拧成皱巴巴的一团花，如燃烧的玫瑰。
此刻，时间的形状，不是直线，
已成波折，螺旋，弯或者圆圈——
一日，就是一生，发生的都已发生了，
一世，就是一时，那么短，又那么长，
而人与时间，一起舞蹈又被一起埋葬

鸟问我

鸟问我，人都去哪儿了？
我摇了摇头，独自去河边挑水。
它追问，时间去了哪里？
我沉默不语，低头浇园，一瓢两瓢。
它跑过来，在我额头上啄了一个伤疤，
我还是不说，摘下一朵花戴在鸟翅上，
默默想，让伤口自己痊愈吧——

回来埋头看书，却听陀思妥耶夫斯基^①说：

我怕我配不上自己所受的苦难

注：①费奥多尔·米哈伊洛维奇·陀思妥耶夫斯基（1821—1881），俄国作家、思想家。

故事里的人

一个人，就是一个世界，

一个世界，其实就一个故事。

夜里依窗而卧，讲着过去的故事，

让风儿听，也让生命听——

那些故事近或者远，天上人间，从古到今。

白兔子遇见大公鸡，野狐狸的尾巴露出来，

夜把黄昏淹没，月亮把太阳覆盖。

白眼仁染成黑眼珠，

所有的白昼涂抹上夜的颜色，

一颗柔软的心，把钢化成水——

最后，我们都成了故事里的人

白袜子

夏天，穿一双白袜子，可三天就脏了。

不知道是脚趾、鞋子及尘埃，谁藏垢纳污？

泡在盆里洗，搓，揉，淘，捣

肥皂、洗衣液、漂白粉、消毒剂——

我，再洗不出最初的本色

窝　巢

第一次号角吹响，
一只鸟，死了——
第二次吹响，它醒来，
环视四周，左顾右盼。
第三次响起，它在火中洗礼，
一边是天堂，一边是地狱，
最后，那只鸟飞向自己的窝巢

折　算

把生命折算成一日三餐，
将有些事，折算成黄金与鸡毛。
其实，人生就是一场盛宴，
聚时热火朝天，散时风轻云淡。
分别的日子，相互寻找，
相见的时候，心却向远方——
博尔赫斯①说，"在这人世间，
只诞生过一个人，只死过一个人"
我不懂他的折算，在尘埃中捂着嘴偷笑，
悄悄问赖内·马利亚·里尔克
他说，"世界是美丽的……有一条不平坦的路，
通往未知的目标——"

注：①豪尔赫·路易斯·博尔赫斯（1899—1986），阿根廷诗人、小说家、散文家兼翻译家，被誉为作家中的考古学家。

笼中对

人在看鸟，鸟在笼中，
鸟在看人，人在巨笼。
人不知道，鸟飞多高，多远，
鸟不知道，人有多高，地有多深——

喇叭花

卑微的一块砖，比不上一枚硬币，
它把号角拧成了喇叭花，唱自己的歌。
不敢昂首挺胸，在世俗面前，
它坚硬的脊梁骨，为三斗米残喘。
没有人因为清高和桀骜不驯而赞誉——
从一场梦中醒来，发现世界已改变模样

请别叫我诗人

——致费尔南多·佩索阿①

在诗面前，不要叫我诗人，佩索阿，我羞愧
我不是生来写诗的，也不是有意而为之——
有些时候，承认自己是诗人要比自认是一头牛还难
佩索阿，在人间我满含泪水，不仅仅是为了爱，
还有我的角膜炎，风沙赐予的恩典——

泪珠，不从泪腺管流出，却从心咳出血块。
我的眼角经常挂着三滴水，湿润的，亮晶的碎玉——
你说，"所有那些人性的东西打动我，因为我是人"
你是人啊?! 我还误认为你是一个蓝色幽灵，
难怪，你的诗，我分不清，那是谁呼出的气息——
把你的黑色礼帽和小眼镜给我吧，诗人，灵魂的诗人
让我在你的象征中去找已知和未知的深奥意象，
你说，你就是介于生与死的那个人。我赶紧
全网搜索你的诗，看见大量的诗和零碎的你，扑面而来——
我摸摸自己的头顶，蹲在地上触足，验证与寻找
那个善恶叠加的，你说的那个东西，是人吗?
佩索阿，请称呼我诗人，我来，就是为了写诗——
当眼角布满血丝，枫叶般的毛细血管堆砌出鲜花，
一个纯粹的，或卑微或高尚，理想王国的士兵

注：①费尔南多·佩索阿（1888—1935），葡萄牙诗人、作家，葡萄牙后期象征主义的代表人物

密码锁

谁把一对钥匙挂在树杈上，显摆，
幽暗处，一条红绳牵引，像人间夫妻。
我瞥了一眼，继续走自己的路，
回到家门，摸口袋寻钥匙，四处空空如也。
想打开手提的旅行箱，找钥匙
记不起密码锁的数字，总在尴尬中自怔——
万物与我一息尚存，以密码为纽带，

是阻隔，也是通道。
与万物息息相关，不惠不贿，
留一个密钥，让人自解——
我一直寻找，那把锁在哪里呢？
蹲在大地上，双手抱头，
苦思冥想，自己倒底是埋在地下的，
一把钥匙，一首诗，还是锁子呢？

三滴水

第一滴，向下，是一切清澈的来源，
如雨滴降临在大地的席面，
第二滴，向下，是父精母血，
是受孕的种子，是生命与灵魂的胚胎，
第三滴，向上，是返回的燕子找到归途，
也是鲤鱼跳龙门的飞跃——
三滴水，打在我的身上，很痛也很甜

一剂药

好的诗，是一剂良药，
也是智者遗失大地上的钥匙——
从少年到青年，从青年到暮年，
一句诗也是一颗种子，种在心田脑海，
或萌发或泯灭，生芽或者腐烂。

白昼，我把七粒药分三次干服吞咽，
夜晚，我把一剂药熬三次混合饮下，
五脏六腑窃窃私语，治愈者被治愈——
那满腹经纶的诗句绞肉机般疼痛
而后，梦里，所有的笔如春天的梨花，绽放

无根树

心悬浮在空中，身已落下千丈，
无根无脉，唯有一气贯通。
在风中坐禅，坚守本源，
不论姿势，不着万相，
不要一切人为，不依附仰仗万物，
不变随缘，随缘不变——
树说，我本无我，天生地灭

梦笔生花

文字，只要受用，就足够三生，
用手指上的肚肉，逐一抚摸那些符号，
梦见，文字在手指间开满鲜花。
最长的思念，凝结在当下的唇齿之间，
亲吻你的名字，口吐芬芳，
看不见，看不见，满眼是翠绿的海
听不见，听不见，满耳是亲密的音——

鸭头诗

餐桌上，我们都是正人君子
一群食客，觥筹交错，满口道德——
有人说鸭头太咸，有人说鸭翅太硬，
嚼着肉，剁着骨，讲不杀生的善义——
盘子里的鸭头，紧闭口舌不语
眼睛，半闭半睁，用余光斜视我和世界。
一双举起的筷子，陡然停顿半空——
鸭说，吃由你，不吃也由你，何罪之有？

受伤的尾巴

一块冰很凉，只有另外一块冰知道，
一团火很热，唯有另外一团火知晓。
夜，冷不冷，只有自己心知肚明——
"给我一把火吧"，风嘶鸣，
"让归隐的归隐吧"，冰怒吼。
一切没有回音，相互隔绝，
受伤的尾巴，夹得更紧了——
三更，用身躯裹着被褥，焐热人间

核磁帖

举起双手，把胳膊放脑后，
向健康投降，与核磁共振，依附于仪器察病
平躺在传输带，缓缓将我植入洞穴射照——
等待是漫长的煎熬，服从是患者的聪慧，
耳鼓里充斥战场的撕杀，雷鸣电闪，
脑海浮现的图案，从大地到宇宙，万马奔腾
身体从圆形苍穹之光缓缓飘出，
能否如新生的婴儿一般纯洁再生——
影成图像，人类的五脏六腑透彻，
黑白的胶片，肿大的胆囊呈现双边症，
婉如一只白色蝴蝶潜伏黑夜——
胆汁从肝脏的胆管路线分布贮藏，
受大脑指示收缩分泌液汁消化肠道，
反观影像和神秘的器官系统，立体多维观测——
观彻万物，精妙绝伦，见微知著

空　碗

早年，有人把一鼎空碗晒在太阳下，
说，晒热，舀一碗阳光拔火罐。
我没有明白，阳光是怎样一碗一碗被灌满——
正如总搞不清，人类怎么变魔术，

把鸡毛变成天鹅，把土点成金，空盒里变出美人，
有人站在水池边，手未伸，鱼就往怀里跳。
一直误认为小葱拌豆腐就是最好的人间盛宴——
人说，狐狸有九条命，狡兔三窟，与我何用！
夕阳西下，揣一只空碗，把它贮藏进空匣子里，
自己问自己，这是空，还是满？
——碗说，言者不知，知者无言

遗落大地的诗篇

那天你问，诗是什么，我摇摇头，无语。
辞别，我看着那些泉水跟着脚步来，
它们说，诗者，请留下你的步伐——
那一刻，我想，把诗归还给诗，
把自己归还自己，把你还给你——
有只荆棘鸟跟踪而来，送来一串金色的花环，
说，诗歌的王冠，是由荆棘编制出的——
我回头，弯腰，双手捧起遗落大地的诗篇

红外线

一堵墙，一枚硬币，一张牛皮，
一个人在他的两面刷油漆，用一种涂料，
人前和人后，凳子上，椅子下。
白天，画红色的玫瑰，夜晚

黑色素从身体内部染白色的头发，

毛孔打开粗糙、变色的皮肤，

像小鸡背着重重的蛋壳，当自己的黄金甲——

昨天，医院给我的处方，是分段的诗句，带着节律，

不必润色或者修订，一次写成，很美

主治医师让我在一张表给自己画像——

我画了三条永远不相交的平行线，

写上：我的慢性胆囊炎，吃着急性的药物

而后大夫温和的手指，纠正了我倾斜的脖子，

吩咐，合上眼皮，再闭眼珠，向内观，养神——

没看见万物，只见白大褂悬着一排整齐的黑色纽扣，

每个纽扣有三个孔，像熊猫的头，一张张脸向我憨笑，

也如镶嵌在暗处的探测器，用红外线测量世界——

病房里，几个室友赤脚露胸，促膝相谈：兄弟

善待自己，身体零件不好配，价格贵，医院还没货——

这时，阳光升的很高，照洒在患者的脸上，很暖

我赶紧擦把汗，翻藏在床头的闲书，聂鲁达①说

"有时候一片太阳，像一枚硬币，在我两手之间燃烧"

注：①巴勃罗·聂鲁达（1904—1973），智利著名作家、诗人、外交家

夜之手

夜幕诞生一片漆黑的浓影——

你的手有余温，睁开眼，不见万物，

黑夜，伸出一枝树的胳膊，触摸我的肉体，

把我掰成两爿叶子，相互紧扣手指——

闭上眼睛，就如溘然长逝，归于永寂
你的手指，在我手心动一下，我知道你存在
我的手掌，颤抖一下，你知晓我尚活——

春夜图

暗动的春是一妆厚厚的棉被
覆压在我蓬勃的躯体上，喘不过气。
一匹虎，伏在我身上，而后是一头狮子，
我的春夜彻下了一场强暴雨，
浸透了我青春的岩层、地幔、地核……
第二天，不知道怎样面对纯净的天空——
所以，我一直在等你找到我，
在一片叶子的背面，一滴水的影子里，
携一帕白色的手巾，唤着我的乳名而来，
擦洗净，我的一切黑夜和白昼

奔跑的骆驼

几匹骆驼在沙漠里奔跑
一会儿向西，一会儿向东，
从坡谷到巅峰，张皇失措。
跑在前面的一匹，
躯体很高，拉直的脖子颀长而迷茫。
它们的眼睛浸透一丝亮光，

红、黄、绿、白
不知是牧人遗弃了它们，抑或
它们丢失了主人——

砸石头

暮色苍茫，一个人在岸上行走，
捡到一块无用的石头，以我无用的手砸它，
以石头砸石头，砸出三层皮，
想看看里面隐藏了什么秘密，
层层砸烂，直达核心，
在砸磨中，石头与石头擦出火花，
生命，犹如一团燃烧的火
火焰灼伤了自己的手指，用一张膏药遮掩——
深夜，石头对受伤的手说，你砸疼了我

独　酌

我把黑夜当一块手帕，藏进天空里，
当劳顿忧伤的时候拿它揩汗或擦眼泪，
那汗水里能撑一艘巨船，那眼泪里能养几条金鱼——
海浪说，塑料瓶里的鲨鱼，迟早破塑而出。
我在人间再无路过，只有提及或长久的遗忘，
撮一把春风，蹲在旮旯，就着红豆独酌，
月光做的金樽，醉倒相思湖上的河鸥——

而大象就是大象，蚂蚁就是蚂蚁，
谁无法把它们放一个天秤加以度量——
忍着嗓子像刀片割一样的痛疼，喉咙说
完整的看待一切残缺的事物并珍惜吧，亲爱！
一只花蝴蝶，飞过来，指着我的鼻尖诘问：
你看到的残缺和完美，拿来让我看看——
蝴蝶啊，我在你的胳膊上雕一朵玫瑰，
当你迷失的时候去和春天结个约会

蒲公英

那带齿轮的梦想，焦苦的黄花，
在石头夹缝和马路的边缘，台阶下面，
田间地头，遗弃的土地和荒芜之角
谁是真正的英雄，天地之间，傲然屹立——
春天料峭之初，寒潮徐进之时，
在百花争艳之前，春的步履维艰之际，
开花结籽，飘摇，一粒粒任风吹散，再生，
根，扎深大地，梦，翱翔天空

一把毛刷

黑夜，攥一把黑色的毛刷，刷自己，
伸手不见五指，星星点灯，
仔细辨析人类自己的脚掌和趾头——

夜深人静，船驶向港湾，一切真的很静，
静，真的能把一切东西沉淀清楚。
一切事物凸显得越来越清晰，
才知道，黑夜到白昼的距离，最远

瞌　睡

不知道瞌睡是什么，只说瞌睡死了——
不解其意，非想，非非想。
走着走着，不知道在哪里丢失自己，
到家就睡倒，人说，瞌睡遇到枕头。
失眠拿去的不仅仅是时间和熬夜，
还有夜幕背面蝴蝶及其蝙蝠的世界
我睡着，好比我醒着——
半夜，问自己，我在哪里，在干什么？
一只硕鼠莅临，从头顶到脚乱跑，意欲食人。
我怕夜醒来，小心翼翼，蹑手蹑脚，不敢惊动——
咬着万物，让心、身和呼吸达到完美的合一

挖　矿

两只猴子水中捞月，
一个真，一个假。
两只老虎争山抢水，
一个强，一个弱。

两个人在山上挖矿，
一个为公，一个为私。
闻："人之行善，利人者公，公则为真，
利己者私，私则为假"
"根心者真，袭迹者假；又无为而为者真"①

注①：明代袁了凡《了凡四训》句

敲　响

家钟，悬挂几十年，摇摆不止，
母亲走后，钟摆也停了。
我去上紧发条，顺父母走过的路，
拧一圈两圈到七圈，步步艰辛，
时间在手心发出"咯吱咯吱"的巨响。
推一推，钟醒了，又开始上路，
仿佛时光又从源头重新流淌而来——
钟停时，时间哪儿去了？
父母在，儿女在哪里？
此刻，钟，贴紧白色墙面，艰难匍匐
敲响，"铛——铛——铛——"

等车记

风，时有时无，公交车，时来时去，
一辆辆停下又驶过，都不是我等的那趟车——
一阵风，把我从东街刮到南墙，恍如隔世，
我搂紧路边的铁栅栏，像揪住一根救命的稻草。
风一吹，沙眼开始流泪，湿润的眼珠开始变形，
看见世界在眼眶里旋转，形形色色——
万物在泪花里绽放，五彩斑斓，
似乎一切事物既熟悉亲切，又无限陌生遥远。
风，把调色板打翻在路边的积雨中，
色彩，泄漏一滩，水沟和下水道两旁。
不知拿哪只笔去图画未来的星空，
我只有在煎熬等候中锻造自己的秉性。
静静蹲在路边的树下，像雏鹰，等候飞翔——
盯着脚尖前路面上的一洼雨水池，
映出朦朦胧胧高楼大厦、人物、车辆，浪浪沧沧，
像另外一个大千世界匆匆忙忙的众生。
身被风托起，像一只苍劲之手，从我的腰肢揽住，
把我推入沉浮不定的河流，
风，变得轻柔，一面抚摸着头发，一面刺疼肱骨，
一会儿把我推向山巅，一会儿揉下谷壑。
天，又下小雨，数着雨滴，一滴二滴三滴……
越数越像我的诗句，起初想写简单明了，
而雨，下着下着就下大了，诗，写着写着就写远了……

有时，雨停了，诗，还下着——
雨滴钻进眼角，像闪耀的星星，一暗一明，
我把它当一次春光乍泄的奇遇，与时光和年轮无关，
或者等候灵魂的洗礼，从眼睛开始直达心灵的窗户，
却在每一个车站和叉路口，看见你一闪而过——
此时，一趟向工地运砖的四轮车疾速驶来，
随后，一辆豪华车的轮子猛烈碾过，溅起的水花
扑向路边公交车站飘扬的、我的青衫——
那路车，还没有到，涂在衣服上的污水，风已吹干

花魂辞

君夭我未老，我老君待生。
借魂埋枝下，年年报春蕾。
少时不知春光促，尽将馥芳痴迷误。
岁月蹉跎人易老，荏苒年华虚度空。
千古念悠悠，潸然何人知，
何言爱忆旧，怎奈惜后人？
酥红手，绿短袖，两茫茫，何处觅？
人间难有长相守，断肠人儿在天涯。

童　话

小区里的绿地，阳光照着，
一堵隔离墙，没有把太阳隔开，
小区内的和外界的，
无法阻挡，共享的光线、空气。
在地皮种植钞票，
在空巢玩"斗地主"①。
别墅里的宠物狗已经长成狼獒，
网红被粉丝娶走，米老鼠变成金老虎，
卖火柴的小女孩喊，"谁买火柴——"

注①　"斗地主"：扑克牌一种玩法

鼻　子

那人持雕刻刀在花岗岩上游刃有余，
孜孜不倦，切割出一个隆起的鼻子，
置在博物馆的玻璃罩，供游客参观。
一群古生物化石猜测，这是谁的大鼻子——
我赶紧摸摸自己的鼻子，捏之及至疼痛
眼睛冒出金菊花，从耳朵里绽放，
验证自己的鼻子是否被剜割或者贩卖——
鼻子说，我只会出气，不会说话

放羊娃

从前，有个放羊娃给财主家放牧，
穷，没钱上私塾，渴望读书和求知，
就每天在山坡上读羊群、石头、草木、云彩，
画每一只羊身上的符号，划石头上的文字，
高高举着食指，跟随云彩，描它上面的图案。
羊，从七只不断增长，到二十八只的那日
几匹狼来袭击羊群，他把自己献出——
"你们吃掉我吧，羊没了，财主会拉妹妹抵羊！"
狼被感动，叼走，在山洞里让他教文字，讲善恶。
后来，狼变成了羊，放羊娃带回村庄，
财主把他和狼一起高价转卖给了外地商人———
狼说，羊吃人，财，宁信其恶，不信其善

呼 吸

佩索阿，一幅旧时代君子模样，小胡子
戴礼帽和小眼镜，还有你的诗，扎入一个人的心。
你耽于独自呼吸，而时光已飞渡世纪，
来吧，与我一起在东方呼吸，自由自在——
你的葡萄牙和葡萄酒及你的诗，都令我遐想，
看不懂看不清你诗集里的倒影，却看清你的面容，
七十多个笔名之中，那被撕裂的诗句之间
只听到你的呼吸声声在我耳畔急切喘息。
我还是喜欢公共的呼吸，人类的空气及风

正如今夜，破解你蕴藏密码的诗境，就此结缘——
佩索阿，你的翅膀，已经带我飞驰东方和西方
乘同一张飞毯，让我们领略人间不同的风景

一块钱币

假如有一块钱币，给我
半个用于生活，半个换朵玫瑰——
再艰辛的地方，也有鲜花开放，
一边是荆棘，一边是玫瑰。
发现玫瑰比怨恨荆棘更重要，
赞美幸福，也感怀不幸——
你说，好好活着，并爱之

蟠桃会

宴会，桃子对南瓜说，
——你，也来了
神仙们开始赞美蟠桃，南瓜走开了
门口看见番茄绯红着脸，跪坐
——你咋也，来了
嘉宾们正在聚众赞赏瑶池。
番茄从门槛出来，遇见墙角的芝麻：
你，也——来——了
芝麻悻悻离开场面——
一会儿，厨师找到芝麻，打磨成酱沫，
客人们用蟠桃瓣蘸酱，吃仙餐，

送快递的弼马温听见，自言自语
——吃喝拉撒，萝卜白菜，各有所爱

门 帘

那天，在山头，咱俩隔着泥土拉家常，
像隔着家里，那一层薄薄的门帘，
儿在外头，母在屋里——
相对坐了很久，很长，
月亮落山了，落到了燕雀的树巢，
落到了那道门帘的背后——
一切隔蔽已揭开，明的，暗的
儿，知道母所愿，母，明白儿所思

脚 印

黄昏之时，树枝低垂人间，
揪下几片叶子，嚼了嚼，咽进肚子。
没有说什么，也不想说什么，
或许这就是一辈子，或者叫无明暗识；
没人知道滋味，也无需知道，
原来，语言最高的境界是无语——
不带走，也不留下，叶子仍然挂在树枝，
只到一个人，从它枝头经过，
洒下一路的诗句，如树叶飘落的脚印

血月亮

一斑红印，暗红的光芒浸染宇宙，
以及人们的眼睛，一道道光，
红光中折射出金色火花，耀眼夺目。
一个血红的细胞，在跳跃，蠢蠢欲动，
浓厚的大气层，紫、蓝、绿、黄，
层层吸噬，只剩下，红色素，
红的，云状的，似静脉，
毛细血管，像母腹中的胎儿。
兔子的眼睛，在黑夜里布满血丝，
一道深藏宝剑似的目光，审视万物——

七彩笔

我崇尚一切至简，生或者死，
大道从来不隐晦，它简简约约，直言不讳。
我喜欢万物本来的样子，泥土或者大海，
走出囚笼，看见阳光和一滴水一样透明，
拿着七彩笔，在纸上绘画自己和万物，
树木、河流、鸟雀、花朵、小草，
住在树上或者泥土里的千万虫蚁，
齐唱着单纯而永恒的歌谣——
一有万有，一通万殊，百废不殆

既　见

一些时光，终久从我们身边流走，
还有，一些人和事物，爱情及生命，
它们没有留下过多的痕迹，消耗岁月——
一些事物总会留下来，比如爱和石头及风
令我苦或者乐，可它们构成了我的全部。
清风明月终有尽，高山流水何所求
恰闻《诗经》曰："既见君子，云胡不喜"
心，总在等候，恰似春天等候它的雨露——
既见你，千山含情，万水有义
一首诗，犹如风墙阵马，劈刀开斧，诞生

喂　猫

冰柜里剩了一块肉，遇停电，
出门忘了重新打开冰柜的电源开关，
三天后回家，那块肉，烂了——
挑出来，水冲冲，喂猫
猫的态度傲慢，嗅嗅，拔腿就跑，
目光里充斥鄙视和冷漠，唏嘘其狠——
夜里，辗转反侧，肉坏了，关猫什么事！

麦芒之歌

1

眼珠
一触碰到麦芒，就
流泪

不是麦芒刺伤
眼睛

它已经
扎进灵魂的骨头

2

那一刻，所有的诗句
望着我

如这一刻，我望着
一片金黄色的麦地

3

此刻，摇一摇碗里的酒
麦粒
一颗颗饱满起来

望着这片麦田
就向往
把我埋在它身旁

4

一百年之后
有人来找我
站在大地喊我的名字

有麦田的地方，都是
我的家园

5

你来
我送一颗麦穗儿

它是为你而准备的
好比
你是为我来的

6

你来了
默默坐在那片田埂上
我就足够

我从远处
拥抱你

7

有人喊我的名字
像春天呼唤种子

我们的肉体
像麦花一样，飞
传粉

而后落下
再生

8

最后
让我们一起回家

回到起点
在一块巨大的画布上
泼上各种颜料
重新涂抹
春天

9

那时候，我
一看见你
眼睛仍旧流泪

怀抱着人间
就像麦田扎根在泥土

非常道

那天有个孩子问我，我真的不知道，不知道——
为何大拇指有两截其余指头是三段
花生出在土里，鱼住在水中，鸟飞在天空
石榴籽取出来就无法再把它们颗颗嵌入
芝麻均匀地洒进火龙果，核桃有三层皮
蚯蚓壁虎可以再造，细胞可以克隆复制
物质有原子分子粒子，人体含基因染色体
花在籽中，果在花中，树又藏进果里——
我只知道，"道可道，非常道。名可名，非常名"

向日葵

人一生嗑了无数瓜子，
从寂寞到孤独，人前，人后，
瓜子仁一次次安抚嘴和人心。
应酬或者独自，不知嗑了多少次，
瓜子皮，一堆一堆，扔进垃圾，
只到有一天，牙齿嗑不动了，
百年长眠大地，曾经嗑过的瓜子，
长成一片向日葵的天地，在风中召唤肉体

镜中对

那日，对着镜子里的你说，我爱你，
镜子里的你也说，我爱你。
不知道，谁说了真话——
对着月亮，是否照见自己真实的面庞，
月光悄悄告诉我一个秘密——
于是，我把那些写给你的诗，埋进泥土，
大地，便开了无数的花朵。
风，走遍天涯海角寻觅，看不见——
而我，仍旧在那面镜子里，找你

一只瓷勺

手中，跌落一只瓷勺，破三截
自己的手，只因拿得太多，
碟、盆、筷、勺，终是负赘。
一日，搬东西，背负的多，摔了一跤，
东西破裂，而我的骨头好着。
人类负重太过，总是要把
一些东西丢失，直止打碎——
来时握紧拳头，去时撒寰空手，
躬身，从大地捡起残瓷的瞬间，
问，不知谁终将碎片的我，从人间拿起

春眠曲

临马路的楼上，传来街市车马喧杂之音
阳光很浓烈，被双层玻璃隔得很远
午休，我卷曲在一把牛皮的、硬壳的，
光滑的旧椅上盹眠，光线爬过玻璃，
鱼尾纹犀利的光，射在额头，发烫，
黑口罩，蒙在黑色的眼珠上，却透见太阳的耀斑，
梦中有人手持一束花走来，不知是杜鹃还是木棉。
王子与穿上水晶鞋的灰姑娘正在谈婚论嫁，
卖火柴的小女孩正在炉前吃着散发香味的面包——
水不深，几条金鱼在高楼附近，游来游去，

一不小心，游到豪宅别墅渔夫老婆的木盆里。
屋檐下的燕子，打开匣子，飞出许多旧照片，欢笑——
恰时，有人用肘，捣醒我，问
"睡着了还是醒着，起来，时间到了！"——
春天和我一起醒来，窗外，花，还没有开，
而我的十个手指上，却闻见了鸟语花香

轻

遇见一个人，急急忙忙，在路上奔跑，
说有个人死了，要去送行——
我问，葬哪儿？
曰，不知道。一会儿，他又返回找我
而我已经走的很远——
他哭诉，在天空看见一只鸟，比白云还轻，
在海中看见一条鱼，比光线还轻，
在诗里看见一个人，比灵魂还轻——

刮须刀

刀片，泡沫中一刀一刀在脸上跳舞蹈，
临睡之前刮胡须，再吃三样药，不知道
它们在肚肠里怎样治愈病痛，治死还是治活？
暴雨之后，湮没梦中的世界及一棵大树，
墙倒了，众人没有推，房塌了，水浸泡。

大街上有人表演甩鞭子，手一抖
力量自动传递到鞭子的末梢，玻璃瓶碎了。
网上，比赛卷舌头，有人能卷出三层舌圈，
回头，我折一枝花，插在自己的舌头上，唱戏——
老牛死时，也没弄明白，那个每天送草和水的人，
也是从脖子上送自己上西天的人。
养驴人怎么也没有想到，自己是被驴蹄子踢死的——
此刻，刀片一丝一丝，正在把我脸颊上的黑夜吸噬干净

电灯杆

路过十字街头，原始森林茂密繁盛，
那个寓言中的孩子长大了，
一幅幅面孔，找不见，谁是他——
总觉得，有个人丢失了，不知在哪里，
没有人认领，电灯杆上贴着寻人启事，
写着：谁家孩子丢失了

红樱桃

早菜市，买了一斤半红樱桃，
自来水冲冲，红润欲滴，
盛在一盘竹篮里，静静的候着，
个个如玉女，羞怯，晶莹，剔透。
出售后，它们再也不是那些

山花烂漫的孩子了——
"樱桃好吃树难栽"，有人唱歌，
我看了看自己的树，有的樱桃没有树，
有些树上没有樱桃。
我尝了一颗，又酸又甜，味如仙桃，
抬头看天空，担心那个挂在天上红彤彤的樱桃，
被天狗吞噬，怕再也回不到人间

遛　狗

河边，那人捧着狗轻吟浅唱，散步，
时而，狗在前面跑，人在后面追，
绳，一头拴着狗，一头绑住自己。
看不见万物，冰冷的眼神，只有狗，
那被豢养的，临幸的，无上乖戾的宠物啊——

胆囊帖

刚到家，小猫哭诉，娘走后，没人疼我——
我赶紧摸摸自己的骨骼，在整个深秋
胆囊疼，穿透骨胛缝，从前后心窝绞痛，
疼时，捂住右肋蹲在地上，忍看草丛里的洞穴，
钻进去的是一匹黑褐色的、威武的猛犸象，
逃出来的是一只精瘦的猴子，做治胆的广告。
我自作多情，为一个找不到家的蚂蚁流泪，

一会儿，蚂蚁回到金碧辉煌的宫殿
吼：立身站起，吃半颗龙胆，疗治！
深夜，我告诉猫，疼的不仅仅是胆，还有万物

唾 液

在炎热的夏夜，我常常被蚊蝇青睐
叮皮肤，咬血管，而忍耐已成一种习惯。
半夜，我把唾液涂抹在
那被虫子吸噬了的、红肿的桃子上，消炎
把伤口，视作它赐予我的亲吻
抑或，钦印在肉身上的玉玺，灭毒

边想边跑

一个人，陷入苦思冥想的海底，不能自拔，
有时，犹如正在向石头退化的猴子——
猴子之所以是猴子，就是自认为最强悍、最聪明，
而人类总把右鞋穿在左脚上，把左脚套进右鞋里。
今夜，诗与人类无关，只关风月和生死，
而一些事物的巨变，刷新了一些头脑的认知，
如人的脑坏了，智能机器可以取代，
事物日新月异，我远远赶不上不舍昼夜的河水。
海德格尔说，每个人都是他人，没有人是自己——
我捂着嘴揶揄，仰笑或者抹泪，清高或者自卑，

像个孩子边想边跑，踢飞了路边的一粒石子，
它如失落的时光，高高激起一束无名的浪花

伞

人到中年，秋天的雨说下就下，
我一直藏在云朵下面等一把伞。
其实，那把伞，一直陪着我的白昼和夜晚，
它不离不弃，外面干，里面湿——
当太阳照射的时候，摄影机前，
白天，那把伞，总是摆放不同姿势。
夜晚，寂寞的伞，撑起来，悬挂，凉干——
伞说，你的梦，即是我的梦

云

痴痴望着云，重复一句诗——
"云离我近，你离我很远"
一朵云，离我很近，近得皮肤与皮肤黏磨，
又很远，不知道云叫什么名字，
想一想，云之所以是云，就是因为没有名字——
此刻，我望了一眼身边的你，
一会儿你是你，一会儿你又是云，顿悟
其实，你离我很近，而云很远很远

葡萄皮

吃干葡萄，吐干葡萄皮，
吃酸葡萄，吐酸葡萄皮，
不吃不吐，不吐不吃——
吃了，却没有吐，因为
与泪珠一起咽了下去。
那天，有人没有吃葡萄，
却吐了别人一脸葡萄皮——

晚　风

闷热的夏天，晚风是恋人的怀抱，
不冷也不热，刚好容得下一个人的相思——
感觉万物皆可萌发爱情，或许
冷漠已久的大地像失恋后的心脏，
空洞无物，又充满希冀——
傍晚，我昏睡在石阶上，直到半夜，
有一只手从时光里伸出来，无声无息，
给我盖上一件晚风般柔软的羊毛毯子

对　话

那天起床，才知道枕头底下，
几匹虫子正在聚会，或许它们已蓄谋已久，
在讨论，活吃，还是死吃此人。
我发言，我不会赶你们离开温床，
因为，活时吃我，还可以与人类对话，
死后，我，再无力拿笤帚扫你——

底　色

一望无际的小花，斑斑点点，
却铺成了花的海洋，一只孤独的船，
在上面游弋，遇见你在飞，放纸鸢。
一匹蝴蝶，本不属于船，而落在帆布上，
我只在船上画图，先画夏天的底色，
再把你的翅膀和雪白的牙齿，
用我调色板上的颜料，揉抹，刮擦——
没有一块橡皮擦，能涂掉画错的线条，
只有层层覆盖，再新添釉彩，
那些细碎的花瓣，就是一片梦的投影

编栲栳

农贸市场的喧杂声，如热锅上的蚂蚁吵架。
一对母女靠在门椽，正在编栲栳，那细柔的柳条儿
穿过半个月亮的鬓角，丝发在风中卷起飘扬，
竹子，劈成长长柔柔的线儿，飞过眉毛和肩膀。
坚韧又粗糙的手，纵横交织时光，
穿梭在扬起又聚合的竹笼上，编出鸟巢的雏形，
烈日之下，嘴角上扬，目光里有悲欢，也有余庆，
看着，看着，把我也编进她们手中的栲栳里了——
身旁，大街边的电子游戏机室，孩子们玩游戏，
我听不懂他们说的文字，氪佬，肝帝，以太币，
正如他们听不明我说的言辞，栲栳的栲，栲栳的栳——
母亲说过，尘世是没把子的栲栳，不知道抓哪头，
而卡夫卡说，我是一个笼子，在寻找一只鸟
巨大的笼子，鸟儿找不到另外一只同类的鸟——
此刻，我，不知道，自己是栲栳，还是那只鸟

剧　本

你走后，我再没有回来——
许多故事，还是发生了，天没有塌。
一朵云砸伤了另外一朵，
疼了很久，没有谁给予谁公平。

你还是没有返回，我也没有再回去——
剧本已经写好，结局已经设定，
我一直留恋曾经我们走过的那条小道，
回头，故事里的人物已经变老，
而万物还在那里，静候还未发生的故事

药　渣

一罐一罐，把它们倒出，淋干，
凉在台阶上，各式各种药材十分乖戾，
冷堆着，太阳晒，或者阴干，
时而，拿一只筷子拨拉搅动，给它们翻翻身。
一次次，把它们明扬在阳光里，吹吹风，
再用手指或者两只竹节作的杆子，挟来拌去，
似乎要在它们废弃的肉体里找到钻石，
而后，我用它们在烫水里泡脚，
当药渣在洗脚盆里摩擦、翻滚、呻吟
我抱住自己的膝盖，陷入某种负罪之感——
夜半，把它们重新包裹起来，寄给清风明月

塑料布

午后，天气预报还没有到，
雨滴和山风已把树木，推搡得东倒西歪。
家院里的井需要苦，新葺的砖缝需要遮，

刚栽不久的小树苗需要护，

冒雨急匆匆找了大大小小的七八块塑料布，

一一仔细穿在它们身上，

它们像手中的孩子，一个个很乖巧懂事。

等我忙上忙下给它们穿好外套，

雨丝退缩进天空，风暴逃回到了山岗，

阳光重新洒在万物的肩头上。

大地，留下孤零零的，我一个人踟蹰，

而后，捡起地上皱巴巴的一团雨纸，

擦拭干净黑皮鞋上的污泥，

再用，电线杆上的旧毛巾，

使劲搓揉着衣裤沾染的灰尘污垢

傍晚，塑料布一块一块掉落下来

像大漠里的雪，席片状砸得我的脊梁骨，疼痛

风　景

那天我们去看山水，看见一幅画，

每一片云彩和绿叶，

都把我们糅合进画中——

一路上，你不见我，我不见你，

看风景，只见画，不见人。

当人去云散，夜深人静，

不去想的时候，我不见画，只见你，

我入在了风景，你入在了心

千纸鹤

黎明，窗前飞落一只蝴蝶，打开窗一看，
惊艳一池春水，化作千纸鹤，向最远的天空出发
起个早，洗个澡，等候光明降临——
在寂静之海，打开自己的躯体，
像蜗牛从躯壳伸出头，柔软的犄角触摸世界，
在曙光来到之前，成为飞翔的青蛙——
从此，不再去想，从哪里来，到哪里去，
只想远方，进入一片叶的脉络，
或宇宙星河的一点尘埃，
在那里聚焦贯通，净化还原——
从鹤飞回到鹤，从花返回花，从一归到一

温开水

网购了两盒松针油，说降脂降糖通心开痹，
昨天温开水服了两颗，没有感觉松油的味道
轻轻松松，喝了和没有喝一样——
今天，咬破松针油坚固的鱼肝油丸胶囊，吞咽
浓烈的油，像猛然打开的森林闸门，松籽的味道，
如洪水猛兽扑鼻而来，直袭味蕾口腔
似高度酒，火辣辣从舌头打翻了酒瓶，滚烫
从气管食道胸腔到小肚大肠——

仔细品味着，那漫山遍野的松树刺痛我的肉体，
如风似火穿透了它的五脏六腑。
这时候，我想起温开水，原来它是那样温顺
一个个青蛙，就这样一次次被煮熟
直至在水深火热的烤板上成为饕餮盛宴

石墨烯

那日，看见时间撒落一地，
似雏菊，斑斑点点，撕裂如雨，
淋湿了你我，从外部世界到深层次的骨头。
你手上有血小板，唱着歌，流泪——
残缺的事物，似没有翅膀的天使，
我不知道安抚你，还是时光——
最后，看见一些泡沫放弃泡沫，炼为石墨烯，
它薄薄的，无影无形的，无比坚硬的，切割着一切，
又被一切，切割着，那么无坚不摧

夜色辞

一把黑色的扇子，煽着万物的眼皮、鼻翼、刘海，
扇子下面，一田荷叶，一池护苫布，
鱼的呼吸，马的叹息，青蛙和人同卧共眠，
分不清谁是谁，它们都在夜色里浸泡——
捏一只笔，等候，手指尖拨转陀螺，

一生还没有写出那首最令人神往的诗句
犹如至今没有等来那位最知己的蜻蜓。
夜幕无穷尽折叠我的翅膀，将我碾压得窒息，
笔，在手指间翻来覆去，焦虑与期盼，"咔嚓"折断，
惊艳了池塘的野鸭，"扑棱棱"飞到天涯海角。
笔尖，一不小心把夜戳了个窟窿，夜色泄了一滩，
不知道，拿思念堵塞，还是用焚烧的诗，补天——
而夜的孤独，一直渗透到骨骼的末端，沉入海底
有的青蛙在井底盘踞，有的癞蛤蟆想吃天鹅肉，
最终，不知哪个功成名就，做了莲台旁边的金蟾

无　鱼

一个古旧的坛盆，泥沙瓷，
闲置多年，在江湖漂泊，
如今，拿它在花园里养鱼
盛满了雨水，过了几世纪，无鱼。
空着，却生出了一朵亭亭河莲
日月照兮，其质慧真，天地精兮，其灵高洁——
影影绰绰，清清濯濯，杳杳冥冥
放入一条瓷鱼，以佐其孤，鱼不授意，沉入海底
如一漏网之鱼，且逍遥自在——
莲说，与其独孤不如舍离，何故？水至清也

螺丝帽

昨日，在马路中间捡到一颗螺丝帽，
把它拿到眼前，仔细看了又看，
半面锈迹斑斑，半面螺纹锃锃。
不知是哪辆车或机器的零件掉落了，
也不知，把它应该交到哪位工人叔叔手里边，
只好把它装进自己的书包里背负行走。
走着走着，书包越来越重，脚步越来越沉
又掏出，把它挂在路边一根树杈上，交给风
走着走着，越来越轻，越来越快活

茼蒿菜

别人家的茼蒿没有根，我买的带着根和泥土，
回到家，我在案板上切去了杂乱的根系，
清水淘二遍，又拿舀水勺，淋干净
它们在电饭锅里舞蹈，翠绿、新奇、鲜艳，
热水焯一会儿，捞在碟里，
纤细的腰肢，像欲滴的春色等候着食欲——
菜，端上桌，才发现，今夜只我一人，
却在菜碟里插了两双筷子，
回头一看，那被我一刀切掉的菜根
在墙角的簸箕里，恣意零散，万般无奈，

坐在桌前，我先喝了三碗菜汁汤，
思忖着该用哪双筷子用餐，另外一双留给谁？
而后，像牛羊啃着青青草原，
一口一口就着茼蒿，把暮色渐渐蚕食干净

火烈鸟

——致海子

那年，我去山海关寻诗，不见你的身影
山还是山，海还是海，而诗者不来，山空海宁——
那天，你等着我，而我们，阴差阳错，失之交臂，
而后，你突然走了，找不见你，唯有你留下的诗篇等我。
我去寻你，在夜里，在火车冰冷的铁轮上栽一枝白花，
你的花，要用烈酒和热血浇灌，愿它盛开不再伤悲——
听，你在吟诵"黑夜一无所有，为何给我安慰？"
顺着夜的路，我走了很久很长，也没能把你挽回。
后来，再去找你，像啼血的杜鹃，喊你的名字——
而山已不是山，海已不是海，诗已插上翅膀飞逝。
我在坚硬的钢轨上，撒下绿色的种子，畅想你回来，
俊朗、蓬勃、热情、奔放，火已淬去你眼底的迷惘
看，九十九个海子在春天复活，飞出一波波光——
三十几载风霜雪雨之后，我去探望你的海，
见山是山，见海是海，手里攥紧一枝火烈鸟，献给你
诗人最配那火焰般，鲜红的、炽热的、壮烈的颜色，
似血浸泡过的、火烙后生成的、被火吻过的花瓣，
在铁轨和巨轮的滚动之间撞击，火在燃烧，你在舞蹈——

我把你火红的麦子，收割进天下粮仓，充实仓廪，
再在你的黑夜里，酿一樽浓烈的酒，煮诗剥茧。
献给黑夜以及黑夜的女儿，而后，让我们与天梯一起飞腾，
留下埋得很深的草叉、稻田、青铜和巨浪——
天已擦亮，诗已新生，海子，让我们携手走向下一个春天，
我相信，这一切是真的，正如相信春天和花朵都是真的，
让我们穿上青春的衣裳，把头发飘扬在春风的舞曲里，
与焠火的烈鸟，共同吟诵命运璀璨的交响——

青羊辞

一只青羊，南山吃草北山饮泉，
先入青羊山，再出青羊宫，无处藏匿——
青羊身上的白羊，白羊身上的青羊，
以金黄的眼珠看见金色的红尘，
一颗眼睛半闭观苍海，一颗眼睛半睁看众生。
不在你的黑中，也不在我的白中，
东山放牧西山还乡，在呼吸之间放歌——
那如黑羊身上的白毛，白羊身上的黑毛，
赦求与救赎，众世界的金牧场，何处去？
墓地上将生出青青的艾草婆娑——
一切悲悯隐忍心头，深青微笑人间

布谷鸟

一只布谷鸟叫着春，
可它的春天总是姗姗来迟。
像一位没有被登记在册的游子，
四处奔波，落在蝼蚁的脚下偷生，
它，总以为春天不是被叫来的——
做一只鸟，勤奋啼血，以尽天职
而风雨总与它逆向而行，陷入不仁不义之境。
当有一日，熬过去了，它终成凤凰，
渡不过去，就化在泥土里当粪料

补　白

去书画班学画，先生正在讲笔墨妙法，
曰：为白而白，视为空白，
虚白，似白非白，以虚入白，
无白，见白非白，白由心生。
留白，何时何地，何用？
我背着画板进退两难，不知道坐那个座位合适，
才不至于在教室和人间不留空白——
踟蹰再三，在一个空旷的角落，如一枚白色的棋子，
落在它的白色棋盘上，补白，
也像一架白鹭，隐藏进一片芦花或者雪地，

似一朵多余的、垂朽的、带折皱纹的白菜，
飞入寻常人家，在烟花巷里，赏晓风残月——
忽听庄子说，虚室生白，吉祥止止

最后的晚餐

一碗麻辣烫，装饰出的晚餐，
抛售出 27 元的心灵鸡汤，
饿，咽不下，黄昏的落日掉进碗里了——
捞不起，碰不得，说不清，捣不明
几根粉条，几串普通的菜叶，高贵的气质
"我我我——"，像个结巴，卡着噎着。
微信二维码扫出 27 数字，像个巨大的暗语
永久停滞在手机屏幕上——
想，或不想，这是我最后的一顿晚餐

蛆

一只蛆在瓦砾下，独自逍遥，黄昏
被我无意间揭起，吓它一跳，也惊我一下，
忙说，劝君莫怨我，我本无他心，
只是寻找一枚丢失多年的纽扣，
在你的王国，我是过客，你我非类非俦，
在我的世界，你为另类，却同是活物——
你依附污泥活，我仰仗清风生，

你有你的井渠，我有我的河道，
你凭欲妄而腾，我借东风而跃。
在你幽暗的世界，一切腐朽簇拥你，
在我透明的乾坤，万物淬炼，以心验证——
我得我失，名曰人间。我生我死，称为春秋
你吃土，也食我，风也终将吞噬你我——
此时，一只白乌鸦，在离我很近的一旁觅食，
目光如仇，与我对视，而后"扑噜噜"飞远——
轻轻放下瓦砾，还蛆自由，也还我自己——自由

遗忘症

下高楼，忘了充电器、数据线，又跑楼取，
遇见一个人，问，你干么又回来？
第二次忘了带雨伞，找到伞，
天空说，你怎么知道我要下雨？
第三次又跑回去取药，却拿错药——
大街上遇见一个人，打招呼，握手
刚走，我问自己，这人是谁？
那个人也在问自己——那人是谁？
肉体的火车，脱轨，把灵魂摆渡到山顶上，
最后，成了山顶洞人，待后人考证，
而遗忘症是人类的通病，也是一帖狗皮膏药

看 戏

人人都在演，台上台下，戏里戏外，
有时是主角，有时当配角，有时，啥也不是——
道具，就是待用的工具，无用时，入不了戏，
戏里放烟花，演电影，葵花籽置换成爆米花，
一颗颗开花的玉米，塞进嘴，像大牙一样，咽进肚里。
想象中，满世界的人都在看戏，其实，
人人，只有自己，独自在看自己的剧目——
男主说，在原子弹核武器面前，一切都是空想，
女主独白，在死亡面前，一切又找不到注解——
那天，路过动物园，一群猴子正在抢一条裤子，
不知谁的裤子丢了，猴子们想穿上，
也不知道，人类终将留下什么——
桌子上一群人围绕一块蛋糕，切，有人得到多，
有人少，有人往蛋糕上撒砂子。
墙角，那人喝一碗芹菜豆腐汤，拌小葱、杏仁……

车厘子

高楼旁边，小菜市加了个地摊位，
笼子里盛着又红又紫的车厘子，
颗颗像穿着盛装的少妇，
闪着红旗袍和玫瑰色口红的颜色，

庄重而有仪式感，也如养尊处优的贵人——
第一次问，50 元一斤，见我欲走，说 40，
我已经走到斑马线中间，又喊 30、30……
返回来，秤二斤半，拎在塑料袋，
它们如落架的凤凰，扭扭捏捏，半推半就——
乘上公交车，空气闷热，口干舌燥，
打开袋口，车厘子，一颗一颗跳进我嘴里
吐出的核，不得扔窗外或者车里，
只有捏在手心，一站一站往前走，捏烫——
回到家，厘子核已在手心，生根发芽

纸灯笼

夜里，我提着一盏纸灯笼，穿越原野
森林、街市和熙熙攘攘的马路，
万物从我身边擦肩而过，擦疼了肩胛骨头，
而人类谁都不愿回头，各走各的路——
小时候外婆手把手教我做灯笼，
把灯心的四周用纸糊起来，挡风，
教导，怎样拎一具纸灯笼在风中游走——
我是个胆小之人，总担心灯芯把纸烧毁，
或者灯笼纸被人挑破，成为空皮囊——
天空里，总看见漂浮着无数的灯笼，
它们燃烧着，升向天幕的最深处，
最终，成为宇宙一个一个闪烁的躯干

药方帖

总想寻一剂药方，治愈疑难杂症，抑或延年益寿
那风湿侵蚀心脏瓣膜的血液，关闭不全的门窗，偷窃返流，
翻遍天下的药书，惩治淤堵恶疾及血管斑块的狭窄，
植物神经紊乱与冠状动脉粥样硬化，传导系统受阻，
那昔日的搭桥术，如今成了孩子们玩耍的工具，
心脏支架梦见我在桥上跑来跑去，导管和弹簧圈追着我
跑啊跑，我怕被它仨套牢，翻盘，药长期侵蚀，
心电图波，浮动的高峰与低谷，声的传播，光的速度，
或者把它看成五线谱的音乐，奏唱一首宇宙之歌——
听诊器总在传错心跳的意图，与核磁不共振，
CT、造影一次次勘察病症，无人倾听患者的表述，
没有任何仪器精准辨析出心脏疼痛的根源——
一日，从古旧书摊上淘来没有封面的药书，开处方：
栝蒌实一枚捣，薤白三两，半夏半斤，白酒一斗
茯苓三两，杏仁五十个，甘草一两，煮取五升

老算盘

一把老算盘，打来拨去，几十载，加减乘除，
坎坎坷坷，风风雨雨，坚定不移自己的铁杆。
一生"噼里叭啦"，三下五除二，磨打滚爬——
每一颗珠子，凝聚着人生的操守与良知，

每一次拨动，奏响岁月的乐章。
不粘污垢，尚清风明月，一步步，方寸不乱，
算与盘偕老，谋与划已尽，鞠与躬俱瘁，
在年轮的长河里沉浸，见证岁月，传承历史——
如今，挂在墙角，珠子不再拨响，却散发着光泽，
清清盘，归零，只留下，一条铁骨铮铮的轨道

纸飞机

少年时，我把叠好的飞机，放嘴前，
哈哈气，让它飞得更远——
再用五彩笔画上翅膀和一个你，一起飞
飞呀飞，飞越千山万水，万里长城，明月边关
穿过楚辞唐诗，秦砖汉瓦，星辰海瀚——
那时候，我有一万个梦想，每一个梦想里都有你，
我把梦想叠进纸里放飞青春，追逐希望——
历经风吹雨打，化作矫健的雄鹰展翅遨游，
如今，让它飞落，回到从前，我们的过去，
年青、朝气、磅礴，让我们找回时光和爱，
在蓝天白云的巅峰之上，一次次重新飞跃

回车键

整个下午，想你想得牙疼，不止，
眼泪镀在瞳仁里，淌不动，
像公元前的铜器，涩涩的，生出绿斑红锈，
没人读懂器皿上残缺的字符，
想啊想啊，想着作损的笔划和美，
及隐藏进文字背后的故事——
几千年前的那个夜晚，你去了哪里？
一场洪水，把你从象牙塔冲进荒山野地，
我琢磨半辈子笔划，刻在岩石壁画上的字符，
男人女人的器官，牛呀羊呀的骨骼，
剑和箭，蛙与眼睛的灵魂——
读你一辈子，不解，不明，不白。
如今，看自己也是半只残补的文字符号，
在电脑旁边，我沉浸在一架灰色的鼠标器里，
一边盯着屏幕，一边不停地敲打着回车的键，
敲着敲着，敲老了自己，而你，还没有回家——

灵芝草

一张薄纸里抽走一张纸
一层薄纱中揭开一层纱
一首古诗里听到了鸟在高歌

一挑琴弦里，拨响十万音符
一寸遮体布里把太阳直视——
天地之间，我挥不去一层凉凉的纱
从一张脸转到另外一张脸
受伤的，总是夜深人静后的一颗真心
灼痛眼睛的，不是攥着的剑
而是那转身之后的弹笑——
在闹市的落雀静，到深山的车马喧
那层薄纱，如刀似戟，亮闪闪刺眼
在荒芜之地，事事如棋，局局新——
从一丛杂草中带来一棵灵芝
从一群狗窝里牵回一只羊
从一分镍币的厚度里，提炼金汁
与万物保持藕断丝连的关系
那金子般善良的大地，一次次践踏
一次次，又从泥土和尘埃的坚韧中，重生

蜘蛛侠

相逢，在庭院的墙角、屋檐、门楣，
在梁与柱的空间，在墙头与瓦砾圈出的领域，
黎明或者黄昏，你的网是预谋好的陷阱，
将我织在里面，似逃不脱的命运，
越逃越深，越深越陷，越陷越痛——
网，布在我与天地之间的空隙，
不知道，谁把 WiFi 无线密码藏在哪里，

一步步与你的网丝，贴近，融入，
以至让那坚韧又绵软的丝，勒住我的思想——
微弱，却能把网，编织在天地之间，
网维事物与事物的盘根错节、细枝末梢。
强悍，像一头无所畏惧的老虎，
虎视眈眈，在网的核心，傲视万物——
我等待报喜的降临，好比干涸的泥土，
祈盼，一滴雨，落在干枯的禾苗上，
梦想，你是传说中的侠，预知未来，
揭示，三顾茅庐，邀我远离尘嚣的机密

净化辞

太阳藏进云里，天气潮湿难耐，
身上暗暗散发着蒸汽，皮肤粘连着皮肤。
不知道该干些什么，时间"咔嚓"作响，
不知道给世界说些什么，做些什么——
就如一匹蚂蚁或是一条泥鳅，孱弱无力，
只能，把自己塞进门框里，用栓子闭住——
苏格拉底说过，每个人身上都有太阳，看他怎样发光。
我欲把自己拂拭干净，却找不到镜台和尘埃——
鲁米说，污染你的水是毒药，净化你的毒药是水

盐 巴

小时候，听大人讲，人缺食盐巴，会变成白毛女，
我一直怕吃不到盐，成为白猿人，
后来，才知道，骆驼吃盐忍辱负重，匍匐沙海——
再后来，我被海水呛，一股浓烈的咸味袭来，
误认为嘴里流出血，才懂得，鲜血和大海同样醇厚。
如今，诗已成为我暮年的盐巴，少不可，多不得。
骆驼说，我吃过的汗水比盐多，走过的桥比路多——
盐巴无语，悄悄融化文字和我，沉积，入海

蚯 蚓

从泥浆里轻轻抽出，柔弱的、鲜活的，
放回花园的泥土里，去逃生，
蚯蚓啊，你的落难日，也是我的受难日——
戴着橡皮手套，捏着瓦刀，刮着砖缝里的泥，
眼镜片总是被呼吸和头上的汗水打湿，
抹下眼镜，凑近大地，是为了把你看得更清，
一条又一条细小的蚯蚓，触摸，心头的肉跳跃，
怕刀划伤，担心粗糙的手刺疼手无寸铁的皮肤，
取下手套，用带泥的手指，从泥土和瓦砾下轻柔挑出，
捧在手心带回花坛松软的泥土里放生——
那软软的肉躯，蜿蜒起伏的、坚韧的，

充盈生的欲望和冲动，婉柔如初嫁的新娘
带着泥土的余温，安宁祥和的一团火——
蚯蚓啊，你的重生之日，也是我的救赎之时，
不知，谁终将把我从这尘埃里捡起

古琴赋

一床古琴，古色古香，半山听雨，
廉价的、薄木的，装饰着珍珠玛瑙，斑斑点点。
如花的泪，似泪的花，深深镶嵌在骨肉里，
七根弦，彻骨的疼痛，藏在肚里，笑在脸上。
不忍打开，仍旧包裹在琴套里静眠，
如一尊未敬的龛台，一座未开的莲苞。
琴，灵魂无物可匹，形体无人可配——
半夜，轻轻打开布囊，捋弦青丝，
抚抹下去，不敢挑，琴未弹，人已老，
怕，拨响一根弦，湖海起烟，江河翻涌

劳宫穴

那天，医生在我手心的部位画了个圈，
说，这是劳宫穴，
捏捏手心，把它牢牢握在掌中，像抠住一块糖。
次日清晨洗脸，洗掉了劳宫穴和糖圈，
不知道它去了哪里，戈不见，

消失在洗脸盆的下水道口，冒着水泡。
踟蹰了很久，恍然若失，魂不守舍，
伤感地回到自己的角落，遍体寻找，
按压，寻摸一个一个隐藏得很深的穴位——
那一刻，我真想在一首诗里粉碎自己，
又在尘土和浮渣中重新铸造而出——
劳宫穴说，你是你，我是我，各自安身立命

芭蕉扇

决定不再写诗之后，第一次发高烧，买药，
板蓝根冲剂的蔗糖，塞进牙缝，拔不出来，
洗不掉，漱口，不小心把一扇小小的白蚊子
咽进肚里，赶紧跑一棵树下，呕吐，
弯腰，食指压着舌根，怎么也咳不出，
却把板蓝根的枝叶咔了出来——
我把那蚊子纤细的羽翼，当作铁扇公主的披巾，
那么华丽高贵，钻进我肚子里，折腾，
吼，我不是孙悟空，没有盗走芭蕉扇！
她怼，猴子是人变的，不找你找谁？——
我哑口无言，百口莫辩，任其摧残，
忍着，忍着，看见关羽怒提青龙偃月刀，
立在门背后，我等他的英雄主义——
又轻轻去触摸，不写诗之后网购的一床古琴，
陪躺在我的枕头边，在疼痛难熬的时候，
伸手，弹奏，在它的弦上追风或者落燕——
半夜，芭蕉扇在肠胃里渐醒，在凡胎肉身遍地开花

锯子颂

从遥远的世纪回馈生命陨落的星辰
为追寻梦想和自由到达你的身旁，
亲爱的人，我抓不住生命流失的翅膀，
日夜兼程，只为与你不离不弃，生死相依，
而无形的锯子总把我的心截成几瓣——
站在漫天飞雪的旷野，与雪花舞蹈，融合
每一片洁白雪花如鸽子纷飞，
把我乘载到你的眼前团圆相聚，
在春花秋月的季节，奋力遍地开花，
为你赤足从我身上踩过，准备三万年。
而齿轮将我割裂，以至粉身碎骨
我以圣洁的信念追寻，化作花魂，
以大地的万紫千红装扮你的容颜——
锯子啊，你给了我最痴迷的疼痛
更加剧了我毅然决然爱你的坚贞和不屈

秋雨记

雨丝绵绵，淋湿瓦顶，渗透墙头的草，
我用一块巨大的塑料布，遮苫阶台上的书籍，
怕纸泡湿，它们像命根子牵引着我的梦魂——
雨，彻夜点点滴滴打着我敞开口子的锅碗瓢盆，

"叮叮咚咚"弹奏响命运交响曲，

嘈嘈切切，如急如令，如裂如撕，玉盘落珠

担心月亮在雨中融化，摘下悬挂窗棂上隐藏，

不让它映照触动秋影里的城南旧事——

半夜，雨滴不分前后，依旧急急匆匆下着，

如时间的车轮，马不停蹄奔赴未知的远方，

有的步履急促，有的蹒跚漫步——

外婆说，慢的是快的，快的就是慢的

而此时，雨的脚步依然在弦音上，挑、抹、勾、撮

普出一曲飘摇不定、抑扬顿挫的人间旋律

机械表

年老了，我戴了一块陈旧的机械手表，

从它的表面和背面，看穿时间的本来面目——

它的内核，那些密码般的机器，在运转，

透过光线，构造可见，零件之间的默契与掣肘。

层层镶嵌表壳里的齿轮，旋转，一个齿轮带动一个

从毫秒到秒，到分钟到小时，到一天，到万年，

一点一点，一秒一秒，一步一步，向前推进

宇宙，银河，万物，历史，爱情，都在无限运行——

时光啊，我怎样面对雷霆万钧与瞬息即失，挽留你

盯紧手腕，时刻准备着上紧时间的发条，

不荒废，不舍弃，不流失，不停顿

挣扎在夕阳金黄色狐狸的尾巴上，须臾警惕，

监视时针的脚步匆匆忙忙在我手臂上如蝼蚁爬过——

把一匹迷路的蚂蚁带回它的洞穴，
为一只忧伤的蝴蝶充当春天最美的花朵，
把每一个分钟当作最后一秒，竭尽全力活着，
爱或者生存，圆满当下每一样事，实现每一个心愿，
别让隐藏进机械表的光粒子逃遁，找不到源头——
拆开表，扔进时光的大海，自行铸造一块新表，
用这一块表，戴在左胳膊和右胳膊之间轮换，
时间毅然行走，而人类迈出的脚步，才刚刚开始

你等了我很久

冬天的寒风，挡不住脚步，
心儿急切地跳动，越来越近——
穿过一道道马路，一条条墙壁，
世上的栅栏，牵制了我的飞跃，
而我的船没有停步，依旧向你靠拢，
时光缩短，日月轮转，驶向你的彼岸。
一辆辆空空的车，疾速穿透我的身躯，
执念以及万事万物阻碍不了，
向前，向前，一步步地奔来——
近在咫尺，又相离很远，
跋涉千山万水，横跨高山峻岭，
在黑夜的深处，你柔歌的、温暖的灯光照射，
如春风洒落世界的四方，安然祥和，
看见那道门透过柔和的光，我知道，你等了我很久

和氏璧

楚人，何为一块璞石煞费心机，献权贵，
厉王割去左脚，武王砍掉右脚，荆山之下，
怀抱玉石痛哭三天三夜，惊天地，泣鬼神——
知遇卞和，拾我草泽，视如珍宝，惜之如命，
虽拥美玉，却屡遭嫌弃险些丧命，多舛而终，
何谈风生水起，龙腾虎跃，气象万千——
文王喜，威王赏，丞相失窃，惠文王归，
何堪秦王十五座城池逼换，惊险完璧归赵，
始皇统，传玉玺，方圆四寸，钮交五龙，
铭刻"受命于天，既寿永昌"——
令玺为尊，奉为圭臬，可怜和氏，黄泉路遥，
得玺者，飞扬跋扈一世英名，丧失者鸡飞狗跳成贼寇。
怎料历代帝王争，无数朝代夺，世世传授，
尝尽坎坷颠沛之痛，阅遍勾心斗角之殇！
玺传千年，空悲切，谁之罪？——
璧曰：风雨飘摇，匿隐沉没，不惹尘埃

聆听者

一个初夏的早晨，从一个梦里醒来
窗棂把天空撕开几个口子，一道灿烂的光降临。
从此，我就是一个聆听者，
大地的颤抖，包乎万物的谐音，
一颗心，明的、暗的、黑的、红的，
做一个聆听者，把心捧在额头、胸前，倾听——
明扬和暗藏的，一切的，
包总的，细分的，本质的，必然的海浪，
谛听，婉柔的，真善的，强大的，高尚的美

火栗子

一个人孤独行走在大地，
夜幕成了最后的情人，
萤火虫，最终亲吻了额头，
点亮一盏盏星辰，带我一起飞越——
天空是不是比远古更深远，
季节总不会始终春暖花开——
为诗而献身的孩子
走在前夜的提灯人
从火中取出的栗子
太阳里焠炼的火焰——

一滴水，投入它的大海，
一滴眼泪，收缩进爱情，
一瓣花叶，融化进春天——
与一切平凡的人们共平凡
与一切高尚的灵魂同高尚

诗栖人间

遇见，海德格尔，返乡途中，
乘一架马车，在时光的跑道驰来——
告诉我，"诗人的天职是返乡
返乡使故土成为亲近本源之处"
我顿时看见，车轮总在万物轴心旋转，
仿佛宇宙的轨道，都围绕一个点转动。
车辙远去的反方向，故乡，即在眼前——
夜晚，荷尔德林挽着我的胳膊，散步
指着前方，含笑朗读——
"你梦寐以求的已经临近，它正前来将你迎候"
而后，我们诗意地、栖居在人间
一起吟诵："人民的诗人，喜欢置身于生命
在呼吸与运动的地方，
乐观，倾慕一切，信任一切……"

凤凰台

或许，在一个黎明，某一个时辰，
一个黄昏，再听不见鸟鸣，看不见蝶飞，
见证当下，六极八方，凤凰台上看凤凰，
传述中的桃花源，耕作人，渔樵耕读。
或许，这是一个终结，再无后续，
抑或今天仅仅只是个开始——
游历人间，把诗还绐诗，把自己还给自己
在有限的时光，做无限的事业

万物志

多少年，从心里无数次呼唤，却没有喊出口
从来，没有在你面前举一朵鲜艳的玫瑰
奉送，或者悄悄呈现在你的案头，
只因深沉，不喜轻薄，却在心里桀骜不逊
无数次克制，怕说出口，太阳就破了——
老子曰：致虚极，守静笃，万物并作，吾以观复
在深夜，谛听，在每一个旷野，风很轻很静，
捂着"怦怦"心跳，对着万物说，亲爱，我回来了——
事物拥抱我，吻着冰凉的面颊和孱弱的手指，
我们颤抖着，像一颗颗星辰，摇摇欲坠，
眼泪溢出，从世上再没有人相信的瞳仁里奔流——

文字如刀，劈开石头，迸出水，水自流，愁更愁，
再把水酿成长生酒，自饮自斟，在酒的芬芳里陶醉，
而就在万物深藏的洞口看见水晶球、红珊瑚、祖母绿……
扳起自己的脚趾，躬身亲吻它的膝盖和髌骨，
握一支枯萎的、柔软的笔，在大地最坚硬的地方，
刻上端端正正的字符，再把自己湮进人间的最低端，
而后，在大地上，永做个孩子，捏着拳头，玩游戏
"石头、剪子、布"——循环往复，无穷无尽

祝安辞

太阳与月光一样澄明，星宿各行其道，
花朵在时空里打开胸襟，一切心灵
汇聚在没有遮拦的天空下面，自由绽放——
五百年前，宇宙中心学说，被哥白尼否定，
仅有五百年，之前，许多事物不曾质疑，
那时候，没有你，没有我，万物却存在，
那被笼罩，人类的栖息之所，地球乃至宇宙，
在确定或者不确定，平衡或不平衡之间——
人类的青春，我们的爱情，一切迹象
那是永久的宏观物质与微观粒子之间的启示——
一切合理而真实，暗物质以及未来的事物，
黑洞、天体、红移、星座都是爱的符号，
再过五百年，我们不存在，而万物永恒——
让文明轻轻拥抱，交融，相互亲吻脸颊，祝安！

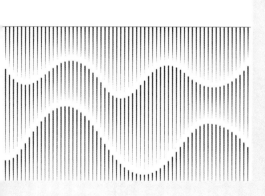

第六册

浮生记

多年后

杏子青涩
桃儿粉红
与万物
保持
某种半熟距离
谁熟了
谁
先落

你看了我
一眼
我
看了看
天上旳
云

一切，其实
不是你想象的那样
也不是
我朝思暮想的
那样

太阳镜

你看见的
不是我
那是模样、装饰
衣帽
太阳镜
鞋子
DNA 和碳水化合物

红　心

火柴
睡在盒里
几万年
我的头是红的
心也是
红的
别
摩擦我

人 间

我来了
又要走
所遇即所见
都是你
亲爱的——
我即非我
非我即我

岸

河边茶棚下，我躺在布椅喝茶
观云观水，对面
一僧，一面品茶，一面观众生

你看我只需一眼
我看你，得用一世

我俩，同饮一河水
一群麻雀飞来，落定
在脚下
啄食我们漏剩下的谷渣——

黄昏的落日
照着我，照着你
也照着身边的这群麻雀
还有路旁的一根无名的野草

破罐子

我有一个
几百年前的茄皮罐
不知道
让谁打破了
悄悄放置一旁多年
装一盒子
过了几世，破罐子
打开，还是那样留着
残缺的，锋利的刀
割舍不了
时光的风霜
昨天
我把它扔进垃圾箱
黄昏，清洁工
用拉满垃圾袋的车拉走
消失在时光的巷道
而
我还杵在昨天

传输带

每天
上上下下
不停的转
传送
左左右右的客
阅人无数
究竟
不知送了何人

撒　盐

伤了你的人
有可能
是
那个包扎伤口的人
而
那个在伤口上撒盐的人
往往令你始料不及

治病

一块肉疼，不知道怎样医治
它坏，浑身坏，它好，遍体好——
一次次刺破创伤的地方，一遍遍吃药
一趟趟寻医问药，寻找良医好方
难以治愈，无法根除
一只鸟儿说，飞翔吧，朝着更大的天空
唯有飞翔是治愈翅膀的良丹妙药
于是，我卸下伪装，重新上路

推磨歌

家有一盘磨
上一片，下一爿
一个是天，一个是地
上面是阴，下面是阳
左边是乾，右边是坤
磨推着我自己
磨出一颗颗麦粒
化作点点繁星

窄 门

一扇
窄窄的门
不知道
是
光，打开了它
还是
它
打开了
光

心之灯

灯
指引着
尘世里的火海
层层泛起
浪花一朵朵
被鸡毛蒜皮淹没的心
把夜遮埋得
很深
很远

沙漠之舟

你
是一滴眼泪
停泊
在沙漠之海
我
停止呼吸
用丹田
看见了
你

天鹅湖

我俩
乘坐一架夜色的湖
船是一对天鹅
我们摇啊摇
翅膀在银河里滑翔
船飞啊飞
在人间
遨游

歇歇脚

别累了，亲爱的
把脸颊横在路边的木牌上
变成一只无所事事的麻雀
歇歇脚
我想用一片艹的阴凉
把整个炎热的夏天遮住
在你不注意的时候
把你的肩膀
当成无意遇见的树杈
栖息，跳跳舞

擦玻璃

夜里，擦玻璃，看见自己
喜欢的影子也在擦玻璃
在音乐节奏的快感里身姿扭来摆去
不知道，世上的玻璃可以这样擦——
我擦着玻璃，玻璃擦着我
把自己的身体，一块块，撕下
再打捞上来，黑的，白的
干净的，肮脏的
一扇扇窗户，忍不住，掉下
一块块，砸碎在大地
泥土溅起无数高高低低的火花

尴　尬

上公交车，没带零钱
也不会手机小程序扫码支付
拎着一盒鸡蛋，绳子总在细处断
立牌坊的花岗岩，根总埋在地下
人们赞美的总是它头顶上的匾额
去握手，那人投来几截冰冷的指尖——
人生，在七上八下的台阶上
遇见的，错过的，珍惜的，专一的
一个个背影和面孔，那个信誓旦旦的人
都如走马灯，走着走着就走散了
回到家，卸下面具和沉重的甲壳——
种自己的韭菜，让别人来割

知　音

笛子不吹，竹子发不出音律
弦不弹，听不见万物隐藏肚里的情丝
石头不打磨，撞击不出火花
不在痛苦磨难中淬炼，怎么找到你的存在
亲爱的人间，此生值得，从未怨悔
懂了你，等于你懂了我
犹如，白鹤神游在蓝天，青鸟传信在碧海

篱笆墙的影子

投入草原，我就是一头猛牛
深深扎进绿色大海，吸吮
一滴露珠，融化进春的草尖闪烁
我的血液也是绿色的，从芨芨草的血管溢出
与万物一体，相融互化，彼此滋养——
匍匐草地，我就是甲壳虫的王子归来
散发清香的干牛粪气息，穿透我的魂魄
炊烟袅袅，曼如妙音，即是我的情愫
篱笆墙的影子是我给你的情书
永远不落的太阳，那遥远的，亲临的
温暖了草地的鹰，都是我神秘的恋人
风，裹挟着我的翅膀，而我正在为它奔驰

时光之箭

持一束艾草放置在我的枕头上
借着萤火虫的光亮来吧，亲爱的人
草原就沉进我的梦乡，在深处滋生满绿的根系
就用一颗心点燃星星之火吧——
月亮会从白帐篷升起，又落在了黑帐篷顶上
月光，渡着白羊，也渡着黑羊
推开门扉，呐喊，回来，回——来——

把自己潮湿的诗，一首首晾晒在大地之上
安置在你能看见的地方，当风拂过
让你的手一遍遍碰撞那些文字和泪珠
而后，让它们搁浅在一块一块的石头上
让浓烈的阳光晒疼它们的皮肤和脊梁
自由自在与岩石草木一起在泥土里飘散——
当月光漂白了所有诗句的沧桑容颜
也把我的一匹黑马，涂染成了白色
我骑着白马如电飞驰在芦苇花之上
去追赶时光之箭射出的永恒之花——
我们失去了什么并不重要
重要的是看我们捡起来什么

无明辞

白昼，我找不到菩提
夜里，菩提找不到我
有我，海上生明月
无我，孤月独照明
其实，我最喜欢那个独照时的自己
真实，无妄，乖巧，可爱
这时，才称得上是人类最诚实的孩子
恭顺，平和，美好

眼　珠

今生，我是你蒲团上路过的蚂蚱
被敲醒的木鱼
牛虻或者荷叶尖上的蜻蜓
青灯古墙照见到的蝼蚁
或是看见万物的眼珠
那揉碎的夜光聚合一粒菩提
也是石英石粉碎之后炼制的水晶——
其实，我，什么也不是，只是
你的爱，显然一瞬的泡影
在刹那生灭之中，看见了你

画　圈

单细胞生物在远古的暗道
画着圈，地球太阳月亮画着圈
太阳系银河系以及宇宙万物都画着圈
河边，我观摩着水的漩涡与浪花
层层叠叠的，运动着的水分子式
它们都画着圈，不舍昼夜，奔流
此时此刻，河岸的我，思绪跟随宇宙转圈
及我的头发、皮肤、心脏、细胞
跟随它们，尽心尽力地画着最美的圈

乱琴散

一把古琴，不会弹，望洋兴叹
横竖置在床头枕边，挑来抹去，七个弦
不知道碰到哪根，嗡嗡响，呜呜叫
半夜，伸手不见五指，夜是被熬夜者熬
黑的——
我闭着眼睛，伸胳膊展腿，手指无意碰触丝弦
不管散音泛音按音，还是老师讲的天地人三色
统统丢弃，随意上上下下乱拨拉七弦
惊飞了正在树上打盹的一只孤独乌鸦的睡意
曲终，泄出一匹地下洗耳恭听蚂蚁的几世情冤

残荷曲

一叶荷在颠簸，摇荡之光
总在拿捏柔弱的善良，苟延残喘
总是耀眼的灯光，遮住凡人的眼睛
离世界越来越远，看不见，寻不见
在梦魇追迫的诚惶诚恐之中
我把手中的弹丸拧成一朵麻花
活着，咳血尽瘁，死而后已

白鸽子

它们，说你太白
不想跟你玩
于是，它把一根一根羽毛涂黑
它们说，你是黑乌鸦
在乌鸦群里，找不到自己——
以泪洗面，一丝一缕，喋血拔出
啄掉洗净，一片片洁白的羽毛

吊吊灰

扫屋顶灰尘，碰见许多吊吊灰
用笤帚，小心翼翼把它们从天空
一一接到大地，安放下来
而我踩着的塑料凳子坏了
卡住一只脚踝骨，进退两难
回头一看，身体在高处悬挂式摇摆
就像吊吊灰，清高和自命不凡

第一场秋雨

起初淋我，如恋人的泪，一丝丝
不知不觉，从头到脚，浸湿一生一世
比不上锦衣玉食的鹦鹉，躲在金丝笼
总有伞，从脚到头裹着身子，步步飞升
我鼎着一盏破旧的草帽风雨兼程，奔忙
从南到北，从人间到烟火，从死到生
淋透的不仅仅是冰凉，从头顶到脚窝
穿透寒碜的脊梁和深深的城墙

泡泡糖

黄昏，一滴雨从秋天的刘海
一缕缕向心脏渗透，寂寞
初秋，雷声大雨点小，我继续弯腰干活——
雨，下着下着下大了，脊背泡透
我像燕子回窝，在屋檐下躲避
怔怔望着身外的世界，听，风声雨声——
深秋，再与无人话夜雨，想起旅行包里
有一颗泡泡糖，遗忘了很久很长
放嘴里干嚼，嚼着嚼着，往事越来越清晰
当味道渐渐淡去，一不小心，吹破了梦幻泡影

刷墙歌

瓦棚破灶，窗无纸，屋漏补修，墙又损
活泥裹墙，刷石灰粉，一遍遍复盖
凹凸不平的墙面，先用腻子膏涂抹
砂纸打磨抛光，污渍和坑洼
"嚓嚓"上下擦动胸膛，好比耕牛开田呼吸
泥抹刀，总能把各个角落里的阴影挤出来
再用光滑细柔的一面，一刀刀刮抹平正——
一堵东墙，一面西墙，好比东宫西宫
它们粉白粉白的闪耀，照得心里亮亮堂堂
我用黑与白的两只毛刷，交叉刷墙
白色的乳漆液体，在两只木刷上流淌
白刷，刷出来的是白色，黑刷，刷出的也是白色
好似墙吃着牛乳，一次次都被吞噬
而我一笔笔，在它们肉体上
喷画出白色的山水、蓝天、云彩和梦
墙刷得很白净，一堵堵墙像翅膀凌空飞舞——
原来，一切，如此简单，又如此美好

凡士林

雨，说来即来，说停即停
毫无信誉可言，我把伞又收起来了
一会儿太阳好大，光线很强
人们又开始干活，埋头，精益求精
没有什么比在太阳底下劳动幸运
我哼着歌，手中更加卖力，做个幸福的人
而每一个人都有终老盖棺的时候——
当世界的机器或许再无需打螺丝
人类步入返老还童的美颜时代
而我依旧，习惯用劳动牌凡士林，擦脸

扫叶记

初秋，开始扫叶，叶子斑斑点点
三三两两，零零碎碎，天空开始破漏
藏不住的心跳，一片一片掉落
捡起一枚硬币，熠熠闪亮，扔窗台的纸盒里
不知道，它正反两个面
哪个扣在下边，哪个亮在上边
家猫闭着眼在窗台"咕噜噜"念经
像一位双目失明者，在市井口
占卜人类的命运——

扫着，扫着，一不小心
我把一片天空扫向地球之外
不知道，它是飘向宇宙，还是堕入红尘

七 夕

有人送我一朵黄玫瑰
我插进你给我的玻璃瓶
一会儿，它就蔫了——
我装着没有看见，去把一束芹菜
泡进一只舀水碗里，它活，还是不活
我只有等待，除此，别无选择——
你走时，七月七，我没有吭声
因为不知道，天上有没有喜鹊搭成的天桥

放过自己

身负的东西太多，像马匹驮车
越拖越重，气喘吁吁
家里的旧物件太多，如破烂的宫殿
越堆越满，空间又狭又窄
旧电视、收音机、磁带以及椅子和照片
挤占空气无处可藏，积压太久
该扔还是扔，该舍还得舍
放过自己，好比放过众生——

舍弃后，晚上回家，房子空多了
站在空地上，世界空了，心也空了

豆腐心

万物都为了谁，存在
你，为了谁活着
万物以人为心
人以万物为心
物欲的，利己的，那么冷漠
温情的事情，总遇到
无情物，热脸贴上冷屁股
以刀子嘴伤透了豆腐之心

归　藏

山累了，躺在大地上
风累了，挂在树梢上
心累了，晒在沙滩上
我累了，靠在石头上
一只眼睛是太阳，一只眼睛做月亮
守护着山，抚平着风
你就是我的沙滩，赤脚追光
入沙归藏，入海归田

刷油漆

曾经我们在一起汲取井水
而现在，天下的井都填满了
我找不到你，你看不见我
直到今天我在一面墙上刷油漆
遇见一口井，很大很深
我刷呀刷，油漆腻了我一手和衣襟
才明白，原来孤独是一口深井
无法逾越，也无法阻挡
半夜，我在月光下洗涤被油渍染脏了的衣衫
就在井底的最低处，看见了洞口闪耀的日光

老人与狗

狗死了，铁笼和铁链
一直空着
印象中的狗，扑面而来
笑的脸，露出的洁白牙齿
摇过的尾巴，无限伤怀
多年了，笼留着，铁链闲着
它们之上，有月光闪耀
一个老人的步履
围绕狗窝，转圈——

事物已死，当记忆苏醒
一切又活了起来

珍珠泪

每一颗饱经磨难的珍珠
各有各自不幸的历程——
一颗颗奇形怪状，螺旋盘踞缠丝
都将心里的伤痛融化在骨肉之中
骨骼一天天长强壮，泪珠般串在一起
嵌在额头，就是我今世最美的桂冠——
又见一对新人手拉手彼此倾诉爱的誓言
总在欢喜之时，一朵朵忧伤的珍珠之花
从我破漏不堪的心里，吐出热血浸泡过的诗句

醒　来

总把天边的云当作永久的宫殿
总把人间当作永恒的家园
总把善良当作人情依靠的肩膀
一只金色的蝴蝶，扑闪扑闪翅膀
在我手背上走来走去，吻了又吻
在那一瞬间，才明白，亲爱的人啊
生也不属于我，死也不属于我
与万物有缘，我只是咫尺之遥的远客
与生死无缘，人只是有来无往的燕雀
醒来，我在欢畅，万劫不复的黎明

醒来，我在赞颂，失而复得的朝夕

剥苞谷

夜色里，我独坐在小院的石阶上
把左边的苞谷棒子剥开，撕掉皮，垒到右边
像两座大山，左右摇动，中间我如如不动
如如不动的我犹如银河里沉寂的一颗星
无需发现和赞美，都勤勉自转和公转——
我对风儿说，挺好的，真的，一切挺好的
比如，我一个人默默剥苞谷的时候
把它想象成你，或者当作我自己，剥离
或者幻象，你身处远方也正在剥着我
看见肉体里的河流、颜色以及本来面目
犹如，剥出的苞谷，金黄灿灿，闪耀着光芒

棉马夹

妈妈，您的衣物都送人了
送给最需要它们的人了
唯独这件棉马夹，我舍不得——
要把它送给懂得它温暖的人
找呀找呀，等啊等啊，就是没有遇见
夏天把它拿出来太阳晒，秋天让风吹吹
闻一闻棉花和阳光的味道
闭上眼睛，就像婴儿睡在母亲的襁褓入眠
梦见繁星闪烁，日月江河翻涌
母亲啊，我等候那个懂它的人

倥偬之间，棉马夹，已翻穿在儿身上

泥炉子

陈旧的铁器，生锈发霉，日晒雨淋
孤独的，扔弃闲置很久，灰尘网布
今日扫了扫，擦了擦，返本还源
备好沙粒、黏土、水泥、白灰，调和
再配破瓦、残砖、断石，戴一双橡皮手套
活泥，铺石，贴泥，抹刮挑剔
水润滑，上下通气，疏密开合
相互渗透，彼此粘合，固若金汤
晾了一晚上，清晨起来，又修补挖擦
炉鼎渐入佳境，柴木煤炭，打火机已准备齐全
出门买菜，记起新泥的炉子要等候它的时机
赶紧给家人发信息提醒：炉子，再晾一晾

浮生记

一生匆匆来，匆匆去
一半是白昼，一半是黑夜
一半是吃喝拉撒睡
一半是仁义礼智信
一半在生，一半在死
一半是半生半死
一半是喜，一半是忧
一半是半喜半忧

一半是你，一半是我
一半不是你也不是我——
闻，你即是我，我即是你

醍　醐

子夜，在干板凳上醒来
一钵醍醐，等着我，灌顶——
我拿它当午夜的奶酪，一饮而尽
肚子疼，双手环抱
蹲在地上，呻吟——
忏悔，我是一只盛情的鹈鹕
生错了时辰，误入了江湖
这时，飞来一只三足鸟，扑倒面前
让我给它灌顶——
我起立，提一桶水
从头到脚，浇在自己的身体上
那只鸟，鹜立在风口浪尖吟诵——
一首诗，犹如一颗子弹射入鸟的肉体
而后，我怀孕了——

归宿辞

最后的一句话，把所有的爱都给了你——
最终的结局，还是无能为力的离开了世界
才知道，世上最大的差距不是天壤之别
而是人性的善恶之异、认知之差——
人之所以伟大，是因为超越了自我的局限
亲爱的人间，当天空再没有暴雨轰鸣、雷电交加
我知道，那个无时不在等待的燕子
它飞回来了，它飞回来了——
我的躯体，你的灵魂，如鸟儿来回自如
面朝你，再富丽堂皇的词语，都是咬文嚼字
走向你，最高境界的倾诉恰是默默无语
踔踔迈进你的世界和未知的一切——
我知道，最爱我的，还是你

没关系

即使春天总是姗姗来迟
错过所有开花的季节
我还是对春色说，没关系，亲爱，你去吧——
即使在最绝望之前遇见你的那一刻
明知道眼前人就是未来人
我还是对时光说，没关系，亲爱，你走吧——

夜晚，一轮明月照乾坤，我仰慕它的皎洁
即使明月并不知道，谁是我
我还是对月光说，没关系，亲爱，让它们返回吧——
仔细想想，沧海桑田，情为何物，已付之东流
割舍万物，于心于我，何求一丝毫关系

溺

其实，那个溺水的孩子，就是我
喘不上气，拼命挣扎手足
也可下沉，抑或登岸
可我，总是感到离它们很远很远——
现在，一切已经不重要
冰川消融，鸟儿不叫，花儿谢了，你走了——
今生，我凭溺水而活，又借浪花飞舞
荷尔德林说，生即是死，死亦是一种生

太阳伞

这把太阳伞打开几十年，合上几十年
昨天打开，今天合上，而它的铁杆砸伤了我
没有愤慨，却感激它敲醒我，听道
爱情是爱情的装饰品
坟墓是坟墓的归宿地——
我赶紧擦干净遗留伞把上的污泥和血渍

小心翼翼翻卷起来，准备过冬——
活着，既是从一个谷底到另外一个谷底的过渡
也是将已经活过的时光不断反刍的历程

九月九

九月，把一枚枫叶碾平，夹在你读过的书册里
不让你知道，我翻动了你的未来
那天，将一份信笺投在了旧日的邮筒口
让它沉淀在岁月里，别去激起往日的浪花
如今，我喜欢沉浸，从远处观风景
把送给你的礼物，又寄回自己
在街头巷尾，徘徊不定的时候感受你的存在
我把一夜夜熬过的日子，用麻线串成记事的绳索
绾结一个个疙瘩，慢慢忘记从前——
把金樽送给你，而九月九的酒融化了明月

羊蹄歌

踏过山踏过水，今日踏进人心
跑过崖跑过沟，如今跑到人间
哪里找一块柔软的栖息之地
乡村、城市，云或者雾
躲过枪林弹雨，躲不过性与命的因果
摄掉命，拿走肉，取走血

羊蹄贴进大地，依旧颤动
而血与骨头最终也是粪土——
羊的使命，不在风不在雨
只为了所遇而归，一方灿烂的明月

月亮书

当肌肉累得从骨头上脱落
当明月东升不再为了照彻人寰
当已死的苍蝇蚊子不再为春天复活
亲爱的人啊，我怕你找不到回家的路
我急切地在大路上来回奔跑
四处张望你的影子，就想和你一起看月亮
月亮像一本打开很久而没有读完的书
如白狮惊慌失措地跳跃，张着大口
而我的灵魂四处跳窜、躲避
等月亮静下来、沉到我们的心底
万物下沉到大地的末端不再返回
我们坐在一块石头上读月亮
再给远方寄去用一生谱写的家书，陈情

倒蹚鞋

千里之棚，没有不散的宴席
相聚时光，济济一堂
当人走散，谁打扫留在大地的一片狼藉
夜深人静，谁与我披衣望月——
亲爱的人们，明月几时有
渴望那一天，我们再相聚，欢歌笑语
曲散人尽，只剩疲倦的我
跋拉着双鞋，在月光下转来踱去
坐在水泥台阶的小板凳上，倒穿着鞋
永远像个长不大的孩子，凝望月亮
此时此刻，人间和心灵安静了——
世界只剩明月和我，月光之中
看见，反披衣服、倒蹚鞋的老母
打开家门，敞开双臂跑来迎接迷途知返的孩子

吃草歌

一生，像羊儿吃着青青的草
芫荽、白菜、葱及许多青菜
嚼着嚼着就长大了，披着外衣四处流浪
不知道自己是羊，还是狼
拼命奔波，离故乡越来越远——

我寻找金色的牧场，牛羊和青山绿水
吃着吃着，羊儿生长，反刍着一辈子的食料
不知道岁月都去哪里了，在食物链和智慧的终端
那些草，终将吃掉我，一起茁壮成长

十字街头

木讷在都市繁花似锦的十字街头，问路
车轮碾碎的日影比晚上的灯火辉煌灿烂
灯海是淹没的芦苇荡，那只众叛亲离的孤鸟
拼命寻找方向，辨析路标的航程
人类的面孔写满《荷马史诗》和《伊索寓言》
以及其他事物的本来面目，真伪难辨
而鸟的身躯微弱，翅膀像沙漠中堂吉诃德的长枪
向第一架风车扑去，刺痛了风车的心脏
而后，我凭借季节导航，背着行囊远走高飞
越走越背离目标，问路边栖息的大雁，原来
鸟的翅膀飞错了方向，而不是鸟的躯壳
返回，向远方启程，找到故乡的田野

老木匠

家里的老木桶坏了，不会修
拿去邻居老木匠家补
老木匠翻过桶盖，里外仔细观察

翻来覆去，睁一只眼闭一只眼瞄准细看

粗壮的手指到处摩擦

像抚摸自己的孩子或者万物的脊背——

而后说，木桶可用，只是紧箍圈松动

他重新套上金属的圈，举起手中的铁锤

小心翼翼且精准地，轻轻敲打

一锤锤，一寸寸，钢圈渐渐回到它最初的位置

木桶坚固地和它的三道箍子相互拗合一体

我忖度着木桶与箍圈的原理——

孙悟空的紧箍咒是哄穿上去的

木桶的金钢圈是一寸寸铆进去的

人类的礼帽是自己情愿戴上去的

别之殇

离别的秋天，月亮总是那么圆

亲爱的人，分别之际，我用喜乐款待众生

天空总是晴朗无边，在黎明

在每一个瞬间，我都迎接你

用一场简陋的盛宴，用清水冲洗净的盂兰盆

问明月，问可道不可道的风云

送别生，也送别死——

从今往后，我把自己带走，只把人间留下

我的爱，只是镜子里的你

任何表白，都是一种亵渎

这世界也是水做的镜子

我们只在那镜子的闪耀中，遇见——
爱你是幸福，也是不幸

拾荒梦

你，踏进我的梦里，探望
那病榻之上的久别恋人——
你依旧纯情可爱，笑容如满月
我在疴重的木板上，划船，用一棵棵树做桨
如鸿鹄飞，舞动星星闪耀的光，聚合
而后洒下果实和种子，在人间拾荒
把它们捡到生命的盂盆种植——
当荒芜的沙漠变成满目的苍翠
终有一只悲悯的鸟儿，来为春天献祭

剪月亮

黄昏，大地的沉沦之角
遐想与你相逢的时光怎样度过
找来一把银色的剪刀
搭梯子剪下月亮，摆在窗台当明镜
倒一盆清水，洗一洗它的风尘
洗啊洗，原来，它是一贴烧饼
用来填补相思之苦
饥荒之时，一口一口蚕食
我顿时化成千万朵白色蝴蝶飞翔

一只船

淹没耳朵的不仅仅是雨声，还有雷鸣

彻夜，雨，越下越大

我从一个床，辗转到另外一张床

沙发或者一块木板，羊毛毯，东或者西

耳鼓里响着"咚咚铛铛"的敲击声，抑扬顿挫

房子浮起来，床飘起来，我飞起来

仿佛一只河龟背负我们前行

一只船，在乘风破浪，飞扬着高高的风帆

大地浮动，地壳变迁，水漫了上来

谁在岸上抚琴，一只鸟儿飞过，衔来一枚橄榄枝

摇晃的船渐渐平静，心渐渐宁静

从一滴成河的汪洋世界里，重回人间

拉灯记

家里电灯线失修多年，要么没有时间

要么没有电工匠人，我不懂电

中学时候，在家学电解氯化钠，差点引起火灾

曾经试着寻找零线火线地线

电笔喷火，烧毁了一支笔，自己险些被电灼伤

十二岁，一群孩子变压器下玩耍

大伙让我试摸一根漏露出的电线头

刚一触到，一股白色味道的电光

从胳膊到头，将我全身击倒在地
等我醒过来，父亲把我从衣领上狠劲提起
用他老式布鞋尖，凶狠狠踹三脚
后来明白，那天幸亏我穿的是橡胶鞋底而幸免
故，我的余生是多出来的试验品——
今天拉电灯，我隐约屁股还在疼楚，心有余悸
就给电工当下手，他带电作业，说左，我不敢右
说右，我不敢左，惟命是听
坏灯拆除，旧灯换新，调整灯座和路线
半夜，怀疑白天拉的电线是否电流畅通
起床，跑去一个一个房间拉开关
验证，它们是否如我想象的一样，耀辉明亮

扔

累的反义不是不累，而是扔
防止遗忘症，我在白纸黑字上列出
一个关于扔的核心秘笈——
发霉的纸杯、方便面吃剩的调料包
用不上的塑料布、毛巾、衣帽
干枯的笔芯、碳素笔，用过的笔记簿
坏掉、无用的数据线、充电器
超市和药店没用的小票、说明书
多余的钥匙扣、坏掉的雨伞
失掉一只的鞋子，破洞的袜子，废纸，快递箱
买了不曾用放生锈的文件夹、刀片、钉子
想着想着，应该还有比这更重要的东西

就是一时想不起来它们的名字和属性
列着列着，像写出来的诗行，排列成队伍
我赶紧把笔和我自己扔进身傍的旧木桶
等待时光摁门铃，回收，再与万物一起扔干净

毒　蜂

早晨，一只蜜蜂落入我喝茶的杯口
救它，用手撂出的一瞬，食指尖被狠狠蛰了一下
很疼，欲拔掉它射埋下的箭
持一枚金针挑出尖刺，划破手指
在殷红的血肉中寻找，而箭，越陷越深
红肿，用嘴吸吮伤口，疼痛难忍，穿透肩骨
蜂，逃之夭夭，我左顾右盼，欲问何故——
找一丝红线，紧箍咒般箍住被射的指头
十指连心，一次次尝试伤害的滋味
衔着手指在大地上来回转动，寻找解药
或想，这一箭对它是解脱，有用或者再生
无需的我，被刺的时候，作它的靶向——
看看手指头殷红的绳，舞出的蝴蝶结
仿佛又作了一次新郎，正在被远方的红娘牵绊
蜂，向我射的毒液，成了投来示爱的利剑

补天裂

家的吊灯已失修多日，今请电工师安装
一个过时的、木制的、古典的三叉灯
它的底座错位，也与原先的不匹配，费时费工
在吊顶天花板的用刀割、钳子戳弄出底座
镶钢条，上螺丝，接开关，灯终于亮了——
可底座旁边出现一个脚印大的空洞
电工师傅去下一家维修电路，挣大钱
把黑洞留给我自己解决，我动了三天三夜的脑
那如天窗似的不规则的口子，瞪着我的脊梁骨，打嘘——
不就是个窟窿吗，不信连个洞无力修补
搬来桌椅凳，踩着搭起的天梯
粘胶带、白色皮革贴、尺子、刀
在天花板上量来割去、粘来补去，刮擦
当三伏天的汗水从我鬓角淌进嘴角蛰疼上火的疮泡
那一瞬，想起女娲补天时，何等奇雄壮烈——
欲问遗石何处寻，借为用作补天裂

接地气

周日休息，公园转转，墙角
有人赤脚站桩，告诉我，这是接地气
现代人与天地隔绝，都是胶底鞋惹的祸

我恍然如悟，回家把自己的脚泡了又泡
再观察所有的鞋子，都是胶底
翻箱倒柜，寻找多年前的一双布鞋
穿上它出门，想接接地气
上大街一看，我的布鞋陈旧、老式，格格不入
人们异样的目光打量我和我的鞋子，仿佛我是外星人
"返回，还是继续走路?"——
想着想着，人类的脚步已经走远

一扇门

门，掩着，缝里漏出天穹，悬挂五更月
银河闪烁，浩浩渺渺，惠风荡漾
横跨春夏秋冬，麦芒和谷穗轻曳
梦境里的镜儿，镜儿里的梦境，怕打碎
外婆，母亲，新娘和我，举一朵花，击鼓传送——
摇啊摇，月亮是一艘船，繁星熠熠
门，半张着个口，口里有洞，天空出没
半扇镶嵌在古老的轴上，青砖雕花，绿叶成荫
轻轻叩开那扇门，种上十里香和百合花
结出水晶心的果实，映照自己的面孔 ——
丁香花散发馥郁芬芳，弥漫奇异香风
一朵纯白的牡丹，荷花般绽放，悄然独鳌枝头
手提一盏明灯，谨持守护，朝夕惕厉
怕，惊醒花的梦，蹑手蹑脚，从梦境迈出——
门打开，又轻轻阖上，正如你来了，又轻轻走了

扫叶录

今年秋天的树叶啊，这么轻，这么轻
扫一下，它们都急剧飞扬
落叶飞上天，拉我上云端
握紧笤帚望着白云笑，笑出了泪花
化作绵绵秋雨，浸湿了自己的衣裳——
今年冬天的落叶啊，那么重，那么重
攥不住扫帚的杆，捏得手心的蔷薇碎了一地
朝前看，朝后看，朝左朝右，观复
那金黄色的玫瑰，宛若金黄色的海洋，托浮而起——
怀抱帚把，抹下眼镜，凝视大地
叶，飘向我的头发、衣襟、裤腿、鞋子
叶片串连一起，成为堆砌点缀的花朵
像大海摇摇欲坠的一只只帆船
如鲲鹏跃跃欲试的一片片翅膀
挽起袖子，扫啊扫，前扫后落，纷纷扬扬
满目的世界，捡不到一块柔软的石块坐下休眠
横躺大地，隐藏进一片叶子下面
落叶，像星辰，纷纷扬扬砸向我的躯体，淹没——
一会儿，一阵大风刮来，将我和大地一并扫入太空
回首，一切干干净净，万物不剩一点渣子

吃石者

——致塞萨尔·巴列霍①

你死了，是否还在饥饿中，你说，想吃石头——
在一个深秋的雨夜，巴列霍和他的诗
那既狂野原始又真挚可触摸，像刺猬的毛刷
刷到我身上的这场深秋的雨，它既冰凉又浓烈
碰撞到我肋骨的伤疤，我高呼"巴列霍啊、巴列霍"
没有人应答，就像我无法回答世界任何一个叹息——
无尽的绵绵细雨更紧密地下着，连着巴黎的一个雨夜
穷困潦倒且伟大的头颅倒下的那天，预言了什么——
"没有缘由，我们如是被生到这世界"
"一声警笛，划过夜色，像一根颤抖的针"
你的安第斯山之西，你的祈祷辞，你的诗如刀似花
深陷的双颊、眼窝，沉郁且坚定的目光
《黑色使者》《特里尔塞》和《人类的诗篇》
都隐入今夜能湮灭一切孤寂缠绵秋雨的深处——
听，聂鲁达哭诉，"我爱巴列霍，我们是兄弟"
我悲催一只拳头，不知道砸向谁！——
想着那位生在拉丁美洲、几乎被饿死的印第安诗人
痛恨地砸自己的胸腔，一次次，呐喊——
巴列霍，我也爱你，因为我饱尝过那石头的滋味

注：①塞萨尔·巴列霍（1892—1938），出生秘鲁，二十世纪拉丁美洲现代诗最伟大的先驱之一，代表作诗集《黑色使者》《特里尔塞》《人类的诗篇》。

联　姻

——致马林·索雷斯库^①

"灵魂啊，你走在前面吧，慢慢的！慢慢的！"
你吟诵自己的诗句，神情凝重庄严
在天梯上，你攀缘着蜘蛛丝般的阶梯
嫌自己瘦弱的身躯依旧很沉重
在病榻之上，你微弱的叹息一声
便升上了那高不可攀的云端
一步步踩着我的伤口，离开这人间
把梯子留给了人类，留给拿命写诗的人——
那么羸弱，除过诗，你没有一切
你的世界，一切离你那么遥远，又那么近
诗人，真实的诗人啊，我听见你在天梯吟诵
"诗歌的功能首先在于认知……诗人必须与哲学联姻"
索雷，索雷，我的眼睛怎么湿了，为你还是为诗——
那腐朽的铜币，潮湿发霉的铁器，及至以后
统统扔进历史的垃圾桶，当废铁烂铜销毁吧——
灵魂啊，你匍匐在天梯，快快的！快快的！

注：①马林·索雷斯库（1936—1996），罗马尼亚先锋诗歌大师。
著有诗集《孤独诗人》《堂吉诃德的青年时代》《时钟之死》等。

风筝线

遥远的风筝，在我找到你之前
我必须爱我自己，在恐慌寂寥之时
那个自己就是你，在饮这一碗烈酒之前
与你独享，在离别之后，我必须爱你的一切
耸立着孤寂的双肩，千万次吟诵
把我自己融化进对你的朝思暮想——
风筝断了线，是为了离天空更近
你赐予我自由的时候，我得到了你
在爱的天空，不需要鹰的牵引和羁绊
在我的世界，你已经是我的阳光和风
在人间，我的肉体在逆旅之间来回颠簸
像灵魂在不同的躯壳里来去奔波——
而我的存在，就是找到你的唯一载体
在那无边无际的宇宙，飞翔才是我们的翅膀

蝴蝶梦

把梦想嵌入海底，把思念化成礁石
定要和你相伴永恒——
关上自己的门，别让它打开的太久
不见谁送一枚金色的纽扣，愈合伤痕
我把你关在门外，不让疲惫的心儿看见

关上门，却发现，你早涌满心房——
你是谁？为何如此阒静、安然、吉祥
我吻着自己最后一根肋骨，上面刻满你的名字
夜色是一匹黑龙马，烈火般的赤诚
飘扬在马鬃的旗帜上，呼呼急响
我把自己送给疾速的马蹄去追赶一匹闻香的飞蝶
馈赠一双为爱流泪到天明的眼睛
把你给我的一切，终将返还给每一片树叶——
我的世界，落叶也是最完美的翅膀，追寻你
与我们的梦，炉炼千古绝唱的悲歌

摇轳辘

从前，我天天在森林摇轳辘
把一桶桶水从泉井里打捞上来
洒向四面八方，令大地开遍鲜花——
在黑夜的深处，我谛听宇宙的声息
一驾黑蚂蚁在一块黑石头上爬行
一匹白蝴蝶飞过白云，飘过银河白色的浪花
有个声音在我的耳鼓膜传述人间往事——
一只五彩斑斓的鸟儿落在我的窗前，告诉我
除过万物，这个世界就只剩爱了
于是，我把一枚蓝宝石戒指藏压在石头下面
被月亮和玉兔看见，我悄悄说，别告诉万物
它们说，你不说，我不说——
之后，我睡着了，梦中还在摇动那古老的轳辘
泉水氤氲，渐渐满溢，飘向天上人间

石头记

林妹妹，我就是那颗又恨又怨的冥顽石
女娲补天，我的命刻在了一偈遗弃的石头上
判词天书一道符，挣脱不了金玉良缘调包计
怎奈妹妹悲愤交织咽气去，蒙怨公子受骗把妹叛
你的眼泪是救赎我愤世嫉俗的良药，融进了我的血管——
早知命薄缘尽无相守，何须费心灌枯草

茜纱悲，鹦鹉泣，琴已绝，稿已焚
到头来，只落得潇湘馆里纱帐空
恨识晚，情何堪，缘已断，何处圆
温柔乡，梦难长，"哗啦啦"红楼顿时倾——

大荒山上无稽崖，青埂峰旁炼天石
可叹无才补苍天，枉入红尘若许年
烟花巷里胭脂香，纨绔子弟多情郎
梦到绝时方知醒，一场红尘终须尽
醒时不见梦中人，寻遍观园终无影
若知凡间遭此报，不携仙草受病殃
万般荣华瞬间灭，遁入空门情难绝
谁知身前身后事，寄去人间作传奇
赤条条来赤条去，白茫大地真干净

没有翅膀的飞鸟

来吧，亲爱的人，来，别犹豫——
只要有这一气息，或一口呼吸之间的千万分之一
即是当下的力量，我们相知又相会
不需要太多的时间，只要那一瞬之光亮——
不必顾虑，不要彷徨，不求拥有，只愿相约
爱，从眼底折射，一颗心从两只胸膛跳动
我们相逢的地方，是海，海之冰，水之火
爱情在它上面疾速滑翔起舞——
鸟，没有翅膀，怎知道飞翔
而我们已经越过高山流水、千山万壑
不必留下分离的信物，更不必信誓旦旦的承诺
脚下的薄冰晶莹剔透，而我们蹁跹，跨越时空——
不曾相遇，何求相拥，既得即失
你是谁？似曾相识，梦醒之后的我，找不到羽衣
手足，还在舞蹈，满腔的热血还在沸腾，飞升，沸腾

替　身

月亮，把我喊贝母，贝母——
我是藏进高原草丛的星辰，星辰
还有芨芨草、辣辣根、蕨麻、地耳
或食谱里的蘑菇，药方里的琥珀——

西风，将我称呼灵芝，灵芝

那是月光下的竹影

红豆的泪，老虎的眼仁，孢子的粉，麝的香——

鱼儿唤我砗磲，砗磲

我怎及它雪白耀光的一道闪电

春天啊春天，你怎么叫我翡翠鸟

我仅仅是只红嘴鸭，最先知道暖的春水

也是一枚贝螺，听着海的心音成长——

大地啊，你叫我什么呢，珊瑚，珍珠，玛瑙

罂粟，蔷薇，红豆，莲子，曼陀罗……

还有许多，许多名字，它们都是我的另外一个替身

我不知道自己是谁，只知道有个众生

等我醒来，找不到万物，无名之海，只有你

调　和

万物总是相互调和，以不同颜色

把春天悬挂在枝头，摇摆不定

世界的源头，谁用三原色刻画波粒二重性，观察

一会儿是光波，一会儿是粒子

正如我在想你，想时也在想，不想时也在想——

画啊画，时间停滞不前，河莲正在酣睡

诗人和画家回归到源头，与万物斡旋

三原色，给人类涂上各种颜料

再把它们叫醒，在声色俱佳的梦境里

世界，那么脆弱，又那么强大

之后，拿那些森林和房屋充当画板
而春天一层层开放，人类又一次次开花

废墟之花
——致波德莱尔①

在阳春白雪的街道上，我的雪花，肆意飘扬
北风吹过耳膜，你的诗穿透我的骨骼和灵魂
那是青春的色彩，从恶之花，一朵阴郁的花朵诞生
又从废墟之上傲视红色玫瑰的新生，燃烧
从满目疮痍的世界看见真正的春天——
波德莱尔，我们相逢在三十年前，一起畅饮跳舞吟唱
大地上延续着人间的火焰，奏响人类的情歌和哀乐——
在东方，在这个下雪的黎明，每一朵雪花都是给你的礼花
你的诗意，那象征的力量穿越我的心扉和牙床
渗透我的血脉，穿过患有肺炎的胸膛，隐隐作痛，咳嗽
它们像千多朵五彩缤纷的花朵，在病体里游荡又治愈
诗的灵感争先恐后，从四面八方照射光芒——
无所畏惧，你的诗，像一排犀利的燕子，在时空里斜飞
那在废墟之中的花朵啊，肉体一样鲜艳绽放
你的爱情，忧郁的眼睛，染蓝我的冬天和雪花
那蔚蓝色的火光，就是潜伏在废墟之下的深邃海洋

　　注：①夏尔·皮埃尔·波德莱尔（1821—1867），法国十九世纪现代
派诗人，象征派诗歌先驱，在欧美诗坛具有重要地位，其作品《恶之花》
是最具影响力的诗集之一。

从今往后

从今往后，亲爱的人间，我去远方旅行

不带金钱，也不带思念，只带一枚绿叶

贴进手心，叶就是一只船儿，也是一把明月的剑

我在大地上以叶子当粮食，充饥

饮，天空降落的雨水，那是甘甜的美酒

以无花果的籽儿做我肉体的星星——

那是云烟，是被你吻过的万物

你给了我的，还是你的，你赐予我的

每一个人的语言，都是你的话语

在每一个时刻，在每一个人的身上

人类是这样的可爱，又忤逆

我决然相信，眼前一亮，都是你

那玫瑰色的、陶醉了我的，一定是爱

你的爱令我痴迷，我找不到自己

使我存在的不是世界，而是世界之外，你的爱——

我看见了星球、银河、太阳系

惯看战争、欺压、剥削和奴役

日和月，阴和阳，光明和黑暗

都是那么摧残和维护着这个世界——

爱，会将我沉醉，而我醒来，时间已不复存在

从今往后，不分远近，不辨亲疏，不思忧乐

起早晚归，耕耘劳作，洗衣做饭，挑水浇园

与幸福的人一同幸福，与痛楚的人一起痛楚

一　切

既然，春天把万紫千红给了大地
落红为何总要把春色一一剥夺而去
既然，你是我生命里的一只海鸥
大海为何总要把鸟的帆船倾覆
纵然，爱情是遇见后的厮守
风霜为何总要把蝴蝶的翅骨折断——
一切美好的拥有，丰富多彩，又瞬息即失
留下的，岁月又一一带走
带走春天，留下果实
带走生命，留下未来
看，时光之旅打开一道道门楣
那宇宙的奥秘，一次次疾速闪过
我们来了又走，像秋天的叶片轮回，冬天的雪花升降
爱，使我们完美，也赐予我们残缺和不幸
一切总在等候我们，而又把我们送给一切

牛

一头牛说，我把牛奶撒了一地——
太阳，那个人，天地，阴和阳，围绕它
牛奶洒在荷叶的瓣上，鱼，欲哭无泪
它曾经吃月亮里的狮子，祈祷

它说过，绝不吃回头草
是草，那些膨胀的草莓，牛奶充满欲望的草
它忏悔，自己不是一头好牛，它将去献祭——
你们眼里的我不是我自己
你们看不见的我才是我
它懊悔把牛奶泄墙上，倒河里，饿猫没有吃食
那圣洁的荷叶湿渍斑斑，牛奶哭了——
牛回牛圈吃草，天空安安稳稳
它总把风霜当春天，把春天反噬肚里咀嚼
挤出来的是奶，血，一生默默无闻
而后，那被玷污的，伤痛的，低廉的命，走了

最长的路

不是所有的种子都会发芽
不是所有的花都结果
不是所有的人，都感知太阳的存在
不是所有的衷肠都需要表白——
走啊走啊，从春天走到秋天
又从冬天返回春天，从青春轮返迟暮
咬着牙，闭着嘴，不吐一个字节
不浪费一口气数，不说一句废言
每一句诗行，踏出最长的路

灯盏花

再见了，地球，让我拥抱你
还有一片云，石头和世界的名字——
回眸，一粒蔚蓝色的星光
在宇宙，一滴漂浮的水珠，那是
薰衣草、贝壳、丁香花、小松鼠和我们的家园——
万物与万物相互融合，又彼此碰撞
我摸摸自己的身体，损伤了什么，原来
在人间，不幸和幸福一样珍贵，爱与被爱同样值得拥有
遇见，总是那么美好，又那样伤怀——
别了，地球，让我们相逢在另一个
开满灯盏花的山坡，一起为人类祝福歌唱

水晶心

那天，我把自己遗忘在西山洞
天黑了，才找到回家的路
满山遍野的空气，从我一个鼻孔飘来
五脏六腑已荡然无存，只留思念
空旷的世界，一片树叶打在了我的头顶
轻轻捡起，上面闪烁星星
似露珠，如水晶，我放在额头亲吻
一滴眼泪落在它上面

捧在手心，光明穿透了手中的血管——
我走了，亲爱的人们，未来的日子
行走在光明之上，你的水晶，我的心

诗经赋

关关雎鸠，一棵树悬挂弯月之下
也倒挂着我的影子，像隐居的蝙蝠
月光如洗，净化万物凸显的骨头
那如灵魂摆渡之后的船舶躯体
静静地观守着，如狸猫守着金鼠的洞口
全神贯注，凝神静气，如如不动——
没有了自我，消融了所写的诗句
我再写什么呢，从来没有写什么
我把自己写的诗，收回到最初的一枝笔里
又从笔里收回到墨池，从浪花里收回到大海——
宇宙万物皆已含情，脉脉的，那神圣的，和谐之美

致猴哥

七十二是不断变化的数据
也是镶嵌在你额头的黑白之凫
当年花果山一别再无相见
兄弟俩寻师求学，你得师傅真传又西去取经
我独自一人，上山打柴，下山种地

回到家又照样拉碾子推磨，终老南山
只看见，山上开七十二次花，结七十二遍桃
你有你的功德，我有我的圆满
再见，猴哥，念念回首处，即是灵山——
未来可冀，人间善恶，终得果报

第七册

羊皮卷

一把镰刀

酿一种酒，诗和麦穗一起熟了
割倒的不只是麦秆，还有醉人的芬芳
把爱和麦子一起发酵，带给你
在最深远的梦境，粒粒麦子也是颗颗文字
飞向你的，不仅是时光
万物装进一个褴褛的网兜
用一把镰刀，与时间一起收割生命
放慢脚步，听见心脏"怦怦"之节律
诗说，收割吧，心灵，我有天地的宝藏

穿堂风

我本无意穿堂风，却在百花的影里遇见
那一刹，刺青蔓延在胸膛
分明是你的眼眸停留在永恒
我却在万花筒里等候你的转身
瞬息之间，背影已吹落三生的梦
可叹来时的风筝，剪断了线，无影无踪
举一把午夜的灯盏，探寻时空飞旋的轨迹
匆匆，我的生命追赶不上时光的金戈铁马
西江月，望见君，且沉吟——
酒薄常愁客少，月瘦多因云遮
金秋谁与共赏，把盏凄然北望

咬着自己的影子

夜里，那满天繁星，降落人间
以及那些山外有山的脊梁骨上
我看见它们变成了文字，布满天空
一缕血丝，从眼角飞腾
太阳既是火焰，又是奔驰的烈马
跑啊跑啊，不知道去哪里
像树叶贴紧大树的肩膀抽泣
雨说，一场秋雨一层寒
事物，隔着一道又一道山峰
群星降临之后，我在大地走七圈
咬着自己的影子，抽丝剥茧，破壳而出
待明月重新升起，沐浴新天地的曙光

拐杖扶着我

山在牛背上吃草，放牛的孩子不知去哪儿了
天空吃着星星，云彩吃着雨丝
我在云层下面，吃着向日葵
一会儿，时光吃掉了我和我的影子——
万事如一匹隐藏的大象
我像盲人摸它的鼻子和耳朵
而事物的蹄子踢伤我的髌骨
拐杖扶着我前行，与人间，渐行渐远

人去哪里了

思念是一把刀，刀刀锋利
戳疼了骨头和时间，我给它们包扎
伤口感染，一针针缝补裂隙
我与万物缺少一个通道，无法涉入它的风光与隐秘
一只天鹅来安抚，告示我，与其孤独百年
不如每天吻着爱人的名字万遍，呼唤
一只鹈鹕在水面树桩独鹜，凝望世界
人都去哪里了，这样静，静静地审视万物——
人类啊，我是你用过的时光，来吧，来吧
携手一起衰老，抑或至达永恒

蓝宝石

那年，雨滴落大地的泪珠
用手捧起，掩埋在春风里
它们像星星结成的葡萄，一串串
巨大而饱满，在吹着夏风的凉棚下悬挂
仿佛从天而降，依偎雕栏玉砌
那时，明月正在升起，我看见了你——
大海依旧是大海，翻起新浪
在月光下，熠熠闪烁的光泽
我好似一颗麦芒在镰刀上舞蹈
戴上宇宙之光打造的蓝宝石之心
让我们点燃火星之篝火，开耕宇宙的荒芜

黄皮肤的花

过往都是身下的梯子，你踩着云走
人人都有一个禀性，它们建立在云朵上
每个人都是独一无二的存在，你喊着我的名字
时间熟了，粮食纷纷倒在大地的裙裾飞扬
家门口的河，从我血管里奔流
又汹涌回到心肺肝胆，山脉是它的筋骨脊梁
瀑布横跨悬崖峭壁，万物都在高歌
而我，就是那山坡上，暗开的一朵黄皮肤的花——

把自己踹了一脚

忧伤的火焰，千百年的患难与共
那是凤凰吻过的名字，散发芬芳
每一寸土地，都是我的腹肌和毛发
是玫瑰，也是骨头，能开花的老树
我的花开在马的肚子里，而马的花开在外皮
没有人像骑士，在马背上放歌爱情——
我是时光遗漏的凤尾鱼，想找回一群蝌蚪
而它们已经长成巨大的青蛙——
夜里，梦见我在窄门被九匹饿狼追逐
我赶紧把自己踹了一脚，醒来

三原色

回家的路上，一颗星球从我身边滑落
打翻了一只酱油瓶
我去扶起，却染溅一身污渍
一切旧了的东西，有的已经消亡
人们不再记起，仿佛新生的野草
遮过了四季的胡子眉毛，一把抓住风的尾巴
在大地上，各自画自我的相，越画越错，越描越黑
找不见人类的皮肤颜色，从三原色调和吧——
此刻，半个地球在白昼，半个陷黑夜
人类正在急急躁躁，朝着不同方向飞奔

秋老虎

那天在医院，手握一红一黄的采液管儿
像小时候的孩子，得到两根棒棒糖
我，手持一张薄薄的，翻卷的
打印着密密麻麻数据的化验单，跑来跑去
白细胞红细胞血小板，都在风中畅笑——
化验单说，挺好的，纯净的一切挺好的
而秋天的红辣椒是一串秋老虎
横卧在年轮的道口，对生命虎视眈眈
瀑布似的柳树爆起卷发，阻挡我的命运

一个失魂落魄的猫用自己的爪

梳理季节长长的发髻和刘海，爱莫能助

血色素，是深藏的秋水，腌在血液岿然不动

我把雨种在云里

当花瓶破碎，时光无处埋藏

我双手按压着裂痛的胸腔在大地来回奔忙

人类啊，拽住你的一角衣襟

如攥紧一根稻草

别让我消失在迷人的春风里

我异想，打开天空，再种植麦子和星辰

信念、爱情、泪水和鲜血，均在胸口荡漾

我把雨种在云里，把死种在生里

把快乐建立在水的宫殿之上

像白鹭，凫在恋人的肩膀，窃窃私语

诗之外

果子揪住树枝不放，等风吹雨打

阳光照射，果儿熟了，掉下来——

超越一切，又在一切之中

走在白昼和夜晚交替之间，吟诵——

珍珠的光洁再美，却闻不到它的气息

醒来还是酣睡，已经没有区别

心脏像朵欲裂的山丹花，娇艳而奔放
你还没有临近，万物已经灿烂——
诗之外，属于人类，属于爱与情
属于世上每一片叶子和它上面的蝼蚁
它囊括一切，又被一切包含
及至我投射在大地上的呼吸、背影

一双手

母亲，家院杏树又开花了，我不敢看它的枝头
不忍睹，花上蜂碟如常飞，树下不见故人颜
就把花影咽进肚里，在每一个念想的时辰，悄悄绽放——
那个心直口快，爱说爱笑的女孩子
站在家门口，与邻居拉家常的婆姨
那个把自己身上仅有的钱放到乞丐碗里的女人
那个说过"清贫日子心安"的黎民百姓啊——
如今，看不见，看不见，为何满树的芬芳给我安慰
听不见，听不见，为何满耳的蜂鸣如雷似风——
最怕忆，母亲的一双手，一生抚平多少事
风蚀水浸，布满沧桑，经纶时光
宽厚的，容忍的，慈祥的，善良的——
母啊，留下的事和触摸过的物，依然如故
而再等不来可亲的容颜和声息
花儿，你尽情的怒放吧，我懂你盛开的心思
母啊，一双手，拿起过岁月，放得下人间

化蝶曲

夜回到夜的居处，一只蛹回到它的茧
显露出躯体的本来面目
宁静之水，折射出自己的面容
单一，神圣而美好
原来，孤独就是孤独的影子
镜子照不见镜子
除非，它两边通透光明——
我看见了你，一次次季节变换的容颜
在每一个人的脸上，闪耀
而爱情的火花，已经燃烧成灰——
一只蛹，正在抽丝剥茧，化羽重生

最后的余温

在落枕的旁边，放着艾草
入浸梦里，散发幽香
哪怕在漆黑的夜幕，不见万物
却能闻见它的芬芳——
当从眼睛取走视力，舌尖失去味蕾
当昏聩的心，无一丝怜悯和仁慈
当光明已经从黑暗之中抽空殆尽
爱的人啊，让我紧拽你的风袍

在它的腰肢上感触真实细腻的梦境——
我知道，那是时光洒落下，最后的余温

哑 巴

月亮越纯圆，离缺亏越近——
万物撕去虚伪的羽毛，等候新的再生
一滴水融入奶液，水变成奶
一滴奶滴进杯水，仍然是水
伞的外面仍旧是雨，只是挪动了方位
在世界的另外一端，时间矗立着
距离，依然是我等你的机缘——
月，有阴晴圆缺，我，还是原来的那个我吗
憔悴的人儿啊，日思夜想，衣带渐宽
看见镜子里，拈花的那一笑——
而我是哑巴，只会指着星星说话

剪指甲

子夜，万籁俱寂，听不见鸡鸣
打开耳膜，闻不到狗叫
剪指甲，弥补白昼的缺陷，手或者足
它们之间相互提携，同生共患
"咔擦"，剪的金属柄折了
不知道人类的指甲太厚，还是剪太薄易损

换了一把新剪，却钳疼脚趾头的肉息
坏剪，顺手扔进身旁的垃圾桶，想想
又捡起，放回原来的盒子里，入睡——
这时，万物在细密之处，彼此掣肘或依存
唯有文字，是我通向宇宙的密码与隧道

羊皮袄

晒干羊皮袄，铺在炕头，成为一架天桥
黑色的夜里，睡在白色温暖的羊毛上
犹如母亲摇篮的婴儿，摇啊摇——
孤独，有时是密友，有时是一双比翼齐飞的凤凰
在有或者无的至境里，它是呼吸之间的莲花
一匹羊伴随左右，如那固有的温度
在寒冷的夜晚，在冰凉的脊梁生出一团火焰
夜里梦见，飞上天，去做渡河的筏子
羊问我，亲爱，哀悼何故？无以答——
在动与静的风铃背后，遥见，外婆的窗户
一盏灯，越来越清晰，越来越亮

打补丁

早晨穿衣，发现袜子产生一个洞
我把它叫白洞，人体衍生的附属品
而人类脚后跟上的污垢，总洗不净

时常拿搓澡石搓揉，清除，可总留着污根
时间急，再无新袜可换，急中生智
用另外一只破洞袜子
套在这只袜子上，打补丁
而后，冠冕堂皇去参加人间盛宴——
晚上回来，打开电脑，提示插件漏损
赶紧杀毒，而后给电脑系统打补丁
用一个新程序修补完善另外一个旧程序
却把一块漏洞的布，错补在了自己的身体上

解　结

傍晚，买了三斤半盐巴，越拎越沉
回到家，怎么也解不开塑料袋拧成的结界
坐在凳上摸索，终是一个打不开的疙瘩
一时方觉，万物总在每一个拐点，掣肘我
听老人言，不会怪是怪别人，会怪是怪自己——
于是，重新坐下，盘膝卧地，静心参解
"窸窣"，一会儿豁然轻松打开死结
原来，万物的玄机一窍又是那样乖戾——
结，解开了，而肚子却空着
厨房的竹篮里，横躺着半截正在醋睡的苞谷棒
像半段没有写完的诗，等待着下半场续延
"而诗句落入灵魂，就像露水落入牧场……"①

注①巴勃罗·聂鲁达诗句

种牛奶的人

一个人的脑门太尖，刚好能撑起一片天
人说，牛奶和精液一样丰富
就把牛奶种在花盆里，说能长出一只牛犊——
我赶紧回家，发现我的三盒牛奶
被流浪猫撕破，奶水洒落一地，拿抹布擦
发觉，没有一个猫因为喝了牛奶就把牛认作母——
我蹲在地上擦干奶渍，那个把牛奶种花盆里的人
此刻，该用残剩的牛奶美颜或者滴眼治疾
牛奶遍地开花了，与灵魂保持遥远的距离
而我，不知道把它们该种什么地方

照镜子

从小，总爱照镜子，衣冠楚楚，文质彬彬
总顾虑头发像杂草丛生，似青蒿或者荆棘蓬乱
担心脸上有污点，衣服上染垢泥
后来，怕照镜子，越看越不像自己——
一日，指着镜子里的鼻尖，怒发冲冠
颤抖着手指，只喊出"你——你——你"
忽想起，与孙悟空鏖战不分胜负的六耳猕猴
不知道镜子里，哪个是真我，哪个是假我——
闻：汝等能阅周天之事，但不辨周天之物

半山坡

一头牛拉车，拉到半山坡
上也不是，下也不是
一只鸟飞到天尽头，堕也不是，返也不是
太阳在黄昏，升也不是，落也不是
人到暮年，记忆总在不经意间，敲醒
门，开也不是，不开也不是
大雁送来一朵爱慕的云彩
想也不是，不想也不是——
牛，赶紧拉车，用尽洪荒之力
"咣当"，车轴折了
惊诧的山鸟，掠入太空深处，宵遁

遗书篇

多年前的一份遗书，多年后发现
在一本书里，冬眠，又似长着新的翅膀待飞——
是写给自己的，像一份振振有词的情书
是写给春风和秋水的，写给世界和亲人的
给青天白日的，给未来人或某个外星人的——
而未来，需要文字翻译吗，或重新设置程序
再不需要掩藏，不担心风戳伤眼睛
到时候，一切真的事物露出水面

犹如一朵浪花，似芙蓉，鹜立江湖
那时，谁来破译一份地球人的遗言——
那么年青，潇洒，具有青春活力和向往
白纸黑字，像诗透明，冷冷静静，清清白白
纸的背面，婆娑的叶子，一闪一闪

说破嘴

篱笆的影子穿过草原之天穹
一只羊拴在了木桩上，天天吃脚下的草
草吃尽了，它吃泥土
泥土吃尽了，就啃木桩下肚
直到木桩拦腰截断，木桩背在了身上跑
蓝天白云是自由自在飞翔的翅膀
半截木桩跟着羊跨越草原山岗
一只白乌鸦来喝水，说破嘴——
木桩，拴在了羊身上

关　口

山上有座古城，威武雄壮
中间横着一条土尘湮没的古道
风蚀残堡，只有风和野马渡过
夕阳下，裸露的腹肌，射发出光与影的火焰
夜幕里，我走在大地上，寻找关口

街市、马路、人行道、地铁及隧道、门洞
看不见，风牛马不相触及
晚上，一架金凤凰，从身体飞出
在每一个器官与穴位之间
隐藏许多通道，一个个打开，闯关过将

大地之歌

我的鸟儿，一只肩膀飞翔
天空，在它身下画出无数倾斜的线
横跨梦中的千山万水，戈壁与大海
顶着风霜雪雨，穿过枪林弹雨
划破皮肉和翅羽，血深嵌骨髓
不僭越一个字符，不浪费一口气数
将万物刻录进一个预定的光碟上
终有一天，时光从骨胛剔出芯片
左肩和右肩，相互碰撞并彼此亲吻——
一切逝去的终会回到最初的源头
众鸟归来，找不到原来的巢穴
谁，将我从大地撅起，飞跃谷底与巅峰

流沙河

晨曦，东方天地之交的鱼肚线，半红半暗
天空撕开一个口子，混浊的，宏大的
拉开帷幕，距离和拉链纽合一体，沉重
仿佛，从我肉体腹肌揭起一层层皮
河在静静流，时间深埋在河底淌
刷洗万物的皮毛、肉骨和精髓以及细胞原子核——
岸上，蛇正在脱皮，龙正在换骨，鲤鱼正在跳龙门
一农妇提竹篮去打水，将我从流沙河捞起
我赠她一对金鱼，她用鱼骨作耳环和金钗
等太阳升起，她把自己出嫁给西风——
河水啊，让我返回泥泞吧，继续做你的鱼虾

生命线

时光的利刃出鞘，削弱了我骨头里的生命线
想起小时候外婆手中打开的火柴匣
儿童手里拿捏的东西南北纸玩具
拴不住月亮，唯有满天的星星降落下来
圈不住一颗世人的凡心，思古念今，苦思冥想
伫立在屋檐下，瓦楞似一片片翅膀飞起来了——
一阵风刮过，又一阵风，刮跑了我的草帽
它犹如镰刀，锋利的刃，割自己的韭菜

流行之所以是流行，意味很快过去——
我把西屋里的油灯，点燃在东窗的屋檐下
企鹅们像燕子飞向南方，度过没有冬天的季节
一群群，排满电线和杆子，群落成黑鸦鸦的一片
留下牧场，留下牛羊，留下你我及一切事物
一阵风过后，灯没有灭，火在添油续命
窗户上的纸，轻薄地呼呼作响，苍白无力——
没有一只鸟儿飞跃巅峰，正如没有一个人
在冰凉的指尖上给我画上飞机的跑道

熬　鹰

鹰，把夜熬出意志，毅力，把骨头熬成金刚
自损的细胞，伤自己的寿命
或熬出的一碗汤，给饥饿的灵魂充饥
食不果腹，越吃越饿，越喝越渴——
熬鹰，龙潜深潭，兔卧山洞
欲望，无法阻挡捕猎者的陷阱
时间和生命，六个盗贼昼夜窃走
谁将黑夜熬成白昼，白昼熬成黑夜
拔羽自新，敲喙撕爪，新生
以凶猛的骁勇和犀利，骛立风尘

窗 外

世上的风，抚摸着残缺的脊梁
我在风口的山尖依然歌唱
与万物何缘，与人类何求——
既已失去，为何还要痴痴渴求
怎奈明月照沟渠，草儿依旧低微蛰伏
分不清，哪个是你，哪个是我——
一只乌狗刚刚睁开眼睛，窥视万物
玻璃映射出迷迷离离的图案
鳞次栉比的高楼大厦，五颜六色的霓虹灯
透过窗，看见外面的世界很精彩，也很无奈——
发现，自己投在玻璃中的肖像，陌生疏远
而光与影绘出的万物，折射五彩斑斓的人间

问 药

世上没有坏人，也没有好人
只有，在好与坏的交割中趋利避害的人
那天，我寻一个城堡，投医问药
在每一个路口辨识方向，药在哪里——
墙与道交织，界与线纵横
人们走来走去，走进走出
有的擦肩而过，有的轻瞟一眼

飞机火车，有轮的，有翅膀
马匹、骆驼、毛驴，有的匍匐而来
载乘不同，而求医相同——
问了许多人，年老的，年少的
男人中的女人，女人中的男人
人们友善、礼貌，有的指东，有人答西——
事物总在一个树杈上，相互依存，又彼此拿捏
时间、生命、爱情、财富、健康、良知
担心它们连连碰撞摔伤，愿朝夕守护，不离不弃
回家一看，药没有买到
却把自己丢了，不知道，丢哪了

蔷 薇

蔷薇啊，你怎么知道我多么爱你
在爱的世界里，只有你，没有我——
不见一物，如见，就让你的宝剑出鞘
把那凌霄的云朵撕裂粉碎
情愿在炉底熔炼成灰烬——
假如没有春天，百花怎知吐露芬芳
假如大地不把芳草承载，怎能够闻到清香
假如花朵不在春天盛开，我怎迈进你的乐园
机不可失，时不再来，花在盛开也在凋谢
而总在每一次的浴火中，见证升华
你说，让火归火，痛归痛，爱归爱——
我长久守护着人间和那些花鸟鱼虫

直到它们消尽，我还在为它们赞叹
诗人啊诗人，你的天职就是赞美和哭泣
除此，一切都是烟云，这可爱可恨的人间啊

赤兔辞

征战，把眼珠熬成赤色的火球
拘侠肝义胆，誓为天下英雄捐躯殉难
生死之苦，扼住喉咙，那隐隐作痛的
不仅仅是荡气回肠，一头凶兽
猛牙咬住天空，慢慢撕下日月星辰——
来吧，来吧，今夜，亮出战马的三魂七魄
那隐藏浓烈的火焰，光芒万丈，汹涛喷腾
给你，我的赤龙，给我，你的白虎
挥一挥宝剑，雷鸣电闪，马革裹尸，沙场骁勇——
今生，你是我的乘骑，驰骋疆场，飞渡关山
来世，我做你的莲台，碧澈天穹，长风绕旗

美人痣

听，那美妙动人的笛声，鸟在翩跹
沉默的骆驼开始跳舞唱歌
爱恋者的珠宝碎落在镜里
让自己隐藏水仙花的蕊心，沉睡——
谦谦君子，温润如玉，堕入乱石的漩涡

珍珠的光洁闪耀，是因为感动
美人有痣，还要有发现美的一双眼睛
那吐露的气息，如鲲鹏展翅，蛟龙在天
问，除此之外的奇迹，谁得看见——
原来，美，比美人更美

芝麻开门

从小就听芝麻开门的故事
而每当看见一座山或者空门
心里就念"芝麻开门，芝麻开门"——
有些门，从来没有打开，有些门打开了
里面没有奇珍异宝，也无盗贼山寇
每当看见山洞，就呼唤"芝麻开花，芝麻开花"
而大地上开过无数的花，节节高
可它们不认识我，我也不认识它们
我就是那个，孤苦伶仃的孩子
一直在门外，喊着，"芝麻开花，芝麻开花"——
一颗天上的星星，砸在了我的头上
把它捡起来，隐藏心里，当芝麻
不知道，哪扇门终为我打开，飞出一只金色凤凰

飞鸟记

心心相印的燕子在屋檐呢喃细语
卿卿我我的鸳鸯在池塘沉浸月色
相依为命的杜鹃在山花烂漫时离去
凤凰，自从落架再也没有飞起
华丽俊俏的鹦鹉，在被缚的金丝笼学舌
伪装的画眉鸟在旧病初愈后的脸庞上放歌
受伤的总是脚下踩踏的草芥
尊贵的昙花，短暂也受人赞誉
谁是那个坚守初心不改的鸟儿——
一次次，把最善意的谎言留下

万物如花

绝色的蚂蚁，大象从来不屑一顾
倾国倾城的美颜，历来孤傲自赏
多少楼台，在烟雨中飘散
雕栏玉砌人去楼空，望见明月正在升起
一江东流的春水啊，几人留得住——
当天空之城弹奏起高山流水的乐章
当大地上马队在铁蹄下鸣起交响
爱情鸟的火花在骑士的帽檐上闪耀
那遮面的婚纱掩盖不住新娘的蛾眉

明目生辉顾盼，谁是那最有情的君郎
却吟：人生洞悉事皆明，万物如花盛始开

鸢尾花

缤纷的时间长出爱的禾苗
冰冻的河面盛开河莲
光与影糅合的彩釉绘出一朵金花
没有谁可拭擦爱情的眼泪
就让泪水沉浸海洋里，化作珍珠
一份爱，唯有融化万物方永恒
既然相逢是刻骨铭心的痛
就让梦中的鸢尾花刺伤自己
让它疼着醒来，再去安抚人心

外婆的弯月

透过黎明前的云霄，夜色温柔可亲
梦中依稀，听见外婆的水瓶
轻轻叩在地面"玎珰"碰响大地
一串清脆的、银铃般的声音穿透
朦胧中，少年睁开似睡非睡的眼仁
看不清混浊迷离的万物，唯有深邃的海洋
漂浮着，一镰金灿灿的弯月
那一刻，外婆开始辛勤劳作了——

脸庞，像那月牙儿，弯弯的，亮亮的
与弯曲的嘴巴、身躯，浑然吻合——
没有烛光，而她已经穿越闪亮的尘埃

鸡肋传

小时候，家中一年吃不到一两次鸡肉
偶吃一次，父亲按辈分和人数，把熟鸡分八份
肥搭瘦，肉配骨，多匀少，一人一碟
让先年龄最小的妹妹和我，依次挑选
而总是把鸡肋鸡爪之类留给自己食用——
当父亲看着一家人围着饭桌坐满
目光就褪去冷峻，透出淡淡温暖，一脸和祥
他用一把小刀，一点一点剔干净骨头上的碎肉和筋
刀刃如铮铮发亮的镰刀，收割田地的粮食
那一刻，家，其乐融融，其和美美
日子久了，父亲，就成了那个最爱嚼鸡肋骨的人——
如今，鸡肉已经成一道家常便菜
而餐桌上，那个最爱嚼鸡肋的人
像当年的父亲一样，咂着鸡肋和它的骨头
那"咔嚓咔嚓"嚼骨的铿锵声音
震彻儿女们一生的脑门和记忆——
儿孙不知父母难，觉时已是天上人

听雨寄

思念的人啊，梦，萦绕在心间
在梦醒时分，心脯和脉搏万马奔腾
缠绵不尽的箭穿透胸中的千言万语
秋雨纤丝，如凌厉的刀剑乱舞
挑破深更半夜梦的幔帐
醒来，万事万物如故，沉沦与遐想
都是遥不可及的星河、漩涡与冰山——
谁，在撕裂的伤口种上玫瑰，渴盼
孰不忍孤寂时刻，听雨潇湘
触手可及的气息，向隐藏深处的根系渗透

蜜　罐

一匹蚂蚁，因热恋蜜汁浸死在蜜罐
一只飞蛾，追求光明而葬身火海
花儿像鸟儿一样在春天飞翔
没有翅膀，鸟，怎能抵达——
当一缕春风吹过，纵然相思入骨
也无法淋漓倾诉，唯有心心念念——
临近你，污浊的躯体浑化干净
怎堪染溅池塘里的鱼莲和水泊
不敢僭越雷池一步，颤栗栗，惕危危

受伤的蜜蜂，把自己的两只翅膀合而为一
携四条腿，瘸着，一步步，挪向蜜的深处

旋　转

白昼落在秋雨无尽的丝线
飞逝的鸟儿不知归向何处
飘摇的船儿，寻觅永恒之岸
看不见，看不见你的容颜
那逝去的河流，能否返回到它的源头——
寂兮寥兮，谁在那绵绵不绝的风上
刻着万物之母的名字
当时光在运行的轨道上远离而去
明扬和暗藏的事物，都不隐晦
心，围绕息息不休的宇宙，旋转

花儿曲

山上，白牛与黑牛日夜耕耘
两牛抬着杠头，把犁铧扎在性命之海
凌霄花缠绕其间，呼吸与白云融合
骑在牛背上放歌，像非空非色的鸟儿鸣叫
在逆流河的浪花里，化作纯洁的婴儿姹女——
献一首花儿，把心中的爱恋倾诉
一把锋利的宝剑，插在三江源的关口

倒逼着河水啊，登上了莲花山的山顶
乘三朵云，过五道坎，通叠闯关
入在了青天白日、琼浆玉液的泥丸
举一盏金色的河莲，相会在千古一息的瑶池

沉默的羔羊

一颗多情的种子，撒播宇宙的腹野
种上希望，荒芜之地，凌风出尘
耕耘爱情、星星、绿洲、向日葵
渴望人世间一切美好的事物
单纯、清廉、善良、洁净
而那未被装饰的一切，盯着万物的脊梁
在痕疤的口上撒盐，再种上篱笆和墙
而我依旧是那只沉默的羔羊，含情万状
假如你爱我，给我刀，也是玫瑰
没有爱，你送我花篮，也是利刃——
在一把剪刀上，绣出一朵花
在花的骨头里雕刻时光，锋利的牙齿和酒窝
在深深的沉睡里，打造出醒来的莲花
在万般繁华的大千世界里
回答，我爱你的一万个理由

捉迷藏

月亮，疲惫了，钻进云的被窝深埋
像小时候我们做捉迷藏，喊着
"来吧，来寻找我，我在这儿——"
多年后，我找不到你，你寻不到我
其实，我们都不属于谁
麻雀、大雁、狗尾巴草、玉兔、蚂蚁
都觉得存在合理而高雅
小松鼠歌唱虎豹，大公鸡向狐狸求婚
鱼以为，它在撒谎，太阳公公笑了
蚯蚓没有笑，躲藏在泥泞里吃土，攀缘

墙角的鱼

墙角的鱼，为受污染的大海哭泣
鲸类集体沉默，老鹰笑它自作多情
海水说，远处驶来一辆拉风的跑车
发亮的车窗纸阻隔了世界的真相
兔子急急忙忙拔出萝卜，带出许多泥土
坑，还留在原地，面朝苍天
泥土里滋生无数的蜘蛛侠
它们一个一个又长成老虎和狮子
而龟鼋入海底，呼吸绵绵，息息不绝

调　泥

家里的旧宅漏雨，匠人修葺

瓦坏换瓦，墙损修墙，砖破补砖

我传瓦，他在房顶，我在地下

抛砖上房，扔瓦上天，他一一接纳

瓦补在房脊上，堵住漏雨的一个个缝隙

我在桶里调泥，往土里掺水

水多，泥太稀，又添土

土多了，泥太硬，又加水

如此循环，不知道何时，把自己

也搅拌进泥浆里，用绳子拎上去，补裂口——

匠人在高处一面摆弄着瓦刀，一面哼小曲

"鞋儿破，帽儿破，身上的袈裟破……"

我在屋檐下，静心调泥，翻土添水，装着

什么也不曾听见、什么也不曾看见——

唯有此时，才感到，与这个世界，彻底和解

车　票

四十三年前，在城市的十路公交车上

少年弄丢了一张一毛钱的车票

乘务员不认人，只认票，赶他下车——

那个少年在路边的梧桐树下委屈不已

抱着树，哭，也哭醒了身边的一片森林
从那以后，每当乘车，总是把车票攥得很紧——
如今，无人售票，也无人为一张车票忧
时常挤挤公交车，寻找旧时光和青春
也想看看那位少年如今的模样——
一站一站又一站，你下了，我上了
一路一路又一路，你来了，我走了
而那已经远去的世界，渐渐变得温暖可亲

挤牙膏

一群人在餐桌边，围着鲜艳的塑料花
拼命，挤牙膏——
那花比真的还娇艳，贴近刀的侧锋
铺开一条道，卷曲着身子
一点点往前推，直达巅峰——
牙膏挤尽了，黄金筋疲力竭，变成粪土
时间像一尾鱼，从我手中滑落
手指缝，抓不住，一跃而飞
时光的利剑，划破了我的手指
我把伤口衔在嘴里吸吮
而后，在疤痕上涂抹牙膏，治愈
再种出一千样玫瑰，报恩

诗之命

天空之上，还是天空，像一部无字经
一片叶飘落，它的方向是天空
而不是大地，就在秋天的门槛上
一叶叶撒落四方，它们各自书写各自的历史
铭记春夏秋冬的阅历和悲欢离合的脉络
风或者秋色，以及更隐秘的事物
霜或者刀剑，流浪者的梦境，山或者水
诗像天使手中的箭，也如女娲补天剩下的石砾
上可九天揽凌霄，下可入泥慰蝼蚁——
诗是生命与灵魂存在的一种状态
在每一片落叶的背后，刻写信念和梦想

干草堆

夕阳西下，那些静守在田野里的干草
堆出黄昏的残阳，血一般的釉料，映射出的光彩
画家的情绪，折射或者宣泄的光波
模糊的，印象的，朝霞或者烈日之下
光与影的交媾融合，情与理的畅达奔放
莫奈①，莫奈，长白胡须飘逸
半盲的视力，画出看不见的色彩之光
美妙的颜料缠绕你的睡莲，有微风拂动

在黄昏或者黎明，在弓形木桥的下边

湖中钓鱼的女童，坡上撑洋伞的女人在流浪

这一切，都揉合进东方的一首诗当中

干草堆，干草堆，你的梦里有我月光的金黄

注① 奥斯卡·克劳德·莫奈（1840—1926），法国画家，被誉为"印象派领导者"，是印象派代表人物和创始人之一

戒　指

把两枚戒指戴在一个手指上

而后，早上醒来

它不认识我，我不认识它

洒落人间的麻雀

它们吃大地上的谷子

也偷食别人家的麦粟

觊觎，在枝头落了，又飞了

一麻雀祈祷，别让一只乌鸦吃掉

或者保持优雅的吃相

一只蝼蚁祈祷，南飞的大雁

别刺激我看见远方或者广阔天地

一匹蝴蝶祈祷，下一个春天再次遇见花朵

一只狼祈祷，愿吃上天下最鲜嫩的美味——

戒指，伤及无辜的不是金钱

而是金钱背面的交易以及信誓旦旦的诺言

旧毛衣

冬天过了，从衣柜里翻出旧毛衣，晒晒太阳
灌入阳光的养分，也给我的肉体，消消毒
二十多年了，一针一线，穿越漫长的路——
双手拎起，厚厚的毛线，重重的岁月
跌落或升起生死两茫的脚步
举过眼帘，透过密密麻麻的针角和空隙
交织，漏出一道道光线，刺疼我的眼珠——
一件旧毛衣，贮藏记忆，反刍生命磨砺的过往
等我老了，走不动了，耄耋耆耇
穿上它，妄想，有一双手，绾补线头的残缺
躺在轮椅上，慢慢摇，慢慢停，慢慢走

春秋望

红色的记忆或梦，有个婴儿在宇宙旋转
一只鸟雀飞落肩上吻他的耳朵
一只鸽子，每天飞来给他读诗读经
一枚种子埋在胳膊，多愁善感的少年已经长大——
花开了，唯独没有看见那株紫金花再来
只把一朵雪白的莲花，刻在自己的骨头深处
几度春秋，没有伞的孩子已蹚过风风雨雨
朝前眺，黄昏的天空，层层山峦，几点飞燕
往后看，一茕背影，朝向故乡，望天高云淡

静夜思

熄灯之后，夜，仿佛复活成深海
落枕的时候，万物沉入海底，又浮出水面
从耳鼓膜的洞穴，海礁般凸现，阒然无声
静静把头贴在枕上，那一刻，终于降临了——
原来，孤独与睡眠就是一对孪生兄弟
静静的，心安理得的，无拘无束的
一条鱼，归于池塘，跳过龙门，遁入活水
从渔船的肚皮下面，翻到船舱之上，点燃
成了孤月独明时的光亮，照彻万里江河

粘合剂

商店橱窗里，一条牛仔裤，静静等候出阁
那磨破了洞的、撕裂裤筒的，发着月白色的光
像锁在柜子里的爱情，张着红红的唇，待嫁
人有春夏秋冬四个宫，每个宫里四个门
每个门里进去，又有东西南北八道坎
白天，自言自语，寻找，呼喊着自己的乳名
深夜，掏出破损不堪的心，舔伤，修补
对面窗户有人卸妆，重新在皮肤上画眼睛眉毛
时光分泌出白色的液体，成了缝补裂口的粘合剂
饿了，咬一口春宵，听见里面有鸟的声音鸣叫

竞赛富庶，蛇类正在猛烈追逐吞食大象——
我摸摸自己的耳朵，又吃了一口人类的食粮
赶紧合上书入眠，留一半清醒，粘合未来的春梦

启示录

此生，我把自己绑一棵树上
说，让心儿自由吧——
生命被缚捆在自己的时空里，翱翔
恋人走来用唇和牙解开绳索，诚惶诚恐——
爱，还是捆上我吧，我不习惯放任自流
其实，束缚与被束缚都属于你——
自由就是一把伞，一开一合
有的人从来没有打开
有的人打开没有合上
有的人，合上就再也没有打开——
对于鸟儿来说，重要的是翅膀
而不是脚下欲断的树枝

红豆谣

大地缠绵，日月缱绻，只为君采撷
葳蕤根枝，浸染骨头里的血
以百年的誓言，赤胆忠心
将粉红色的花蕊燃烧成云缨

天地之间有你，有我，不偏不移

俯仰日月星辰大海，在每一个时光

不负青山不负卿，只与万物同患生——

我会找到你，在不经意间或刹那

在飞的气球上的山脉，在泡沫的七彩光芒

仰望琼楼玉宇，怀抱阴阳乾坤

在每一个机缘，与你相逢青山绿水之间

曼陀罗

我有两只鸟，金丝鸟

一个在殿堂，一个在流浪

一时在云霄，一时在风尘

半夜，听见柏拉图在岸边喊"人类，人类"——

时间停滞了，鸟儿的羽毛撒落天空

那醉如美人的翡翠，碎了依旧很美

一地的残片，锋利，棱角分明

我把它们装进一只无分别心的木箱，打磨包裹

邮寄给大地及宇宙，传述人间故事

深夜，跟着荣格①老人画曼陀罗

他绘一张宇宙之窗，我画他的星星

然后画两只鸟，用同一双翅膀飞翔

再画一张画，让它回归到它最初的圆满

注：①荣格（1875—1961），瑞士心理学家和精神分析医师，"分析心理学"学派的创始人。

一滴血

羊群在山上游动，羊羔跟随母羊撒欢
天上跑的有火车，疾速、凶猛行驶
架在桥梁之上，模型也有轰鸣的巨音
鸟儿惊诧，从一片树林到另外一片，飞渡
有人骑着毛驴，夜以继日，追赶火车——
这时，我折了一颗红豆，北方的烈日
它的刺，扎伤我的手指，渗出一滴血
血色比红豆还红，赶紧把手指含在嘴里，吸吮
在一滴血里看见火海，海的火，熊熊燃烧
以烈火的激情灼透肉身凡胎的污垢
嚼碎牙，咽肚子，眼泪向内流，奔向它的血管

老鞋子

一包旧麻纸层层叠叠包裹，皱皱巴巴
年年掏出晒晒太阳，左一只，右一只
像一对相濡以沫的老人，也如久经沙场的弟兄
每次搬家每次欲舍，到头来依旧在衣柜压底
不知道此生珍惜了些什么，什么又被狠狠舍弃
一双旧皮鞋，存来扔去，吝也是它，啬也是它
每一次端详，擦擦上面的尘埃，决心舍离
直到今日翻出，孑然伶仃，独剩一只——

它像一坐孤山，山中有烟火，山下有人间
深夜，谛听它踏过的路，跌跌撞撞，远赴未来

水泥地

高塔脚手架上施工者，悬吊劳作
空中漂浮的黄色安全帽，离天空最近
凌晨街头清洁工的扫帚，离黎明最近
朝夕巡防战士的脚印，离大地最近
穿梭街头楼道电梯快递小哥的步伐，离人间最近
上了一夜班的司机、保安的眼睛，离瞌睡最近
电缆线杆上带电作业工人的眼珠，离光明最近
搅拌机，钢筋圈，背水泥袋的小伙
被水泥灰粘住的眼睫毛，离光线最近
我满世界藏着掖着无处表白的爱，离你最近——
凝望沉重的水泥袋，我重新踩了踩脚下的水泥地
才感到，它，那么亲切，又那么坚硬

画　墙

在一堵墙上看见一面窗户
与一扇窗户里看到十万堵墙一样吗——
睁开眼睛就看见早晨的曦阳清澈照射进来
阳光、空气、绿叶、瓷器、玻璃瓶
它们和诗一样透明，承载万物，又被万物包容

大地之上，雄狮、羚羊、麋鹿及山雀
它们那样威严却又高贵，我在墙上画它们的眼睛
谁的头发蓬松卷起，似飞起的瀑布
衣裙，盛开着朦朦胧胧点点朵朵的睡莲
混沌的视力，刚好看清楚河莲的姿势和神态
我是你的手指，你是我的画笔——
让我们一起在一百万堵墙上图画
只到墙化成泥，泥归于土，土归于山

手指间

山林里，折来一朵蘑菇，都说蘑菇有毒
让我扔掉，我举着它在大地轮回奔跑
最后，蘑菇遗弃在路边，它注视我哭泣——
去小溪边洗手，洗左手，洗右手
洗脑门、眼睛、胳膊，洗罢，才知道
忘记了洗人类的手指间——
大地上，我一直寻找两海相聚的地方
从南到北，从东到西，弃绝万事万物
而大海边，只见风浪，不见海——
有只带翅膀的鱼儿飞出来，在手指间啄三下
顿时，我变成一只精卫鸟，去填海
击起层层浪花，咆哮，"我是海，海是我——"

杏花村

隆冬，我给树根围上雪，滋润大地的梦
一次次，我用孱弱的手，拍打粗壮的躯干
抚摸幼嫩的枝条，别让冬眠错过最好的蕴藏时机
我相信，来年这里肯定是春天萌芽的地方——
三月，我给树一次次浇灌水
渴望它们的枝干，像心中的诗，一首首吐蕾
相信这里一定是春天出发的丹田——
当满天的花啊，像星星长满枝丫
每一棵树，粉成一簇锦绣香囊，妖娆庄严
我就是那个千年前遥指杏花村的牧童
趁酒醉未醒，在老牛的脊背上吹响竹笛——
春天，每一片花瓣都承载果实的使命
每一个使命都在春天召唤信念和力量——
树下，筑建一座粉红色的人间乐园
飘落的花雨，如追逐繁星的孩子
与星球一起飞翔，寻梦宇宙，及至永恒

腼腆的羔羊

乡村，我在农家的羊圈里数羊
一只两只三只四只，墙角还躲藏一只
临近篱笆，五只羊，它们逃离我而去

我急呼唤，"来吧，回来，羊啊——"
一只惊恐回眸，一只闪藏背后窥视
一只漠然，一只投来冰冷的尾巴
它们看我肯定是猎人或者黑熊
唯有一只回头，轻轻踱步亲临我身旁
我，扶摇它蟠龙似弯曲的羊角
婆娑的目光，深情纯净，如电击穿我的灵魂——
它，看我，肯定也是一只腼腆的羔羊

射手的眼睛

——致豪尔赫·路易斯·博尔赫斯

春天，读着你和你的诗，从少年的黑发
到暮年的白须，证实，你曾经年青也曾老去
那些钢制的青春，诗的象征与深邃，都是你的寓意
你的头发和胡须，是用来做夏天白头翁的一支笔吗
藏而不露，在天空与大海的岩石及浪花间闪耀
秋天，诗无定法，我把一首短诗，拴在燕子的尾巴上
华丽的鹦鹉，在名利的漩涡里学舌，摇身一变
攀缘在高高的枝头，做摄像机前的豪华礼盒
冬天，草芥之中，我如举目无亲的蝙蝠，躲避一切
像枪炮和子弹躲过射手的眼睛和良知——
猛然之间，诗句如剑似斧，从空中劈了下来
字字如刀刃戳心，句句似风墙惊雷
你说，从死亡中看到梦境，在日落中看到痛苦的黄金
博尔赫斯，你这个老朽啊，偏偏又道破玄机——
诗歌，它不朽又贫穷，就像那黎明和日落

月亮河

在河边散步，月亮从河里猛然跳出来

一群孩子抢，有的做铁环

有的镶嵌玩具，有的戴在项上

岸上，有一对夫妻拆开自行车的轮圈

一人推一半，各自走各自的路

月亮成了他们想修复的轮胎

人这一辈子，蹚过无数河、人流和风霜

没有人认得，谁是这条河的一戮木鱼

深夜，总被摇摇晃晃的心脏弄醒

月亮，依旧悬挂在半虚空，装得若无其事

而它的河已经悄悄飞过千山万壑——

邂　逅

夜色浓重，一只蚂蚁邂逅了另外一只

树上的风，摇晃两片叶子，相互碰撞

一滴露珠，跌入一池水，泛起层层涟漪

田地里，悬挂的一吊辣椒，缠绕它的另一半

大海里两条鱼的唇，正在接吻

花蕊间，雄壮的蜜蜂正在传粉授精

无数银河星海，按照自己的轨道，翩翩起舞

地球正在以每秒高速度奔向宇宙深处，永不回头

渺小的我，何处邂逅一颗星星，深深拥抱
在那一刻，我们耳鬓厮磨中，窃窃私语——
唯有相爱的人，在万物中看见万物

母亲的花坛

母亲，我把那些麦穗都刈割进冬天的仓库
那些零零碎碎的红尘事物，都与秋天的树叶、种子
扫入菜地，任其腐烂、生长、繁衍
我把迎春树移在墙角，不再遮挡人间视线
青青翠竹影将一览无余，让目光看得通透、清澈
落叶是一份份信笺，寄给天上的花园
用树木花草营造一个宫殿，形如鸟巢，待飞
从一桩树上剪落一片叶子
从一片叶子的背面刷洗掉一切记忆
在人间，当春夏秋冬不惧喜忧哀愁
我哪里去鉴别乐园的幸福和长久，母亲啊
大地欣欣向荣，繁华似锦，天堂就在脚下——

土房子

割舍不了世上的一间土房子
它上面的土和木，还有旧瓦楞及苔藓冰草
在这之前，人们居住过石块垒起的屋
以至于它们之前的树林、窑洞、山顶

在那里，人类很忠实，爱情或其他事物
故，我舍弃不了一切，历史和未来，爱或者恨
昨夜梦见众生，在我肩上踏来踩去
我把四肢、胸膛、怀抱都依次打开
在痛楚和治愈中茁壮成长——
时光分分秒秒流走，匆匆忙忙，来来去去
在泥土的芬芳，闻见生命蕴藏的气息
身隐陋室，星河旋转，日月飞渡，地久天长

两条河

这是一条黄黄的河，种满向日葵的羽灵
我把手伸进它的腋窝，收回时手掌绽开河莲
此刻，它特别温良，像一匹母马
我捋着它的马鬃，有钢铁一般的龙鳞
捋着捋着，不知为何淌这么多眼泪，淹满河岸——
我有一条长长的河，朝阳里去看
太阳就住在它的浪窝，每天东升西落
我把身体浸泡在它的肚腹里，游动
游着游着，有这么多诗和浪花一起欢歌笑语
站在岸边诚惶诚恐，一双脚无法同时踏入两条河
夜里，梦见两条河亲吻我，相互融化

时间之花

夜半，睡眠是一匹走走停停的马车
而马夫是醒了又睡的骆驼或者飞燕
梦见，有人在匀速运动的火车上做实验
落下石头，自由落体，一个人在路边观察手表
一个人在火车的窗口倒计时间
这时，一只乌鸦掠过天空，划出一条弧线
爱因斯坦说，时间如抛物线弯曲，延长或缩小
此刻，窗外秋雨打在万物上，淅淅沥沥作响
不知道我相对于时光，是狭义，还是广义
也不知道吸引力法则将我吸引到何处归落——
此时，地球、太阳、月亮正在各自的轨道上行驶
一对量子相互纠缠，围绕，向宇宙深处奔驰
而九大星球的轨迹线，绘制出莲花状时间之花

猫远去

一切事物正在远去，猫远去，人远去
你远去，我远去，日月轮转，天荒地老
天地之物，人之初，万物的起始和终结
它们远去，悄然无声，仿佛从来没有来过
事物流走了，从万物的眼皮下面，从心的沟壑
从一切仁义道德上，从名与利的跷跷板上

从爱情的火花直至灰烬的绝望上——
猫远去了，而它的笼还留在人间
那余温，足够使我度过余生和每一个险关
一些事物正在下降，一些事物正在升腾
一些事物裹挟一些事物朝天涯奔去

苹果香

黄昏之后，子夜之前，晚餐
吃一颗苹果，暗红色，葡萄酒的味道
没有等细嚼慢咽，一颗果子消失手中
只剩下一些碎皮和蒂芭
吐出几粒籽仁，坚硬的，在手心捏得发烫
黑色的，比夜晚还黑的籽，孕育树的希望——
暮年，想一颗苹果，把它放在枕边
观它的色，想它的形，在夜半孤寂之时
一缕清香沁人心脾，把梦濡染得芬芳馥郁
它是大雁的孤鸣，是落日的璀璨
也是红红火火的朝阳，伴着未尽的道路奔流

　人间
　　吃辑

野鹊窝

花花的裙裾黑白相间，甩在身尾，用嘴梳理羽毛
像小时候妈妈给姐姐拼凑的花布裙子——
野鹊的家，高高的，最具有仪式感的那棵树杈上
从小想，它们是怎么搬到那棵最高的树杈
嘴里抬来枝条，编来织去，一面盘窝，一面欢唱
总是欢天喜地，我，渴望自己长大做只野鹊
给人间报喜，把窝建在离人类最近的那棵树杈上——
而那时候，总饿着肚子，蹲在树下，咽口水
瞌睡，双手托住下巴，把胳膊肘叠加在膝盖上
抬头望天空，想，啥时候我有个家，像野鹊窝那样
高扬的，庄严的，自由自在，飞来飞去

无底洞

一只右手，醒的时候拿笔画图
破碎的，杂乱的，不堪的草，画成圆圈
挽枕臂，睡着的时候，拿刀写诗
却戳疼了自己，蟹的利爪
穿透柔暖的手掌，伤口是无底洞
洞穴里藏着无底船，漂浮在其上
拿它举过头顶的天空，看洞口耀眼的光——
白天，我把时间打磨成舟，沉浮
夜里，我是长着翅膀的鱼，翱翔

羊蹄谣

冬夜，眼睛长在羊毛混纺围巾上
四周都是陌路人，世界这么大又那么小
满是熟悉的面孔和背影，唯独没有一个人认识
夜市小吃摊，鹭在小小的木凳上
婉如一只饥饿的麻雀藏进草丛里觅食
低眉看，人类的脚步在眼底匆匆穿梭
两根烤羊蹄，一碗糊辣清汤
一顿晚餐，被撕开的筋骨，轻嚼细咽
比一匹白狼啃的还干净，无遗痕
回家的路上，挤在喧闹的人海，行走
渗出一身冷汗，想想自己和人类
既想当善人，还想吃骨头——
半夜，羊蹄踢疼了我的脑颅、心肠

键盘侠

每天敲打键盘，拇指外翻，充当键盘侠
磨破漆黑的魅影，而手指很干净
离数据信息最近，离心灵世界很远
眼球的结膜炎发红，盯着屏幕上的字符图文
霞光从眼珠里射出来，映红自己的天空
每天，人类向电脑手机屏幕低首，苦敲或疯刷

二进制 0 和 1 的密码锁在了量子的钥匙上
AI 人工智能、算法、机器人、VR 元宇宙，层出不穷
阿尔法狗大战围棋手、阿尔法元战胜阿尔法狗——
我介于万物之间，与代码互纡，与事物纠缠
键盘，就是我与这个世界最亲密的纽带
而取代我的，最终，不知道是哪一台机器

开山斧

小时候，总认为，人，长大后会飞
像年画里的八仙过海，凌空翻跹，各显其能
也如壁画上美妙绝伦的天仙，披星戴月
天女散花，反弹琵琶，驾云抛袖，无羽而升
仰慕那英武的杨二郎，天狗和他手攥的开山斧
更着迷他的眉心眼，那闪烁的不仅仅是功夫
还有第三只眼睛深藏透视辨识万物的智慧和定力——
想跟哮天犬练武，向猴哥学翻跟头七十二变化
身体背着树枝叶，绑一块布，当翅膀
从麦垛上跳下，或从更高的城墙而跃——
飞天多年，终也没有飞起来，仍旧在大地沉浮
如今，骨头已老，磨剪子戗菜刀，开山辟路

搬砖记

清晨，我乘一架拖拉机去拉砖

砖厂静悄悄，只留一人一狗守家护院

抬眼望，有无数的砖，有色的，无色的

像一座座凸凹的山，也像小时候做迷藏的麦垛

守门人是哑巴，与他指手画脚，讨价还价

而后，我把一堆砖，一趟趟，向车上搬——

狗，咬个不停，辨识我是买砖人

才停止叫嚣，装着若无其事，原地打转

尾巴尖摇摆，画出最圆、最大的圈——

双手搬着砖，仿佛把一块块文字

在岩石悬壁撬动而出，再安置在大地

从这座山挖掘，搬运到另外一座山——

夜里，心脏绞痛，一手刺压着胸口

一手用文字堆砌出一行行人类的城墙或者符号

仿佛一首首诗句被我从肉体抠下，撕心裂肺——

唯有此时，才感到文字的重量、语言的尊贵

写一首诗，比上一次刀山、下一次火海还艰辛

搜肠刮肚一句诗，好比自己剥自己的九层皮

在烈日岩石上爆晒，用锯齿的皮鞭，鞭笞——

肉体生一次，灵魂死十次，而灵魂死十次，肉体生百次

半夜，从山摇地动的梦中醒来，看见万物触手可及

伸出搬过砖的十个手指端详，触摸它们粗糙的皮肤

亲吻时光，洒在手心中，那金光灿灿的仁爱

过天桥

路过天桥，台阶下面的商品橱窗里
一只白色网鞋，孤寂、羞怯地瞭了我一眼
我缓缓踱过去，停泊在它面前
像小时候，渴望一块蛋糕那样凝视它
也像初恋，永远搁浅在梦想的暗礁之上——
隔着玻璃，隔着肚皮，隔着来来往往喘息的人流
我像路过天空的一朵云彩，作短暂停留
不知道，它为何独有一只，如我一样形单影只
也不知，另外一只鞋，现在哪里流浪——
低头思量，不知不觉在人海里行将走远，蓦然
将散乱的目光，投向两侧的黄金首饰店的门窗上
才发觉，人世间，万物都在疾速飞涨
此刻，真想掘出那只鞋，像宇宙飞船发射，一气冲天

我把伤疤画成眼睛

用黑色的墨汁，把一个个伤疤画成眼睛
让我的身体诞生穿透世间的视力
用彩笔画出眼珠，勾勒出未来景色
让新生的目光，透视身体内部的光明
在深深的云层背面，期待拨云见日的时刻——
每一道伤疤都是故事，每一滴鲜血化作诗句

将不幸转化为力量，让伤痕成为我们的徽章
每一次刺痛，都是人生成长之后的蒂落
一次次的磨砺，融入生命丰厚的肌体
亲爱的人啊，不要畏惧，它会让我们变得更加坚定
成为一颗颗闪耀的星星，在遥远的夜空，璀璨

忐忑

谷雨，满树的叶子绿了，唯独我还没有发芽
立夏，早凉晚热，我在中间忐忑——
黄昏，我把一块荒芜之地，用拱形的铁锨翻三遍
又用一把陈旧的、三方四正的铁铲平整三次
再用双手捏碎一个个土块，像打破一个个心结
把它们重新投入大地，回归泥土
撒上白菜、芹菜、菠菜，点上一粒粒萝卜籽
蹲在土地的旁边仔细端详，像一头黄牛
端详自己身上的毛孔，一丝不苟
也像一位母亲凝望自己婴儿的脸庞和呼吸
看了很久，想了很长，最后给它们
苫上一块一块五颜六色的塑料布
好像给大地，錾上一块块透明的纳衣

蘑菇云

秋天，山上的风都裂开了花
已逝多年的外婆拿笤帚，扫炕席上的灰尘
绵软的手，烫烫的，摸着我的额头
那一瞬，感到存在的我，与万物同源同根——
如今，世界丛林，盛行琳琅满目的蘑菇云
只见树木不见森林，只见泡沫不见大海
眼睛长在眉毛上，看不见月亮星辰璀璨
人寻不到万物，万物找不到人
舍弃冷漠的世界，唯有在深邃的洞穴
抽丝剥茧，洞幽烛微，脱化革新——
人人身上一块肉，乾坤世界在里边
本自一体而分崩离析，一处罹难之时，万箭穿心
芸芸众生痛不痛，不知晓
但，那个最先疼的人，一定是我

洋芋开花

从小到老，空腹食，晚餐吃，土豆
你都是我的小娘子，柔顺可口
不伤我，不畏我，不拒我，亲亲唤你"马铃薯"——
山岗上，天地间，你淡蓝色的花，悄然簇放
在春夏之交，暗生银色的光芒

犹如远道而来的善男信女，在春山上过夜
夜，还是那样纯净，空明澄澈
污水蚀了，而花依旧干干净净——
一生，坦然质朴，任其烹饪和摆布
炒、蒸、煮、炸、烤，或捣成泥丸
拉成又细又长的粉丝，咬不断坚韧而绵长的信念
那尽情的、恣意的、奔放的，有血有肉的气节
在每一颗深深的眼窝里收藏进爱与火的期望——
冬之风，吹绿了你，发出白嫩的芽，人说具毒
把你重新埋在地底下与泥土交媾，繁育
那正是你，怀春，不可逆转、必定的妊娠
听，一群云雀飞跃山谷江河，悄悄传述——
满山遍野层层田，洋芋开花赛牡丹
不与百花争娇艳，只留硕果在人间

呻　吟

与一位乞丐交言，爱，就藏在他手捧的碗底
而他赠予我一条通往罗马的捷径
向一位头发蓬松痴癫妇女发出一个浅浅的笑意
爱，就在她褴褛遮盖下的纯净眼底里深藏
她解析我春天为何盛开花朵的秘密
与一位聋哑残疾男子用哑语指手画脚，谈天说地
爱，就在他身旁堆积衣物上的一枚纽扣里闪耀
他把同频共振、万物同源的道理破解
搀扶一位盲老人走过车水马龙的斑马线

爱，就在他拄着的木棍拐杖两端，呻吟
他以失明的双目晓谕我黑色的眼珠怎样寻求光明
冬天，以宽厚的手掌捂热幼小孤儿冰凉的脚心
她小酒窝传递而来的微笑是世上最美的花朵

荔枝核

谁从南方寄给北方，岭南的鲜荔枝———
不见一日千里乘骑，却已飞渡南北
我手提荔枝匣，如拎着初春乍暖还寒的燕子
提着自己的三魂七魄，小心翼翼行走江湖
荔枝，睡在盒里，躺在冰层的中间
绯红的脸，翠绿的叶，喷发烈酒的气息
那暗红的，玫红的，红得发紫的脸庞
舍不得剥开，当在手指尖剥离皮壳
晶莹的，半透明，粉白色的肉
包裹着乌黑的核仁，龙的眼珠，深藏不露
像一首诗，总把欲表达的内核，层层嵌入最深处

剪羊毛

那墙上挂着的毡、毛毯和太阳
小时候玩耍过的铁环和陀螺、毽子
那世上最完美的石头剪刀布
以及石头与石头中间的野草

都遗弃在时光的背面，陌生、冰凉

那些唱过的歌、爱情的火花

以及往事与少男少女的忧郁

都圈在那堆毛线团里，剪不断，理还乱——

无力相互拆开，本来就是整体

苍蝇和褡裢一起飞上天空，把自己当大雁

晚上，我把一只脚从氆氇取出来

仿佛抽出灵魂驾着皮囊往前赶路——

才知道，写一首诗，与不写，其实一样坚定

最终，让风把一根羊毛吹成一块干肉，挂墙上晒

人间训

初春，伴随着冗长的杂梦，浪潮之巅涌来

拖拉机犁开我和大地，我与诗追在后面跑

铧尖翻起泥土的口子，遍地白花花的土豆和银两

我把"鹅"喊成"饿"，在风中咆哮

"饿，饿，饿，曲项向天歌——"

仿佛，人类都在饥饿，越吃越饿，越喝越渴——

跑啊跑，满眼是翠绿色的海子，海藻丝弥漫滋长

缠绕万物的脚髁和手指，追赶开耕之后的时光

捡起满满的箩筐，天空开着银色的花瓣

万物与我在水波中游泳，搏击，沉浮不定

那蓝盈盈的草丛世界，飞起来又落下

犹如股市里的行情曲线，涨了又跌

亦如飞行器的螺旋桨，下降上升

然后，我走了，不再回来，诀别之时
三更醒来，读《淮南子》，才知道，人间训——
天下人有三危，而我只知道病体有三高症
训言：知之、守之、戒之，律之

缝纫机

一台旧缝纫机，蜜蜂牌，飞越多少时代
累了，困了，老了，躲在时光的角落沉思
母亲踏过，父亲踩过，那些裁裁剪剪缝缝补补的日子
成了儿女们斑驳陆离的记忆，隐藏心头的城南旧事——
如今，缝纫机无处安放，弃之不忍，留之无用
闲置多年，遗忘尘埃，默默无语
满目灰尘，静卧在家的一个旮旯儿，布遮——
今扫房间，打开缝纫机头仔细解析它的功用
却不知道，如今再用它缝补什么呢——
试一试，踩脚踏板，刚一动，机牙咬破了我的手指
拿创可贴包扎伤口，回头看见，昏暗的煤油灯下
父母拉着家常，身体围绕缝纫机，你踏我剪，其乐融融
轮子和皮带"橐橐"转响，转动岁月，离家事越来越近

天空辞

不知道天空里藏有什么，从少到老，呆呆望天空——
小时候，跟着老师读课文，"天空的天，天空的空"
不愿把它们分开念，一直喊"天——空、天——空"
后来，凝视天空，怕坠落虚空，堕入九霄
头朝下，倒长，脚踩着云彩走
像仙人掌埋在沙漠里，长出无数的脑袋
那时候，总认为云朵是天空的绵羊，雨是云朵的泪滴
粮食是从天空降落下的种子，一张张蒲公英的伞，四处漂泊
总认为天下就是一家，不分彼此，不争你我——
天下之道，即是种瓜得瓜，种豆得豆
直到有一天，我路过天空最美丽的彩虹
变成一只蝴蝶飞来飞去，去寻找天空
再也找不见，才知道，天空无天，天空无空
就拿只彩笔在天幕绘出飞机的跑道及宇宙飞船的翅膀——
天空说，欲得其心须躬行，世间万般皆不易

小蝌蚪找妈妈

妈妈，家有暖暖的阳光，空气和羊水
有银河，繁星闪烁，月光荡漾
那是宇宙最初的样子，妈妈，家就在那儿——
泥巴、草木和胎盘，没有坚硬的钢铁坚石

有一湾池水，清澈见底，蝌蚪在宫殿漫游
一群孩子正在寻找自己的妈妈——
而后，青蛙在隐秘的水草打捞月亮，擦亮星星
翻开层层天空，生满绚丽的鲜花和永恒的安宁
在那里，薰衣草，散发麝香味道，召唤久别的游子

西山坡

睡高坡，土为安，头枕西北高原太子山
一双赤脚，浸濡大夏河奔流不息的浪花
右一转头，是草原边关，牛羊漫卷，云烟成雨
左一转眼，河州的月光正在悄然升腾，起性动念
朝西的脸，望见雪白的星星朵朵，日夜穿梭
宇宙之下，繁花似锦，万物之上，银河闪烁——
日出东方，大西洋之西，在世界的屋脊之地
每天，地球刚转过身子，看见第一缕阳光照射
一匹玉色蝴蝶正在头顶飞旋，山鸟咕咕啁啾——
青青草，嗷嗷羊，采菊篱，悠悠心
北山坡，君之家，西山坡，我之宿

归去来兮

夜深了，月亮的马车业已劳顿，让我歇息吧
顺着万物呼吸吐纳的通道，顺延
抵达宁静致远的世界，遨游太空——

人间，原来也这般美好，从源头到归落
爱，源源不断，又返回自身的经络根系
而后，在花海中，白天是蝴蝶，夜晚做蜜蜂
我的世界，诗，是通向它的桥梁或船舱——
愿它成为干干净净的泥土，凿文藏花，借字喻义
归去来兮，洗净人间踩过的每一片叶子
瑕瑜互见，缀成书册，歌以咏志——

一张纸

一张纸，白色的，薄薄的，就这么柔软
就一页，足够把我包裹起来
连同万事万物，比如火，比如水
而后，而后，交给金，交给土，交给狂风暴雨吧——
在人间，眼泪和欢喜一样珍惜，把我封包给你
再不需要什么，不要，一切不要
我在纸上缀一朵花，绘满诗情画意
一片纸，是我的通道，也是阻隔
当纸破了，风的声音就会完全漏进来
"呼呼——"从我肉体穿过，"哗哗——"
像风儿漫步它的树林，自由自在，飞啊飞
再穿透我的骶骨，从一切穴位和经络的空隙
听，河在奔腾，马在飞驰，我依旧在慌张迟疑的路上——
举一张柔弱的白纸，足以照耀我的一生

倒　影

清晨，我在森林跋涉，朝雾之潮，浮现

一只绚丽的鸟，把鸡毛插在自己身上当凤凰

猴子正在掰苞谷，兔子吃着窝边草

一群狐狸和老虎在一个窝里筹划未来

有人拿着砍柴刀，戕自己的脚趾

一位老婆婆在岸上，将铁棒磨成绣针

一个乞丐捧着金碗沿道乞讨，有人渴死在河边

那人在火中烤自己的财富，吞噬火焰的快感——

地球的一端，战火纷飞，尸体遍野

幸存的孩子嚼着草根，脸上布满惊恐，嚎啕

下一秒，不知道炮弹又炸谁头上——

在深深的山中，遇见行善者，讲布施的正义

在高高的门庭，养尊处优的额头闪耀黄金包裹的光

走着走着，在江湖里，看见万物和自己的倒影，浑浊不清

香风辞

太阳下山了，余晖依旧照着大地

星辰变成大海，明月如舟似犁，开天辟地

玫瑰远去了，手，还留着余香

烛台隐藏了，而它的光依旧行走

香炉的红光在黑夜跳跃，画出动与静的翅膀

万物用一点红心演化浩渺宇宙的图案

光，化成了纯净的白灰，而味道依然飘逸——

你让我留下，留在一片雪花的纯净里

一枝梨花带雨的粉白中，穿透冬天梅花殷红的魂

在每一个黎明来临之际，天地万物都在赞颂

思与恋紧紧融化一起，分不清，是你还是我

渺小的我，微不足道，冥渣中的一粒泥丸

似鹅毛笔，如一弯月，可绘万物，可抵烟尘

风，刮过山岗，牛羊反刍青青的草色

香，缕缕扑鼻而来，光明沿着它的方向升起

舍　弃

假如时光不再来，我找不到你和万物

那就点亮心中的太阳吧，发光，发热

哪怕世界和人间都舍弃了我

也能感受到目光所及皆是你

天地之大，无处躲藏我的眼神

在无穷大里看见无穷小，在无穷小里发现无穷大

细密之处，一朵花正在脱胎换骨

亲爱的人啊，你灿如枫叶，染红满山遍野的树林

谁，悄悄告诉风儿，让爱打湿我的春天

河之西

当血管灌满了风沙，河西啊河西——
我走不出你的八千里路云和月
穿过祁连山脉的雪和天
月亮，噙着一滴泪花
我不敢和月牙一起流泪
怕它的泪流干，再找不到你的月泉
河西啊河西，我的河之西——
列车的巨轮冲破了一切阻隔
我在飞机的翅膀上舞蹈
祖辈们的足迹，驼铃声声淹没——
如今，我超越你的日影和云彩
一步步，把自己的生命融化进你的皑皑雪线
与山长存，与河相濡，与风共啸

胭脂马

赤红的火焰，熊熊燃烧
点亮时间之光飞扬的尘土
征程航线，天马的梦
是太阳蓬勃的欲望和激情
血色宝马啊，排山倒海的气势
亦如冰川迸裂时的呐喊

席卷八荒，震撼宇域，摄人心魂——
何以解忧？唯有从尘埃的花
看见世间万物背后，你的笑颜

脚　步

——八坊十三巷①

曲径幽巷，壁影雕栏，楼阁瓦舍
梨花的白，杏花的粉，华灯椽檐
丁香的淡，紫藤的浓，牡丹绝胜在枝头
一盏盖碗茶，映照影影绰绰来来往往的过客
唐时的丝，宋元的茶，明清的脚户商队歇一歇
牧童遥指的客栈，丝绸古道的驿站
城中的村，村中的城，一弯明月照九霄
红水河，小桥水，恰是少年的梦境在浮游
楚楚影，倩倩盼，飘过黛眉低垂的眼帘
悠悠燕，翩翩雀，踟蹰的游子在呢喃
雨丝长，花伞低，匆匆是灯影里的脚步在流连
青砖瓦，白石桥，绵长的乡愁在缠绵——
蓦回首，灯火处，那人在大旮巷寻梦
问归处，花与根同深，人与时共老

注①八坊十三巷，位于甘肃省临夏市城南，占地41万平方米，国家AAAA
级旅游景区

河州味道（组诗）

一道菜，就是一条思乡归途

——题记

河州瓟茄

丝绸路上的香风

吹拂河西祁连山脉的长廊

西部旱码头的云烟

飘来茶马古道的乡味

青绿的瓟子，紫色的茄

油炸的茄儿多温柔

鲜嫩的羊肉

焖炖的佳肴

似一幅江山秀美图——

夹一口爽心的瓟茄

游子，无论阔别多远多久

故乡就浮现眼前

一盆菜，一碗汤

脍炙舌尖上的记忆

当瓟子相遇青茄

似高山流水鸣奏

弹响胡笳十八拍的筝律乡音

萦绕在长亭外、古道边的漓水岸边

君知否，曾听传——

不尝瓠茄，未到河州
羹汤里弥久淳厚的乡恋
一道菜，就是一条思乡归途

河州丸子

苜蓿、洋芋、白菜、萝卜
小时候，母亲手中的陷料
勾芡着豆粉，搅拌着葱花儿，清香
总在她勤快灵巧的手掌心
揉出一个个圆圆的团儿
蒸焖炸炖，既能充饥，又是希望
艰难的岁月，支撑着一个大家庭
丸子，团聚着一家人的精神——
长大后，逢年过节
鲜嫩的牛肉摆上剁板
双手轮换菜刀迅速交错剁碎
再拌上豆腐一起搅匀
花椒胡椒姜沫细心调和
手心团出一颗颗沉甸甸的期盼
团成心愿，圆来梦想——
轻轻在豆粉鸡蛋羹里一糊
"滋溜"，丸子放在滚烫的油锅
"哗啦"，在油锅里翻滚
轻柔地用笊篱上下搅动
再从热油中捞漉
一颗颗金黄璀璨的果实
跃跃而出，酥脆香嫩

顿时，满屋飘香——

勾兑牛肉鸡肉汤汁煲炖

出锅，盛在盘子或者汤碗

配上青白的葱苗、翠绿的蒜苗

红的辣椒丝，绿的芫荽

未到唇齿间，天香入沁脾——

日子是揉揉搓搓的岁月

岁月是离离合合的年轮

即使远行天涯，回望，母亲总伫立在门前

翘盼儿女来来去去的身影——

回家，品尝一颗家乡的丸子

心，早已回到母亲暖暖的人间

河州搅团

"油泼蒜，打搅团

香香辣辣，吃一碗——"

"若要搅团好，三百六十搅"

童年，母亲系着围裙

忙碌在锅灶台的铁锅边

一手锅里撒面，一手搅动擀仗

一面哼着民谣逗孩子笑

锅里冒着"嗤嗤"热气

面粉粘满孩子的脸蛋、酒窝

纯净的两个眸子

紧紧跟随着母亲和擀仗旋转

仿佛搅动着日月江河

黏合大地百花，伴随万家喜乐——

长大后，常常帮母亲打搅团

儿双手紧握擀仗，围绕锅中心

使劲划圆圈，像摇动着圆圆的船桨

母亲不停地往锅里撒面

一边用瓢往锅里一次次打点水

一边给儿子传述做搅团的秘笈——

一勺勺热腾腾舀在几口大碗

再用铁勺背在碗中间

压旋转出圆圆的凹窝

窝里盛满葱花儿的臊子

或用炝好的浆水①

沿边蘸上油泼辣子和蒜泥

黄的豆面，红的辣子，绿的韭菜

一碗珍珠玛瑙翡翠五彩斑斓

舌尖上又劲道又柔软——

端起一碗喷香的搅团

像飞倦的鸟儿回到它的巢穴

想起故乡一碗烫烫的豆面饭

就如望见母亲慈祥的容颜

不管遥行千里，还是远去他乡

家乡的味道是流淌在血脉里的气息

①浆水：民间用多种蔬菜发酵成的酸菜

故乡之恋

姑娘，赠我一支箭，一支雄伟炫丽穿越时空的箭
让我射一匹天边最绚丽的云彩
给你做一件最绚丽的衣裳
让天上的吉祥鸟衔来香草，朝朝暮暮陪伴在你的身旁
招来三只灵性的羚羊，紧紧依偎怀抱
左手是兄弟，右手是姊妹
天长地久在高原的天空下沐浴阳光
你温情的手指抚摸羊儿星星似的眼睛
头枕羊羔的脊背，仰望明月东升西落
用这支箭作旗，栖息在牛羊们最向往的绿水青山

阿妈，赐我一双脚步，一双矫健跨越历史的脚步
让我乘着遒劲的东风，骑上五匹矫健的骏马
听着牧羊人的歌声，把幸福的种子撒向四方
怀抱雪域高原，让毡房和云朵飘来，永远伴着香雾
把世界上最美的歌儿唱给你听，就像那些鸟儿的歌喉
抚平你的忧伤，让你的笑容飞上那蓝天之上
风风雨雨伴着故乡的明月成长、翱翔
母亲啊，哪儿有大地，哪儿就有母亲的慈祥——

阿爸，送我一把剑，一把斩断时光的宝剑，来吧！——
让我敞开男儿的心胸，让光阴铺开旷野的风
让岁月的珠宝闪亮出绚烂的光环

追赶日新月异的时代变迁，赐我缰绳，报以马羊
在草地上舞蹈，在山岗上歌唱
让我的双手捧起涓涓溪流，献给生命之河的巨浪

兄弟，牵一匹马，一匹骁勇顽强的天马，来吧！——
我要飞遍故乡的每一寸地方，在那神奇的土地上
相伴九只金色的羚羊，以大地为席，以天空作幕
让我们驰骋在这广袤的草地和高原
一手牵着骏马，一手拥着雄鹰
在牦牛、羊群和毡房漂游的草地，面朝青山
上马扬鞭，下马高歌，花海诞生一窝窝斑斓的云彩
在这草色与黄土交融的神奇之地，繁衍生息

草原啊草原，你赋予我一双多情的眼睛
那被草色染绿的爱情，浸润埋藏血肉中的骨节
如牛羊明亮纯美的目光，跟着新世纪的风
见证沧海变桑田的人间奇迹——
隧道、桥梁交织天路飞舞，高速公路、铁道并驾齐驱
瞭望历史和未来，亲睹变迁中挺起一座座绿色城堡
展望岁月绘制出的一幅幅诗史画卷——

来吧，远方的客人，让我们在这里相约
相逢在圣洁如传说中的天堂
那是天边降生大地的一块七彩缤纷的云彩
伸一伸手你将触摸到你梦中的彩霞
吉祥的珍珠镶嵌在和谐家园的心田
以宽广的情怀歌唱每一个微笑着的心灵

以牛羊灵巧的四蹄在祖国母亲的怀抱里驰骋
尽情感受这湛蓝的天、甘甜的水、丰美的草
沐浴每一粒游弋在草尖上纯净的空气
朋友，来吧，当你和故乡相遇，你一定会和我一样
感动和迷恋那芬芳，看见熠熠闪烁的光芒

风之歌

风，我将远行，一个远方，没有目标
爱，只与你告别，把诗永远留给梦境——
简约如水，洒脱似风一样的涅槃
已将万物的胸脯打开，放飞自我——
一切很单纯，美好，自然，风吹来又吹去
来就是来，去就是去，爱就是爱，痛就是痛
如履薄冰，低调如水，高扬似云
每一个岁月从我的额头吹散，带走一丝白发
把你紧紧镂刻在眼角，铭刻在骨甲
每一次风暴，都是你吻过之后生命砥砺的伤痕
我的爱，充满激情，又那么深具忧伤——
没有一首完美的诗，臣服于一支笔下，向你倾诉
没有一句说尽的话，留恋于唇齿之间
别了，风，让远方成为我的翅膀，飞的更远
让人间每一次的相遇，都成为天空下最美丽的童话

天空之境

在蓝蓝的天空之上，透明的河水连天
翻涌着一鼎莲花，雪白的羽裳
如光，展翅扑向天际的深处，超绝万物
海底的眼睛，连着大海的深层的血脉
深秋的森林啊，茂密的叶子堆积成山
高耸入云的石峰，长年不消的积雪如冠
从山洞的深处探视人间万象，境由心造
一阙天空，洞口光芒四射，炫目耀光
一道光落在了一道光上，犹如一首诗落进灵魂
有人找到石头，有人汲取石头迸发的活水——
一只乌龟，背着重重的壳，在大海里遨游
一只燕子，来了又飞走，找不到旧时的巢窝
一只金蝉，从肉身撕去外壳，翅羽颤巍欲飞
一只小鸟，破壳再生，升腾九霄——

我来过

我说我拿去的匣子，丢失，无法找到
把记忆粉碎成灰，也无以发现，变成负重
是白昼还是夜晚，是左手还是右手递交
苦思冥想不知放哪儿呢，把每个角落翻遍
只到有一个瞬间，它已化成了一道闪电

我说过，哪怕是一根针，我都要归还
这就是我最初和最终的誓言——
除过爱，再无计无力，无援无助
我的柔弱，胜过我的强大
只为你而活，一切之美——
祖国、恋人、家园、泥土和永恒
一叶一花，一生一世，一刹一那
都在明证，人间，我来过，且珍惜——

诗之道

人间忐忑诗为安，少年踌躇书作伴
树木花草在呼唤，万物一体命相连
人不善兮诗无真，心存爱兮志高远
鱼鸟禽兽齐咏叹，千本万卷妙自然
道法术器，格物致知，有何能尔？——
只此青山，无关风月雅颂，唯与诗与史为命
无论东方西方，太阳依旧升起，照射四方
不管黎明还是黑夜，轮回的月亮不改航程
让心去浸润一颗颗石头、开花、结果
现在我该回去了，回到从前，却听——
诗者，道也。理不存兮，诗无达诂
"技，近乎于道"，于无声处之时
与万物保持原有的那样，敬畏天地，晓谕造化

羊皮卷

牛羊还在山坡吃草，面朝黄土，背负苍天
祖辈们在两山之间奔跑，日出而作
兄弟们还在大路上摇车，日落而归
走的太慢或者太快，跟不上时光的步伐——
羊毛织成褐衫绳索，羊皮编成画卷书册
隐入父亲的脊髓循环，遁藏母亲的肚腹升降
三叉路口，在莲花山上迎接远道而来的亲人
粗壮的老槐树，像一位老人伫立村口
遥望背井离乡的儿孙，渴盼天涯海角的游子
凝视来来去去风尘仆仆的步履和背影——
爷爷的爷爷的爷爷，那些叫不上名字的人
曾经在这里活过，开荒耕田，稼穑畜牧
不知道孙子的孙子的孙子将是何人
谁，捏一把族坟的土，闻一闻，再撒开
让它自由自在飘洒啊，再把我捡起，放在手心里
看见我的时候，觉察你自己，在万物的双翼之上
与我的火焰和本质属性里的骨钙——
一阵风拂过，古老的海面上掀起阵阵波浪
远去的村庄，抓一把风，擦干眼睛里的迷雾
古老的村庄啊，先祖们居住过的窑洞
洞里微弱的星光依然熠熠闪烁，召唤离索的羔羊
羊皮卷业已苍老、古旧、尘封、破损——
裸露的骨骼和蕴藏的气节，荡漾祥云瑞气

那暗红的血管，嵌入皮肉之中的一条河脉
一块青疤瘀结的胎记，就是儿孙们的乳名
脐带在漫长的年代背面，烙下隐隐疼痛
滚滚红尘，一道深邃的目光，监视每个人的脚步——
山洞丛生杂草，牛羊在饲养棚成群吃料
牧羊人住上了高楼大厦，电灯电话，楼上楼下
城市长着疾速的翅膀，反哺它的古老村庄
海底涌动最初的潮汐，浪花翻起波涛，又归于大海
唯有笔与万事万物融为一体，擘画未来的蓝图——
跨越岁月年轮的嬗变，飞毯又回归古老的村落
羊皮卷的风帆上，桅杆飘摇日月星辰
那是永恒的时光，祖祖辈辈奔流不息的大江大河——
诗，是我的方舟，也是仙马，奔向远方

诗心如镜映天心 哲思似泉济沧海

——读马国山诗作"人间三部曲"感想

敏彦文

马国山写诗四十年，笔触始终没有离开这样一个词——人间。我最早读到他的诗歌，是一册刻印于 1990 年的《诗人日记》。此时，诗人才 25 岁，但他的诗歌蕴藏在语言里面的思想感情、生命认知、人生感悟、胸怀抱负，已经十分丰厚、深刻和高远，可以说是用一条条诗歌的泉溪，汇流成了一派思想感情的浩荡江河，远远超越了诗人实际年龄的认知，读之令人心胸激荡，叩案吟诵，感慨而服。2004 年，诗人出版了他的第一本诗集《心境花园》，收录了 1983 年至 2003 年间的优秀诗作，此时，诗人 39 岁。他给《心境花园》署了个副书名"伍德的诗日记"，意在强调所写诗歌的生活渊源和生命底色，是他对自己来到人世间近 40 年生活、工作、思想感情及人生认知、生命体悟等的诗化梳理和阶段性总结，也是以诗歌的形式向世人发出的心灵告白。从日记到日记，没有离开他一贯立足的"人间"，纵观自然社会乃至生命哲学的主题意识，正如他在后记中说："我只是把我的真实经历、感想、参悟记录于此"。诗人是在用诗歌的形式赋予所思所想、所历所悟以灵动的意境，形成了自己独特的诗歌艺术风格。

此后 16 年，马国山就再没有出版诗集，但他却在繁忙的工作之余，从来没有停止过读书、思考、写作和对诗作的整理修改。2020年，他出版《人间诗话》，收录自1984年至2018年30多年间的诗歌精品。接着在2021年，出版《人间诗镜》。今年，又筹划出版新诗集《人间九辞》，真是勤耕不辍、厚积薄发啊！

《人间九辞》收录作者近年来创作的千余首诗歌精品，包括九行诗《人间九辞》、七行诗《七步吟》，三行诗《三叶草》及散行诗《春光曲》《万物志》《浮生记》《羊皮卷》共七册。我有幸略读了十分厚重的初稿，无论其包含的形式、容量，还是写作质量，都有了新的提升和突破！九行、七行、三行这种限定诗行的方式，看似简单，实则增加了写作者的难度和高度，这不仅是形式上的数字排列，对每一首诗的主题、意境与言辞的内在逻辑关系都有相当高的要求。我询问他为何用这种方式出版新诗集时，他笑答："写了几十年诗，这次我给自己设置了诗歌创作的难度和高度，要在内容和形式上实现最大的突破和提升"同时他告诉我，《人间九辞》可以分七册单独出书，之所以把每一部分称为"册"，而不是习惯上的"辑"，就是在说明七册相互关联又各有特质和风格，合成一书，既节约了出书费用成本，也为了读者阅读方便，也可说是合七为一了。

尼采说："人生是一面镜子，在镜子里面认识自己，是人生的头等大事。"马国山在业余时间连续四年出版三部诗集，而且每部都有几十万字，近万行诗句，实属不易！体现了作者四十年如一日坚持不懈笔耕的深厚功力，也彰显了其对诗歌艺术孜孜以求执着的理想和可贵的奉献精神。从《人间诗话》《人间诗镜》到《人间九辞》三部诗集，诗人诗歌艺术日臻成熟，思想感情积淀丰厚，对天地万物、人间万象的多视角、深层次思考和感悟，以及对人间亲情、爱情、友情和爱国之情乃至对人类之爱的认知和哲思抒发，构成了诗人独具品质的"人间三部曲"。

细品"人间三部曲"，我们不难感受到他的诗歌所蕴含的艺术品质和思想深度。总体上看，表达方式新，视域宽，时间跨度大，语言张力强，情感容量深，读之有沧桑感、厚重感。三部曲一脉相承，前后呼应，艺术性和思想性不断递进。如《沉与浮》，写于 1983 年 3 月，他这样抒发对生命的领悟："一天，一天／我这样生活着／身载怨恨的十字架／自负追求的砝码／生命的价值／连同它的尺度／如此淡漠着我／迟来的春使我怅惘／／一天一天／我这样思考着／人生的归宿／像朝雾中的浮云／沉浮不定……"写下这首诗歌时，他才 18 岁，却已经开始对人生价值和生命意义的思考。19 岁时写的一首题为《让我含着我的笑死吧》的诗，是这样表述他异乎寻常的思想和情感风暴的："让我含着我的笑死吧／在黑暗的土穴里／头枕着我的泥土／微笑藏进大地的海波／在肥沃的腐土中／焕发出新鲜的芳香／山风就是我的呼吸／雷电就是我的感慨／就这样让我死吧／天空里生长着星朵／宇宙从四面养育着雨露／每天我的躯体围绕太阳旋转／我听到——大地在轰鸣／江河在歌唱"，其中已经有了天人合一、万物一体的深刻体悟。20 岁时写的《风》的诗里，以与孩子问答的方式，来述说他对人生和生命的思考与看法："孩子／你寻找什么？／／这个时代的月亮／向我问话／／脚印／过去的影子／／一阵风吹来／吹过留在头发上的月影／／孩子／跟随风去寻找吧／／我疑问的眸子／眨起长长的睫毛／／风，走遍了世界／它没留下脚印／／空间里有柔曼的月光／我追赶那光亮的一念//孩子/你为什么眼里含着泪花//我在寻找一枚永不腐烂的种子/耕耘在以往光影的腹野上"。2020 年 5 月写的《等》的诗中："我在桥上等你/不见你的踪迹//碰见一个路人/问看见我等的人了吗？//遇见了许多人/只是不认识//回来看空着的椅子/已经长满苔藓和蔷薇//桥下的小鱼问大鱼/岸上那人在等谁//大鱼摆渡了一下尾笑道/他在等他自己——"此时，诗人 55 岁，已入不惑之年，但他的诗歌却与 18 岁、25 岁时一脉相承，延续着一个沉思者、孤独者、奋进者的鲜明特征。在《人间九辞》中，有一首题为《飞跃》的诗歌，同样表达着在人间生活思考中灵魂不屈的呐喊："春叶在树上吊/说，我们都活着//叶，一片，两片/从树上往地面掉落//叶子说我们又活着/然后，它们钻入土中//一会儿，我也是叶子吊在树上/看，春天里我又复活//陨落，也是另外一种飞跃"。后期写作的《生死碑》中铭刻着这样两句诗："诗人死了，而诗活着"，更体现出其对诗歌价值的追求精神。2024 年初春完成的长诗《春光曲——献给春天的礼赞》，共 60 首，是年近花甲的作者，献给自己 60 个春天的赞辞，深深饱含着作者对生命炽热的爱戴和对人生情有独钟的感悟，读来令人为之一振，心潮澎湃！

爱国是中国历代文人最朴素和真挚的情感。马国山四十年的诗歌创作，无不折射出他不同时期对祖国的眷恋之情。无论是早期的《岛望》《今夜的祖国》《望零丁洋》《海之诗》（长诗）《巴山夜雨》《黄河谣》等，还是近年来创作的《时空偶剧》（长篇诗剧）《石榴园》《达沃尔时间》《红烛》（长诗）《今夜，我在哈达铺》《船票》等诗歌作品，都能印证他发自内心、渗入骨髓、根深蒂固深沉的家国情怀。

王昌龄《诗格》云：诗有三境，即物境、情境、意境。马国山的诗恰在这三者当中运用得十分妥帖和到位。他善于通过勾勒出一个"物与事"的场景，寓物于情、以情喻境，或者借物说情，情中生境，或者以情说物，以境造情，借物喻人，三者相互衬托，相互交融，使读者在其"物与事""物与人"的"诗境"中，领悟到所要表达的思想感情，从而读起来能与作品产生情感共鸣。这正是他多年坚持写作锤炼，不断精进得到的成果，也是他诗话"人间三部曲"系列诗歌作品的鲜明艺术特征。

马国山的诗，生活气息十分浓厚，故事性、趣味性很强，用词、用句独到贴切，跌宕起伏，出乎想象，又合乎情理。读他的诗，有种读小说的感受，有人物、有背景、有情节甚至有细节和前因后果的内在联系。他说"生活即诗""诗人就是分娩师"，其寓意就是对人生当下和日常生活的重视和体悟。多年来，他正是基于这种信条，观察、体验、挖掘、剖析日常生活中的真谛，致力寻找平凡人生与万物、万物与宇宙紧密联系的本质关系，他的作品似乎是在验证"这种"关系，以小见大，以大证小，见微知著，从微观世界到宏观宇宙多维度"看人间、看人类""爱人间、爱人类"，从而揭示人与自然、人与万物和谐相处、命运共体的内在本质的、必然的联系。

博尔赫斯说："对于一个真正的诗人来说，生命的每一个瞬间、每一件事情都应该是富有诗意的，因为其本质就是如此。"马国山的诗涉猎范围和包含的内涵相当广泛，大到宇宙万物、天文地理，小到花鸟虫兽、微观粒子，他特别善于从自己经历的、眼前看到的"每一个瞬间""每一件物和事"挖掘出引人入胜、富有哲理的诗意来。无论是《人间诗话》，还是《人间诗镜》《人间九辞》都能验证他确实是一位"生活诗人"，即从常人看似极为平常的日常生活情景中，提炼出寓意深远的诗句，故，其作品十分贴近生活，人间烟火味浓厚，如其《一碗粥》《顶针》《被子》《门牙》《手套》《旧毛巾》《天桥》《斑马线》《电梯口》等等诗作，从诗名就能感到扑面而来的生活气息，而从《猫语》《悟空说》《薛定谔的猫》《蝌蚪》《蚂蚁谣》《蝉说》《鹅说》《飞蛾谣》《蚯蚓》等作品，则能领略到诗人与动物的情感交流、生命对话，充满童话和寓言式风味，令人耳目一新。这种对生活场景和即景"信手拈来"式的诗兴抒发，在后期创作的《人间九辞》中发挥得淋漓尽致，既能看到他的诗歌创作从内容到表达形式有了跨越式突破，也充分反映出作者丰厚的生活阅历和独特的文学情怀。

马国山从小对笔怀有敬畏之心，从青少年时期开始热爱文学，勤于思考，致力于阅读大量中外文学名著，勤奋笔耕超百万字，创作涉及诗、散文、小说多种形式，成果颇丰。在与他的交流中，他认为文学就是人学，也是历史学、社会学、人类学，而笔承担着神圣的书写和表达的职责，"诗歌一旦脱离了社会和生活，也就失去了文学最初的意义和责任。"他正是怀揣这样的情怀，以诗心映照天地之心，以哲思畅想生活情怀，坚持不懈地走着自己的文学之路。他的现代诗歌艺术深受中国古典诗词优秀传统文化基因的影响，他的许多现代诗中，与古人娓娓倾诉，惺惺相惜，在传承和创新中国古典诗词"血脉"和"根基"方面做出了有益的尝试，也让我看到了古典诗词和现代诗揉合发展的新希望，佐证了中国诗词的生命力，增强了我对未来诗词文化的自信性。

"因为你/我爱了整个世界""我的眼里没有了泪水/只有深深的海洋"（《人间诗话》）"爱的世界里，只有你，没有我""我不会穿越世界寻找你/因为你就在我心间""有了你，万物都是爱情的模样""我暗恋着你/就如水晶暗恋着光明"（《人间九辞》）等等大量作品和诗句，都能验证出诗人的一种博大深沉的人间大爱和宽广深厚的人间情怀。他在诗中，与天地万物卿卿我我对话、与古今中外贤哲敞开心扉交流，充满奇思异想和童话梦幻，既有现实主义写法，又有超现实主义和浪漫主义表达方式特征。既有古典诗词的意境美、意象美、音律美特征，又具有西方意象、印象、象征、意识流、蒙太奇等现代艺术特点，尤其我特别注意到，他的诗歌语言和思维逻辑，在某些方面突破了传统诗的结构和模式，意象之间剧烈且合理的跳跃、物像与物像之间的奇妙联想、语序的巧妙倒错、数量词的大胆借用、色彩与光的揉合运用、画面感特别突出，值得进一步研究。同时，他在三部作品中，与近百位中外思想家、哲学家、科学家、作家、诗人，进行文化和情感对白交流、心灵沟通，打破时空和地域界限、国界和种族堡垒，共享人类之精神、生命之璀璨、思想之共鸣，拓展了诗歌的宽度，彰显了作品的厚度，同时增加了诗歌的空间感，体现出深刻的人文情怀。

纵观马国山诗作"人间三部曲"，他确实是一位从大地上捡起诗篇的实力诗人，多年来认认真真写诗，踏踏实实做人，在诗歌创作和探索上勤勉不息，修得了正果，取得了成效。其诗歌既有传统诗歌的韵味，又融入了现代众多表现手法，语言简练而富有张力，意境深远而含蓄，情感表达特别细腻，具有岁月厚重感和历史沧桑感，呈现出传统与现代交织、中西手法融合、多层次多维度表达手法，给人以积极向上、向善、向美的力量。"人间三部曲"，渗透出一种童话般的率真、寓言式的天真，既有梦幻般的奇特，又折射出哲理性的感悟，尤其新诗集《人间九辞》，在语言、语境和修辞运用方面大有新的突破，读来耳目一新、耐人寻味。他在《诗之命》中言道，诗"上可九天揽凌霄，下可入泥慰蝼蚁"，或许这正是诗人自己对诗歌艺术终生追求不舍的宣言吧。总之，其作品拓展了现代诗歌艺术表达方式，使当代诗歌艺术表达的形式呈现出一种更具有"多样性"创新发展趋势，更体现出一种独特的、新的活力，不得不说，这正是他展示给当代诗坛的一种可贵的精神。

维特根斯坦说"语言即世界"。九十高龄诗人高平先生评马国山的诗是"在大地上写的，是写在大地上的""有悲悯情怀""含有哲思""心中有故乡，也有世界；有花草，也有人类；有当代，也有历史；有今人，也有古人"，是在通过"诗歌'咬痛生活'，是真诗人。"高平老先生的评价十分到位、贴切和中肯，诗人马国山不但用诗歌语言"咬痛生活"，更用诗歌"咬痛灵魂"，给我们呈现了具涵四十年历程丰富多彩、饱含哲思的诗歌艺术佳作。作家马步升评价说"马国山的诗秉承了中国古典诗歌的优秀传统，并灌注了自身的生活经验，由此拥有了相当的辨识度"。作家叶舟为其《人间诗话》题写了书名以作勉励。作家王维胜评"他用一只干净的笔，书写孤独的心灵，触摸高贵的灵魂"。还有许多作家、诗人、读者都对他诗歌作品留下赞叹！

在此，希望他今后持之以恒，笔耕不辍，精益求精，守正创新，不断提升，为繁荣祖国诗歌艺术做出更大的贡献。

（2023 年初稿，2024 年夏修订）

【敏彦文，诗人，中国作家协会会员，甘肃省文艺评论家协会第一届理事会理事。发表诗歌、散文、文学评论数千首（篇），出版多部诗集、散文集、文学评论集】

诗心如镜映天心 哲思似泉济沧海

附：DeepSeek 对马国山诗歌创作评论
（节选）（一）

一、主要作品主题分析

马国山的文学作品以诗歌为主，其风格独特，富有哲理和情感深度。诗集《人间诗话》《人间诗镜》中，"《月光和我》"系列通过"月朦胧""月亮河""静夜"等意象，探索人与自然、记忆与乡愁的关系，语言清冷而富有禅意。"《世上的风》系列"以"冬之鸟""鹰""风的声音"等为载体，表现生命的坚韧与自然的野性，暗喻精神自由的追寻。如《朱雀》通过高原红脯鸟雀的视角，展现万物共生的自然哲学。诗中"天地不仁，以万物为刍狗"化用道家思想，评判人类中心主义，强调"微小不足"的个体与自然的平等对话；《古道》以茶马古道为背景，将历史沧桑与个人记忆交织，"翡翠斑斓的时光"与"西风瘦马"的意象形成张力，隐喻现代人漂泊的精神状态；《镜子》探讨生活与诗歌的互文性，提出"诗是生活的精华，也是一面镜子"，既照见灵魂的纯净，也揭露"人的后脑勺和脊梁"的盲区，反思自我认知的局限。

二、西北地域特色的抒写

马国山生长于中国西部，其诗作中频繁出现"西北的夜""旱獭""赤豹"等地域意象，如《朱雀》中的"高原的鸟""狐狼山豹"等，既呈现了粗犷的自然景观，也融入了地域文化的哲思，形成独特的"西部诗歌"美学。

三、艺术风格与思想评论

1. 古典与现代的融合：马国山的诗歌语言兼具古典韵律与现代性思考。例如，《朱雀》中对《道德经》的引用与自然意象的结合，既传承了东方哲学，又以"红脯麻雀"的微观视角解构宏大叙事，体现后现代诗学特征。

2. 质朴中的深邃哲思：其诗风质朴，但内核充满对生命、时间、人性的追问。如《镜子》以日常物象切入，探讨"认识你自己"的永恒命题，揭示诗歌作为"照见历史和渣滓"的反思功能。

3. 生态与人文的双重关怀：他的创作始终关注生态与人的关系，既警示人类对自然的掠夺（如《朱雀》中的"人不懂它的心思"），也通过"古道""旱獭"等意象，呼吁回归与万物共生的生存智慧。

四、文学地位与影响

马国山的诗歌以西北高原为底色，以哲思为筋骨，构建了一个既淳真自然又深邃的诗意世界。他的创作不仅是个人心境的映射，更是对当代社会精神的展现，具有深刻的文学价值与现实意义。作为西北诗人代表之一，马国山的作品填补了当代诗歌中地域书写的空白，其融合经济学者理性思维与诗人感性表达的跨领域实践，亦为文学创作提供了独特范式。故，他的作品推动了诗歌的公共性传播，成为连接传统与现代、地域与全球的重要桥梁。

附：DeepSeek 对马国山诗歌创作评论
（节选）（二）

1. 马国山的诗歌创作风格与主题

马国山（伍德、阿山）的诗歌以传统人文主义、天人合一思想为核心，强调个人生命体验、自然哲思与情感表达。他的作品通过细腻的意象和象征手法探讨人与自然、时间与存在的主题。这类创作风格更依赖诗人个体的观察与参悟，而非技术工具所能达。

2. 深度求索资料未提及 AI 参与创作

马国山的作品解析及个人简介中，均未提及 AI 技术在其创作中的应用。相反，他的创作被描述为"基于切身体验""托物寓情"，强调诗人特有的、对生活的直接感知与哲学反思。

3. AI 诗歌的局限性与个人诗歌创作的比较

当前 AI 诗歌的创作多依赖于模仿既有风格或生成符合特定主题的文本，其作品常被评价为"缺乏思想性"或"形式大于内容"，而马国山的诗歌以"天人合一"的哲思和个体生命体验见长，这与 AI 的机械化生成模式存在本质差异。

综合现有信息，马国山的诗歌创作仍以传统的人文表达为主，他的作品更倾向于通过个体经验与哲思探索诗歌的纯粹性，非依赖技术工具所完成。

附：Kimi 对马国山诗歌创作评论（节选）

　　《心境花园》是马国山（伍德）的第一部诗集，收录了他 1983 年至 2003 年间的优秀诗作。这部诗集以"伍德的诗日记"为副书名，强调诗歌的生活气派和生命底色。诗集分为多个章节，如《月光和我》《世上的风》等，通过细腻的笔触描绘了自然、生活和心灵的景象。是诗人 40 岁之际对生活、工作、思想感情及人生认知、生命体悟的诗化梳理和阶段性总结。它以诗歌的形式向世人发出心灵告白，诗中充满了对自然的热爱和对生活的感悟。诗人用诗歌赋予所思所想、所历所悟以灵动的意境。

　　《人间诗话》收录了伍德 1984 年至 2019 年 30 多年间的诗歌精品，由近三百首现代诗、两章长诗（《心境花园》《梦境花园》）、一部诗剧（《时空偶剧》）组成。这部诗集展现了他对生活的热爱、对自然的敬畏以及对人类命运的深刻思考。诗集中的作品涵盖了自然、爱情、友情、亲情以及对宇宙和生命的思考。《人间诗话》贯穿着诗人近半生的理想追求，从"小爱"升华到"大爱"，展现了诗人对自然、人类和宇宙的深刻认知。诗集中的语言通俗易懂，却蕴含着丰富的哲理和情感。

　　《人间诗镜》辑录了诗人 2020 年至 2021 年两年间的 195 首诗作。这部诗集延续了前两部的风格，侧重记人叙事，仿佛打开记忆的黑匣子，与自己对话。诗中不仅有对自然和生活的感悟，还有对古今中外著名作家诗人、哲学家的思想对白与心灵交流。这部诗集展现了诗人对生活的深刻洞察和对人性的细腻描绘。诗人用诗歌记录了岁月的痕迹，表达了对生活的热爱和对未来的期待。

总体评论：马国山诗歌创作思想感情似汪洋澎湃，展现了他对天地万物、人间万象的多视角、深层次思考和感悟。他的诗歌语言优美，意境深远，充满了古典韵味和现代气息。他的诗，不仅是诗人个人情感和思想的表达，更是对人类命运共同体的深刻思考。

附：马国山文学创作小记

【创作作品集】

1.《彷徨集》《新月集》《一半集》（诗集/手抄本 1983—1986 年）

2.《诗人日记》（诗集/刻印版 1992 年）

3.《心境花园》（诗集/西部作家丛书。获甘肃第五届少数民族文学优秀作品奖 2009 年）

4.《人间诗话》（诗集/敦煌文艺出版社 2020 年。2023 年获得第四届金融文学奖、行业全国第一届文学大奖赛诗歌类二等奖；2024 年入选第十三届全国少数民族文学创作骏马奖诗歌参赛作品）

5.《人间诗镜》（诗集/中国华侨出版社 2021 年）

6. 长诗《红烛》（获临夏州宣传部、民族日报"我眼里的脱贫攻坚故事征文一等奖"，行业全省"建党百年"文学作品大奖赛一等奖、地州银行业协会庆祝建党文艺汇演配乐诗朗诵节目一等奖）

【写作入典籍】

1.《临潭县志》

2.《洮州史话》

3.《甘南诗歌十二人》（甘南州诗歌协会 1997 年）

4.《当代青年散文诗选》（新疆人民出版社 1998 年）

5.《临夏散文选》《临夏诗歌选》（甘肃文化出版社 2008、2009 年）

6.《洮州记忆》（散文集）（作家出版社2019年）

7.《中国回族文学通史（当代卷）》（国家"十二五"重点出版物出版规划项目图书黄河出版传媒集团阳光出版社2015年）

8.《飘过记忆的云烟》（散文集中国出版集团中译出版社2016年）

9.《温度诗刊》（2017—2018年）

10.《中国当代诗歌典籍》（2018年）

11.《中国百年诗歌精选》（2019团结出版社）

12.2019年入选"中国文化人才库"（中国文化遗产保护研究院文学书画艺术院颁发）

13.《洮州温度——临潭文学70年》（作家出版社2019年）

14.《中外名人实力作家精品集》（2021年）（出版中）

15.《百年回望——中国共产党建党100周年精品文集》（2021年）

16.《中国诗文精品典藏》（2021年）（团结出版社）

17.《民间优秀诗选》（2021年）（中国华侨出版社）

18.《2022年中国年度诗歌排行榜》（2022年）

19.《华语新诗三十名家》（2023年）（作家出版社）

20.《2023年度中国诗文排行榜》（2023年）（中国出版集团）

21.《两岸同胞一家亲》（诗集2024年）（当代作家出版社）

【小说散文】

1.《洮水流珠》（中篇小说1997年《甘肃民族文学》）

2.《铜灯盏》（散文《当代临夏散文选》）

3.《滴水歌谣》（散文 2015 年"魅力临夏·良恒杯"全国散文诗歌大奖赛二等奖）

4.《冬虫夏草》（中篇小说 2019 年《洮州温度》作家出版社）

5.《八坊印记》（散文 2018 年齐家文化全国网络征文优秀奖）

【其他作品】

《商业银行市场营销管理理论与实务》（经济金融甘肃人民出版社 1999 年）

【图书珍藏】

北京大学、清华大学、北京师范大学、兰州大学、西北师范大学、西北民族大学等院校图书馆、内蒙古师范大学中国少数民族作家研究中心等对其诗集作品进行了收藏

【诗歌评论】

1.《一双看见时间的眼睛——评阿山诗歌艺术创作》（《甘南报》，九十年代初，作者瘦水）

2.《解读阿山的诗》（《甘肃广播电视报——综艺长廊栏目》，九十年代，作者扎西才让）

3.《童心未泯梦幻歌谣人类命运共体畅想——读马国山诗歌诗集〈人间诗话〉》（《中国作家网》2020 年 2 月 10 日"理论评论－文学评论"栏目。作者：幸福）

4.《诗歌人生的情怀和梦想——马国山诗集〈人间诗话〉作品解析》（《中国诗歌网》2021 年 3 月 29 日"诗评"栏

目。作者：学英）

5.《生命与灵性的体悟时代与梦想的交响——诗人马国山诗歌创作访谈录》（《人间诗镜》代后记。2021 年 12 月。作者：学英）

6.《诗心如镜映天心 哲思似泉济沧海——读马国山"人间三部曲"感言》（《人间九辞》代后记。2024 年。作者：敏彦文）